Spieglein, Spieglein an der Wand

Geschichten am Rande der Wirklichkeit

von

Wolfgang Schütze

tz

Schütze, Wolfgang:
Spieglein, Spieglein an der Wand
Geschichten am Rande der Wirklichkeit
Wolfgang Schütze.- Clausthal-Zellerfeld : Papierflieger 2007

ISBN 978-3-89720-924-4

Bibliografische Information Der Deutschen Bibliothek
Die Deutsche Bibliothek verzeichnet diese Publikation in der Deutschen
Nationalbibliografie; detaillierte bibliografische Daten sind im Internet über
http://dnb.ddb.de abrufbar.

©   PAPIERFLIEGER VERLAG &
     CLAUSTHALER KOMERSBUCH VERLAG
     Clausthal-Zellerfeld, 2007
     www.papierflieger-verlag.de

     1. Auflage, 2007

ISBN 978-3-89720-924-4

3

Inhaltsverzeichnis

Vorwort

In der guten alten Zeit, als es noch keine Fernsehapparate gab, pflegten die Mütter und besonders auch die Großmütter den lieben Kindern abends vor dem Schlafengehen ein Märchen, eine Sage oder irgendeine andere spannende Geschichte vorzulesen. Die Märchen fingen dabei in aller Regel mit den Worten *„Es war einmal"* an, um am Ende mit der Schlussbemerkung *„Und wenn sie nicht gestorben sind, dann leben sie noch heute"* zu enden.

So weit so gut! - Mit der Formel *„Es war einmal ..."* haben wir weiter keine Schwierigkeit, denn was „einmal war", ist bekanntlich vorbei. Darum brauchen wir uns also keine Sorgen mehr zu machen. Aber wenn es nun ausdrücklich heißt, dass „sie" nicht gestorben seien, dann müssten „sie" (wer immer sie nun waren oder sind) ja tatsächlich irgendwo noch sein.

Nun, vielleicht leben „sie" für uns unsichtbar in irgendeiner parallelen Welt, eben der Märchenwelt. Es könnte aber auch sein, dass sie seit damals sozusagen im wahrsten Sinne des Wortes tatsächlich einfach weiter gelebt haben und demzufolge immer noch leben. Sie sind also noch hier, und wir begegnen ihnen irgendwann und irgendwo, ohne es zu bemerken. Schuld daran ist natürlich die ewige Hast, mit der wir so dahin jachtern und keine Zeit haben, um uns die Menschen, die uns täglich über den Weg laufen, einmal genauer anzuschauen.

Aber auch unsere Ungläubigkeit, mit der wir allen Dingen begegnen, die einfach nicht sein dürfen, weil es die Realität verbietet, steht uns hier im Wege. Klar, wenn wir davon überzeugt sind, dass es alles, was es nach physikalischen oder sonstigen einschlägigen Gesetzen nicht geben darf, auch nicht gibt, dann sehen wir natürlich auch nichts. Wir bemerken also gar nicht, dass unser Nachbar, den wir eigentlich für eine etwas unscheinbare Figur halten, in Wahrheit eine bedeutende Persönlichkeit ist. Vielleicht ist er ein ehemaliger König, ein Zauberer, ein Prinz oder sonst irgendjemand aus dem Märchenmilieu. Wer kann das schließlich wissen?

Um es kurz zu machen, dieses Buch befasst sich mit der Frage: „Ja, wo sind sie denn?" - „Sie", das sind also jene verkappten Figuren aus den Märchen, die da entsprechend der schon genannten Schlussformel (*„und wenn sie nicht gestorben sind ..."*) möglicherweise noch unter uns weilen. Wir wollen uns einmal auf die Suche machen. Vielleicht erwischen wir ja noch den einen oder anderen von ihnen. Vielleicht bekommen wir „sie" aber auch nicht mehr in Person zu fassen. Nun denn, so müssten sich doch wenigstens noch einige Spuren von ihnen finden lassen. Möglicherweise liegt zum Beispiel die Spindel, an der sich Dornröschen einst gepiekst hat, irgendwo herum. - Na, wenn man die finden würde! - Ferner wäre es sicherlich auch interessant, herauszubekommen, ob die Geschichten für uns noch irgendeine Bedeutung haben.

Aber schauen Sie in den folgenden Erzählungen doch selbst einmal nach, ob Sie in Bezug auf die alten Märchen oder die zugehörigen Märchenfiguren im vorstehenden Sinne fündig werden. Blicken Sie dabei zugleich in den „Spiegel der Wahrheit"! Sie wissen doch, dass in den alten Geschichten meistens ein Körnchen Wahrheit verborgen ist. Vielleicht entdecken Sie ja in der einen oder anderen Geschichte ein paar Wahrheiten.

Noch ein Letztes: Bei den Erzählungen in diesem Buch handelt es sich ausnahmslos um erfundene Geschichten. Namen und Ereignisse haben also keinen Bezug zu realen Personen oder Geschehnissen.

Die singende Klarinette

„Dua-didel-dia-dua-dia-dia-dit-dit-dit..." Solokonzert! Der junge Klarinettist holt alles aus seinem Instrument heraus, was eben nur drin steckt. Noch ein paar Takte, und dann spielt das Orchester den Schlussakkord. Jetzt setzt er sein Instrument ab und wischt sich den Schweiß von der Stirn.

„Bravo, bravo!" Aus dem Kursaal und der Wandelhalle erklingen ein paar Beifallsrufe, aber so ein richtig rauschender Applaus ist das nicht. Der brave Musikus ist mit sich jedenfalls nicht ganz zufrieden. Irgendwie hat er sozusagen den rechten Ton noch nicht getroffen. Eigentlich ist er ja in erster Linie Saxophonist. Das Saxophon hatte ihn auch ursprünglich überhaupt für die Musik begeistert, denn es hat so einen unverwechselbaren Klang, und in Glen Millers Big-Band war es in seiner Jugendzeit einst das Instrument der Instrumente gewesen. Nun hat er in letzter Zeit mehr und mehr auch die Klarinette bevorzugt, sie gehört ja sozusagen zur Familie. Aber dieses Instrument verlangt eben doch noch ein bisschen mehr als das Saxophon. Ganz schön anstrengend! Seine Klarinette ist nicht die beste. Eine neue müsste er haben. – Na, mal sehen, er hat da vor ein paar Tagen in der Zeitung eine Annonce gelesen.

„Marsch Nummer Siebzehn!" kommandiert der Kapellmeister: Weiter geht es im Programm. Noch eine halbe Stunde, dann heißt es: Einpacken, und ab nach Hause!

Zusammen mit den anderen Musikern und etwa fünfzig Kurgästen verlässt der Klarinettist den Kursaal. Heute hat er es etwas eiliger als sonst, denn er will noch ein Schnäppchen machen. Eine „historische Klarinette" war per Zeitungsannonce zum Kauf angeboten worden. Die will er sich einmal anschauen. Was unter einer „historischen Klarinette" zu verstehen sein soll, ist ihm zwar nicht ganz klar, aber mal schauen, vielleicht lohnt sich ja der Weg, der ihn nun in das Vorstadtviertel des Kurbades führt.

„Gartenstraße, Nr. 17". - Jawohl, stimmt!

„Janosch Kolschinski", liest er auf dem Türschild des etwas altmodischen Einfamilienhauses. Auf sein Klingeln hin öffnet ein älterer, grauhaariger Mann die Tür und schaut ihn misstrauisch an: „Sie wünschen?"

„Ich komme wegen der Klarinette."

„O, bitte *sährr*, kommen Sie *härrein!*" Der Dialekt mit dem stark rollenden „*R*" weist den Mann unschwer als irgendwo aus dem Osten stammend aus. Der Alte öffnet nun die Tür, um den Musiker eintreten zu lassen.

„Vielen Dank!" Der Musiker betritt das Wohnzimmer des Janosch Kolschinski und fühlt sich sogleich auf einen erstklassigen Trödelmarkt versetzt. Das ganze Zimmer ist voll gepackt mit Waren aller Art: Zwischen diversen Haushaltsgegenständen ragt eine große Standuhr empor. Ferner sieht man allerlei Nippesfiguren und Keramikgeschirr, dazu eine Buddha-Statue, eine Husarenuniform mit Säbel, jede Menge Bücher, zwei Trompeten, ein Sousaphon, eine Kesselpauke und schließlich auch eine Klarinette, offensichtlich das angebotene Instrument.

„Dürfte ich die Klarinette einmal sehen?" Amüsiert schaut der Musiker bei diesen Worten auf das Sammelsurium in dem Zimmer.

„O ja, bitte *sährr!*" Janosch Kolschinski reicht ihm das Instrument, wobei er eine devote Verbeugung macht, *„scheene Klarrinett*. Ganz alt, mindestens achthundert Jahr!"

„Ach was, so alte Klarinetten gibt es doch gar nicht!" Der Musiker schaut den Janosch etwas belustigt von der Seite an.

„Doch, doch, junger Herr, hat sich alles seine *Orrdnung*, habe ich geerbt die *Klarrinett* nämlich von meinem Vater. Der hat geerbt von seinem Vater und der von seinem Vater, und dann immer so weiter bis achthundert Jahre zurück."

„Und woher wollen Sie das so genau wissen, haben sie etwa auch eine Urkunde geerbt, in der das geschrieben steht?"

„Nein, aber hat mir erzählt alles mein Vater. Müssen Sie wissen, dass gewohnt hat mein Vater in *Trranssilvania*. Und sein Vater auch und so weiter. War aber vor achthundert Jahren der erste von meine Vorfahren ein *berrühmter* Musikus. Der hat gehabt die *Klarrinett* und ist gekommen nach *Trranssilvania* mit viele *junge Leuten* aus Hameln, und haben sie ihn genannt *der Rattenfänger*."

Ungläubig schaut der Musiker den Alten an: Was schwadroniert der da? Rattenfänger? Hameln? Transsilvanien? - Doch dann erinnert er sich, irgendwann einmal gelesen zu haben, dass nach der einschlägigen Ansicht von Historikern in der Rattenfängersage ein wahrer Kern stecken müsse. Danach könnte es sich bei der bekannten Geschichte um einen der mittelalterlichen Auswanderungszüge Richtung Osten gehandelt haben. Die Wissenschaft war sich nur nicht einig darüber, ob nun Transsilvanien, die Slowakei oder Brandenburg das Ziel jener Auswanderer gewesen war. - Doch ob der Janosch Kolschinski überhaupt aus Transsilvanien stammt, und was der da alles fabuliert? - Na, ja! - Aber das gehört wohl zum Geschäft!

Ganz kann es sich der Musiker aber doch nicht verkneifen, einen leisen Zweifel an der Geschichte loszuwerden: „Also, wenn ich recht unterrichtet bin, hatte aber der Rattenfänger eine Flöte und keine Klarinette."

„Doch, doch", beharrt Janosch Kolschinski auf seiner Version, „war keine Flöte, war wirklich *Klarrinett*, allererste *Klarrinett* in der Welt überhaupt!"

„Na, meinetwegen! Was soll das Instrument denn kosten?"

„Hm, ja, hm, *scheenes Klarrinett*, vielleicht so zweitausend *Eurromarrek*?" Mit einem treuherzigen Augenaufschlag blickt der Alte den Musiker an.

„Ja, was denn nun, Euro oder Mark?"

„Nu ja, natürlich *Eurro*! *Heißt sich Marrek* ja heute *Eurro*. War aber *Marrek* früher viel besser als heute *Eurro*." Der Alte macht eine theatralische Handbewegung und schaut den Musiker wieder mit seinem unnachahmlich treuherzigen Blick an. Dann bekräftigt er: „Zweitausend *Eurro*!"

„Was, Zweitausend Euro? - Den Preis kann ich auf gar keinen Fall akzeptieren. Mann, dafür kriege ich ja eine fabrikneue Klarinette! Wer weiß, ob diese hier überhaupt noch spielt."

„Oh, junger Herr, können Sie ausprobieren die *Klarrinett* zuerst, ehe bezahlen. *Nehmen Sie mit die Klarrinett* ein paar Tage. *Und wenn gefällt die Klarrinett, dann bezahlen.* Und wenn nicht? Nu, dann bringen Sie die *Klarrinett* wieder zurück."

„Ja, haben Sie denn keine Angst, dass ich mit dem Instrument, ohne zu bezahlen, einfach verschwinde? Sie kennen mich doch gar nicht!"

„O, junger Herr, habe ich einen Blick für Seele von Menschen. Kann ich genau sehen, wer ehrlich und wer nicht. Nehmen Sie mit die *Klarrinett*. Wenn gefällt, können wir auch noch *sprrechen über Prreis. Wenn nicht gefällt, bringen einfach zurück die Klarrinett.*"

„Na gut, ich nehme Ihr Angebot an, aber nur unter der Voraussetzung, dass wir über den Preis noch sprechen können, denn so viel Geld habe ich nicht, dass ich einfach zweitausend Euro bezahlen könnte."

Janosch Kolschinski nickt: „Ja, ja, machen wir so!" - Dann kramt er aus seinem Sammelsurium noch einen alten Lederbeutel hervor: „Ist gut für *Trransport von die Klarrinett*, und werden Sie selber sehen, die *Klarrinett* hat ganz wunderbaren Klang. Mein Vater hat immer genannt die singende *Klarrinett*." Mit diesen Worten überreicht er dem Musiker das Instrument und nickt ihm noch einmal freundlich zu.

Kopfschüttelnd verlässt dieser nun die Wohnung des Alten. Allerhand Gedanken gehen ihm durch den Kopf: So ein komischer Kauz! Erst verlangt er einen horrenden Preis, und dann gibt er ihm das Instrument einfach so heraus. Eine singende Klarinette, was soll das denn sein? Und die Geschichte mit dem Rattenfänger? - Ach, alles Quatsch! - Im Mittelalter, als der Rattenfänger gen Osten gezogen war - so sich die Geschichte denn wirklich zuge-tragen hat - gab es ja tatsächlich noch gar keine Klarinet-ten. Allenfalls Schalmeien. - Na ja!

Zu Hause angekommen, packt er das Instrument sogleich aus, um es sich in aller Ruhe anzuschauen. Im-merhin macht es einen sehr gepflegten Eindruck. Alle Metallteile blitzen im Sonnenlicht. Der Korpus ist offen-sichtlich aus allerbestem Holz gearbeitet. Auch das Mundstück hat ein nagelneues Blättchen.

Na, mal hören, wie das Ding da klingt. Er setzt das In-strument an: Donnerwetter, was für ein Sound! Der Ton kommt tief und voll. Es klingt, als ob irgendwo eine gro-ße Glocke mitschwingt. Der ganze Raum ist von einem wundervollen weichen Klang erfüllt.

Erstaunt setzt er das Instrument wieder ab und be-trachtet es von allen Seiten. Morgen steht beim Kuror-chester „Petite Fleur" auf dem Programm, die herrliche, gefühlvolle Komposition, mit welcher einst Sidney Be-chet berühmt geworden ist. Es ist extra ein Arrangement für das Orchester geschrieben und in Noten gesetzt wor-den. Nun soll er den Solopart spielen, weshalb er sich in den letzten Tagen bereits an das Stück herangemacht und fleißig geübt hat. Na, mal sehen, wie es sich auf dem neuen Instrument spielen lässt:

„Dua-duu, dua-dadidi-daa..." Das ganze Zimmer ist von dem vibratoreichen Klang des berühmten Musikstü-ckes erfüllt, der alles mitschwingen lässt und im wahrs-ten Sinne des Wortes in die Knochen fährt. Noch ein paar Takte und er setzt das Instrument erneut ab.

„Bravo, bravo!" - Erstaunt fährt er hoch: Ja, was ist denn das? - Da stehen scheinbar Leute vor dem halb geöffneten Fenster. Als er hinausschaut traut er seinen Augen nicht: Etwa zwei Dutzend Menschen haben sich direkt auf dem Bürgersteig unter dem Fenster seines Zimmers versammelt. Alle blicken sie zu ihm hinauf und klatschen kräftig Beifall: „Bravo, bravo!".

Donnerwetter, was für eine Gaudi! - Na, bei soviel Applaus ist eine Zugabe sicherlich angebracht. Er öffnet jetzt ganz weit das Fenster, beugt sich heraus und setzt das Instrument erneut an:

„Dua-didel-dia-dua-dia-dit-dit-dit..." Heißa, der bekannte Ländler vom Münchner Oktoberfest tut seine Schuldigkeit. Schlagartig kommt Bewegung in die Leute da draußen. Sie fangen an zu tanzen und sich im Takt zu drehen.

Mann, das macht ja direkt Spaß! - Jetzt erhöht er das Tempo, und als wären die da unten allesamt Marionetten, gehen sie in dem schnelleren Takt mit, fangen sofort an, sich wie wild zu drehen und herumzuhopsen. Abrupt beendet er das Spiel und, zack, bleiben sie stehen. - Nein, so was!

Leise dämmert ihm, dass tatsächlich irgendetwas mit der Klarinette los sein könnte. Die Rattenfängergeschichte, die ihm der Janosch Kolschinski aufgetischt hat, kommt ihm in den Sinn. Dessen Flöte hatte ja auch einst die Menschen auf geheimnisvolle Weise verzaubert und in ihren Bann gezogen.

Ach, Quatsch, so etwas gibt es ja gar nicht! - Wahrscheinlich ist da draußen rein zufällig eine fröhliche Gesellschaft vorbeigekommen, vielleicht ein paar junge Leute, die gerade einen Ausflug machen. - Schnell schließt er das Fenster wieder, ohne noch weiter hinauszuschauen. Aber irgendwie ist ihm etwas komisch zumute.

Am nächsten Morgen wacht er schon sehr zeitig auf. Heute ist sein Tag, und er ist sich sicher, dass er bei der

Matinee mit „Petite Fleur" auf der neuen Klarinette endlich einmal ganz groß heraus kommen wird. Das ist ihm
auch sehr wichtig, denn schließlich gibt es da seit kurzem
Mary, die junge Cellistin. Seit sie vor vier Wochen im
Orchester angefangen hat, ist ihm jedes Mal ganz eigen
zumute, wenn sie ihn mit ihren großen, bernsteinfarbe-
nen Augen anschaut. Offensichtlich ist auch er ihr nicht
ganz gleichgültig. So hatte er sich ein Herz gefasst und
sie für den nächsten Sonntag im Anschluss an die obligatorische Matinee zu einem Ausflug ins Grüne eingeladen,
denn er ist sehr naturverbunden und kann sich nichts
Schöneres vorstellen, als mit Mary einen ausgedehnten
Spaziergang durch Feld, Wald und Wiesen zu machen.
Sie hatte auch ganz spontan zugesagt. Offensichtlich verstehen sie sich.

Beim Eintritt in das Kurhaus stellt er fest, dass schon
fast alle Plätze besetzt sind, und auch in der Wandelhalle
sieht man mehr Leute als sonst.

„Prima", denkt er, „da habe ich doch wenigstens mein
extra Publikum!"

Die Orchestermitglieder sind bereits vollständig versammelt, als der Kapellmeister vor Beginn der Matinee
halblaut etwas bekannt gibt: „Alle mal herhören! Wir
haben kurzfristig einen Auftrag bekommen. Am nächsten Sonntag ist in der Kreisstadt ein großes Fußballspiel.
Zwei Mannschaften aus der zweiten Bundesliga! Da ist
sicher was los! Im Stadion spielt dort vor Beginn der
Fußballpartien und in den Pausen sonst immer so eine
kleine Blaskapelle, die sie da haben. Die Kollegen sind
aber am nächsten Sonntag etwas knapp mit Leuten. Wir
sollen sie mit unseren Bläsern verstärken. Es gibt eine
Extra-Gage: pro Mann zweihundert Euro, Fahrgeld und
Tagesspesen. Ich habe bereits zugesagt."

„So ein Mist!" Unwillkürlich schaut der Klarinettist zu
Mary hinüber. Auch sie blickt ihn an und versteht sofort:
Mit dem Sonntagsausflug wird es nichts. Sie lächelt

trotzdem und gibt ihm mit ihrem Blick zu verstehen: „Ist schon okay, aufgeschoben ist nicht aufgehoben!"

Dankbar lächelt er zurück, denn er hätte nicht gut ausscheren können. So gefestigt ist seine Stellung in der Kurkapelle schließlich noch nicht, und außerdem kann er das zusätzliche Geld gut gebrauchen.

„Müssen wir zusammen mit der Hintertupfinger Staatskapelle vorher erst noch üben?", will einer der Hornisten wissen.

„Ach wo, was die spielen, das könnt ihr alles aus dem Hut. Das ist nur eine Laienkapelle, alles brave Leute, aber das Repertoire, was sie drauf haben, ist sehr begrenzt. Macht Euch mal auf viel Krach mit Humbahumba-Täterä gefasst. Na, was es auf einem Fußballplatz eben so gibt."

Inzwischen sind im Kursaal nahezu alle Plätze besetzt. Es ist elf Uhr, Zeit zu beginnen:

„Petite Fleur", sein Stück. Der Klarinettist erhebt sich und schaut den Kapellmeister an. Der nickt ihm aufmunternd zu und gibt mit dem Taktstock den Einsatz.

„Dua-duu, dua-dadidi-daa--." - Die Töne schweben durch den Raum und erfüllen den großen Saal mit ihrem Klang. Wieder dieses wunderbare, leichte Vibrato. Der Klarinettist schließt seine Augen. Ihm ist so, als ob er selbst ganz sacht dahinzugleiten begänne: „dua-du-di-didaa, dua-da-di-daa--." - Mein Gott, was für ein Instrument und was für ein Klang!

Während der Kapellmeister einige Mühe hat, das Orchester und den Solisten mit seinem Taktstock zusammenzuhalten, gewissermaßen zu synchronisieren, spielt sich bei den Menschen im Saal eine merkwürdige Verwandlung ab. Tief ergriffen lauschen sie den Zauberklängen der Klarinette. Dann erhebt sich einer nach dem anderen vom Platz. Wie von magischen Kräften angezogen drängen die Gäste nach vorn.

„Dua-duu, dua-dadidi-daa--." Verzückt umringen die Menschen Bühne und Orchester. Einige beginnen zu schluchzen, andere wiegen sich im Takt der Musik.

Tatsächlich, die singende Klarinette scheint magische Kräfte zu haben, oder ist es „Petite Fleur", das berühmte Stück, was die Menschen ganz plötzlich ergreift?

Der letzte Ton verklingt. Der Klarinettist öffnet seine Augen und scheint wie aus einem Traum zu erwachen. Doch dann schaut er erschrocken um sich. Um Gottes Willen, was ist denn das? Wieso stehen die Leute alle dicht gedrängt um das Orchester herum? Blitzartig fällt ihm die Rattenfängergeschichte ein: Sollte das Instrument tatsächlich ...?

Doch er hat keine Zeit, den Satz zu Ende zu denken: „Bravo, bravo, bravo!" Ein Riesenapplaus erhebt sich im Kursaal. Noch näher drängen die Menschen heran. Einige heben den jungen Musiker empor und lassen ihn hochleben, während die Übrigen um ihn herum stehen und rhythmisch in die Hände klatschen. Eine wahrhaft tolle Szene!

Auch das Orchester hat sich unter stehendem Applaus erhoben. Seine Augen suchen Mary. Ein großes Glücksgefühl durchströmt ihn, als er ihre Tränen sieht.

Auf dem Weg nach Haus geht ihm sein Auftritt durch den Kopf: Was für ein wunderbarer Erfolg! Lag das alles tatsächlich an der Klarinette? - Janosch Kolschinski fällt ihm ein. Wie hatte er das Instrument noch genannt? - Die singende Klarinette? Tatsächlich, es war eine! - Doch dann geht ihm der Rattenfänger durch den Sinn. Ihn befällt ein leises Frösteln. - Ach, Quatsch!

Nach diesem Riesenerfolg könnte er eigentlich den Handel mit dem Janosch Kolschinski direkt zu Ende bringen. Immerhin hatte der etwas von einem Preisnachlass gesagt. Am Ende vergisst der das wieder. Also, auf geht's!

Zehn Minuten später steht er vor der Haustür des Alten in der „Gartenstraße". Doch was ist das? Da steht ja

„Brinkmann" auf dem Türschild. Hat er sich in der Adresse vertan? Nein, kein Zweifel, es ist das Haus.

Auf sein Klingeln hin öffnet eine junge Frau und er fragt sie nach Janosch Kolschinski.

„Kolschinski? - Nein, unbekannt!"

Verdattert schaut der Musiker die Frau an: „Aber der hat doch gestern hier noch gewohnt!"

„Das ist nicht möglich", erwidert sie, „schließlich ist das hier seit über zwei Jahren unser Haus, und darin wohnen ganz allein mein Mann und ich."

„Ja, dann entschuldigen Sie bitte die Störung."

Total perplex geht er die paar Schritte durch den Vorgarten und schaut sich noch einmal um: Irrtum ausgeschlossen, es ist die Straße, es ist das Haus!

Kopfschüttelnd geht er den Weg zurück. Die Gedanken überschlagen sich: Janosch Kolschinksi, die Klarinette und die Rattenfängergeschichte! Irgendetwas stimmt da nicht. Hat er das alles nur geträumt? - Nein, er trägt ja das Instrument mit dem Lederbeutel unter dem Arm, genauso wie er beides von dem Alten bekommen hat. Und sein Auftritt soeben? - Na, das war doch kein Traum gewesen! - Um Gottes Willen, was hat das alles zu bedeuten?

Hastig legt er den Weg bis zu seiner Wohnung zurück, die letzten Meter fast im Laufschritt. Nur schnell hinein, und erst einmal über alles nachdenken.

Ein Grog könnte ihm jetzt gut tun. Auf der Insel Helgoland, wo er vor ein paar Jahren einmal eine Saison lang musiziert hat, waren die Menschen seit eh und je felsenfest davon überzeugt, dass ein steifer Grog gegen alle Widerwärtigkeiten des Lebens das beste aller Rezepte sei. Also den Grogkessel her und die gute Helgoländer Mischung hinein: Rum, Arrak, Zucker und nicht zuviel Wasser.

Schon dampft der Grog im Glase: Ah, welche Wohltat!

Er grübelt vor sich hin: Wie war das eben noch gewesen? Hatte er sich nicht vielleicht doch in der Straße vertan? Möglicherweise gibt es noch eine andere Häuserzeile, die so ähnlich aussieht. Immerhin war er bis dahin noch nie in jenem Vorstadtviertel gewesen. - Na, der Janosch Kolschinski konnte sich ja schließlich nicht in Luft aufgelöst haben! - Also gut, morgen früh wird er noch einmal dorthin gehen, und dann wird sich die Sache in Wohlgefallen auflösen. - Ach klar, was denn sonst!

Im Kessel summt eine neue Mischung. O ja, die Helgoländer haben mit ihrem Grog tatsächlich ein exzellentes Mittel erfunden. Verwendbar in allen Lebenslagen. Ein tolles Getränk! - Mary kommt ihm in den Sinn. Wieder empfindet er die Glückseligkeit von vorhin, als er an die Tränen in ihren Augen denkt, mit denen sie ihn nach seinem großen Auftritt angeschaut hat.

Noch einen? - Na was denn sonst! - Gemütlich summt der Grogkessel.

Ja, und nun steigt das Fußballspiel! Unser Klarinettist, der zur Verstärkung der örtlichen Blaskapelle mit abkommandiert ist, schaut sich um: Donnerwetter, er hat sich das Stadion nicht so groß vorgestellt. Für eine simple Kreisstadt ganz schön bombastisch! Da sind ja mindestens 20.000 Zuschauer drin. Und was für einen Mordskrach die mit ihren Hörnern und Trillerpfeifen veranstalten. Dabei soll das Spiel doch erst in einer halben Stunde beginnen.

Die Musiker der verstärkten Blaskapelle sind inzwischen alle eingetroffen. Es kann losgehen. Na, mal sehen, wie sich das jetzt anlässt. Sicherheitshalber hat er auch sein Saxophon mitgenommen, denn wie hatte der Kapellmeister zu Hause noch gesagt? „Viel Krach und Humba-humba-Täterä!" - Die Klarinette bleibt also erst einmal in ihrem Lederbeutel.

„Achtung, Dreivierteltakt, auf geht's": ,So ein Tag, so wunderschön wie heute, so ein Tag, er dürfte nie vergeh'n ...' - Das Allerweltsstück ist so richtig geeignet, um die Fangemeinde im Kreisstadt-Stadion in Stimmung zu bringen. Fähnchen und Wimpel in allen Farben werden geschwenkt und es wird kräftig geschunkelt. Immerhin sind auch die Fanklubs der beiden fremden Bundesliga-Mannschaften da. Sie veranstalten jetzt ein Konzert auf ihren Trillerpfeifen, können sich aber gegen den Gesang und die Blasmusik nicht durchsetzen. - Soll das etwa ein Protest sein? Und wenn ja, gegen wen? – Auch Alkohol scheint bereits reichlich zu fließen. Na, hoffentlich gibt das nicht noch eine dicke Randale!

„Wir wollen unsern alten Kaiser Wilhelm wieder haben, aber nur mit dem Bart, mit dem langen Bart..." Der Ferbelliner Reitermarsch! - O Gott, was für ein alte Klamotte! Aber die Menge im Stadion singt laut und begeistert mit, während die Musiker von der Stadtkapelle reinhauen, dass es nur so kracht. Ja, man merkt, dass hier tiefste Provinz ist, und so geben auch die Verstärkungskräfte des Kurorchesters ihr Bestes.

„Kann jemand den Klarinetten-Ländler spielen, den vom Oktoberfest?" Der Kapellmeister von der Stadtkapelle schaut die Aushilfsmusiker fragend an. Offensichtlich traut sich von der örtlichen Stammbesatzung keiner an das Stück heran.

„Klar, kann ich", meldet sich der Klarinettist.

„Prima, bitte kommen Sie nach vorn!"

„Dua-didel-dia-dua-dia-dit-dit-dit..."

Ja, was ist denn das? - Schlagartig verstummen die Trillerpfeifen der Fanklubs. Alles schaut zur Kapelle herüber. Jetzt springen einzelne Fans über die Absperrung, dann immer mehr. Schließlich stürmt die gesamte Menge das Spielfeld und drängt herüber bis dicht vor das Podest, auf dem die Kapelle sitzt. Die Fans beginnen, zu johlen und sich in einem wilden Rhythmus im Kreis zu drehen, herumzuspringen und zu tanzen.

„Mein Gott, wieder die Klarinette!", durchzuckt es den Klarinettisten und er bekommt es mit der Angst. Er setzt das Instrument ab und lässt die Kapelle allein weiterspielen. Schlagartig hört die Menge mit dem Herumspringen auf. Doch der Kapellmeister schaut missbilligend zu ihm herüber und so beeilt er sich, schleunigst die Klarinette wieder anzusetzen:

„Dua-didel-dia-dua-dia-dit-dit-dit..." Wie auf Kommando geht der tolle Tanz sogleich wieder los, und zwar noch wilder als zuvor. Erschrocken unterbricht er das Spiel erneut.

Ruckartig bleibt alles stehen. Aber nun ertönt ein ohrenbetäubender Lärm: Menschen schreien, Knallfrösche explodieren, Bierflaschen und Zaunlatten fliegen durch die Luft, und es beginnt eine allgemeine Prügelei, jeder gegen jeden. - Plötzlich ertönt ein lauter Schreckensruf: „Feuer, Feuer, Feuer!!!"

Tatsächlich, auf der Tribüne haben ein paar Verrückte Feuer gelegt. Flammen züngeln hoch, Menschen rennen weg, andere versuchen zu löschen. Jetzt stürmt die Polizei das Spielfeld, versucht der Gewalt Herr zu werden. Die Tribüne wird von einem Sondereinsatzkommando geräumt.

Hastig packen die Musiker ihre Instrumente ein. Der Klarinettist duckt sich hinter seinem Notenständer. Ihm ist furchtbar zumute, denn jetzt weiß er es exakt: Es ist seine Klarinette, die Klarinette, die ihm der Janosch Kolschinski gegeben hat. Sie ist verhext! Und so ist er nun Schuld an dem Krawall, er ganz allein! - Bloß weg! Nichts wie weg! Er nimmt seine beiden Instrumente und will loslaufen. Doch da rutscht er aus und fällt der Länge nach auf das Podest.

Mühsam rappelt er sich hoch und schaut sich verdattert um. Er sitzt auf dem Fußboden seiner kleinen Wohnküche. Offensichtlich ist er vom Stuhl gerutscht und hingefallen, während der Grogkessel immer noch friedlich vor sich hin summt.

Du lieber Gott, er war wohl eingeschlafen! Na ja, drei dicke Gläser mit Helgoländer Grog, die reichen denn ja auch hin!

Unwillkürlich denkt er an die gewalttätige Szene im Stadion zurück. Ganz plastisch hat er die Bilder vor Augen, und der Schreck sitzt ihm noch gehörig in den Gliedern. - War das wirklich alles nur ein Traum gewesen?

Ach, bloß nicht nachdenken. Erst einmal ausschlafen. Aber er kann den Gedankenwirrwarr nicht mehr abstellen und so steigen Bilder und Erinnerungen in ihm auf: Dieser verdammte Kolschinski, der war vielleicht nicht ganz dicht im Oberstübchen! Sein Gefasel von dem Rattenfänger. Ach was, alles Blödsinn! - Aber dass er das Haus nicht wieder gefunden hatte. Na, da hat er sich vorhin wahrscheinlich schlicht und ergreifend verlaufen. Also, morgen wird Schluss gemacht mit dieser seltsamen singenden Klarinette. Er wird sie kurz und schmerzlos zurück bringen, und dann Schwamm darüber. Der Janosch Kolschinski hat es ja selbst so angeboten. Am Besten, er kauft sich ein fabrikneues Instrument. Jawohl, genauso wird er das machen.

Die Nacht ist drückend warm, und es dauert eine Weile, bis er endlich eingeschlafen ist. Wirre Träume steigen in ihm auf, und wieder ist es die Rattenfänger-Geschichte, die ihn bis in den Schlaf verfolgt:

„Angeklagter, stehen Sie auf! Sie haben sich laut Anklageschrift einer schweren Störung der öffentlichen Ordnung schuldig gemacht. Wollen Sie sich zur Sache äußern?" Der Richter scheint es gewohnt zu sein, bei Randale in Sportstadien kurzen Prozess zu machen.

„Aber Herr Amtsgerichtsrat, ich habe doch nur den Ländler vom Oktoberfest gespielt, und das auch nicht allein, die ganze Kapelle hat mich begleitet, außerdem hatte ich vom Kapellmeister ausdrückliche Anweisung, gerade dieses Stück auf der Klarinette vorzutragen." Mühsam versucht der Musiker zu erklären, dass die Musik das eine und der Krawall das andere gewesen waren.

„Ach, hören Sie auf, das sind doch nur Ausflüchte ", fährt ihn der Richter scharf an, „der Kapellmeister hat mir ganz etwas anderes erzählt. Danach sollten Sie das Publikum unterhalten, nicht aber aufreizende Stücke spielen und damit einen Tumult anheizen. Aber genau

Letzteres haben Sie mit Ihrer Klarinette getan. Passen Sie gut auf, das kann Sie teuer zustehen kommen!"

„So glauben Sie mir doch, Herr Amtsgerichtsrat, woher sollte ich denn wissen, dass die Fußballfans ausgerechnet dieses Allerweltsstück zum Anlass für einen Krawall nehmen würden. Überhaupt, die hatten doch allesamt bereits ganz schön Ladung drauf. Und wenn Sie schon das Instrument ansprechen, das gehört mir noch nicht einmal. Fragen Sie doch den Janosch Kolschinski, der hat mir die Klarinette geliehen. Wenn das Instrument jetzt der Auslöser gewesen sein soll, na bitte, dann ist doch der Janosch Kolschinski mindestens mitschuldig."

„Damit kommen Sie bei mir nicht durch, mein Lieber." Die Stimme des Richters klingt jetzt laut und höhnisch. „Ich hatte mir schon gedacht, dass Sie damit kommen würden und habe mich vorher erkundigt. Also, um es kurz zu machen: Ihren Janosch Kolschinski, den gibt es gar nicht, weder hier in der Kreisstadt noch im Kurbad."

„Doch Herr Richter", ich kann alles bestätigen", eine junge Frau kommt aus dem Zuhörerraum nach vorn gelaufen, „ich kann alles bezeugen!"

„Mary, wie kommst Du denn hierher? - O, mein Gott!" - Schluchzend nimmt er sie in die Arme und klammert sich ganz fest an sie. Doch im gleichen Augenblick ist alles verschwunden: Der Gerichtssaal, der Richter, die Zuschauer, Mary und vor allem er selbst in der Rolle als Angeklagter.

Schweißgebadet sitzt er senkrecht in seinem Bett, und es dauert eine ganze Weile, bis er einigermaßen klar denken kann. Er hat alles nur geträumt. Natürlich!

So etwas Blödes! - Er knipst die Nachttischlampe an und schaut auf den Wecker: Zehn vor sechs. Ach, am besten, er steht jetzt gleich auf. An Schlaf ist sowieso nicht mehr zu denken.

Unter der Dusche geht ihm alles noch einmal durch den Kopf: Eigentlich interessant, wie es das Unterbewusstsein fertigbringt, nach dem Zufallsprinzip frühere Eindrücke zu vermischen. Er hatte einmal in einer Zeitschrift gelesen, dass die während der REM-Phase des Schlafes im Gehirn vagabundierenden Gehirnströme alle möglichen, in verschiedenen Gehirnpartien abgespeicherten Erinnerungen antippen und sie dabei aktivieren, wodurch dann der Mischmasch eines Traumes entsteht. Offenbar hatte er eben eine derartige Vorstellung seines Gehirnes erlebt und so waren Anklage, Richter, Gerichtsaal, Janosch Kolschinski, Mary und der Fußballkrawall, den es in Wirklichkeit ja gar nicht gegeben hat, im Traum einfach ineinander geflossen. - Verrückt!

Aber trotzdem: Schluss jetzt mit diesem ganzen Quatsch!

Wieder erfasst ihn bei der Erinnerung an alles, was mit der Klarinette zusammenhängt, dieses merkwürdige Frösteln. Ihm kommt plötzlich in den Sinn, dass ja auch der Rattenfänger mit seiner verhexten Flöte einst der Sage nach allerhand Unglück angerichtet hat. Offensichtlich kann man sich den unterschwellig vorhandenen Gefühlen, die eine solche Sage in den Menschen auslöst, nicht ganz entziehen.

Deshalb bleibt es dabei: Weg mit der Klarinette! Gleich nach dem Frühstück wird er den Janosch Kolschinski aufsuchen und ihm mit dem Ausdruck des Bedauerns das Instrument zurückgeben. Und dem Kapellmeister wird er etwas von einem wichtigen Termin erzählen, weswegen er nicht zum Fußballspiel am kommenden Sonntag mitfahren kann. Er ist zwar nicht abergläubisch, und Träume sind Schäume, so hatte er jedenfalls bis jetzt gedacht, aber dennoch, was immer sich am Sonntag beim Fußballspiel in der Kreisstadt abspielen wird, ohne ihn!

Er empfindet plötzlich einen ganz starken Widerwillen gegen das Unternehmen „Fußballspiel in der Kreisstadt".

Na ja, auf einen mehr oder weniger wird es wohl nicht ankommen. Der Ausflug ins Grüne mit Mary bekommt damit absolute Vorfahrt. - Auch nicht schlecht!

So, nun noch einmal die Zeitungsannonce und den Stadtplan her: Aha, da ist ja auch die „Gartenstraße". Na also, diesmal wird es klappen.

Wie spät ist es denn inzwischen? - Was, fast acht Uhr? - Ach, der Janosch Kolschinski wird sicherlich schon aufgestanden sein. Also los!

Draußen empfängt ihn ein freundlicher Tag. Ein paar Wolken versuchen zwar, sich vor die Sonne zu schieben, aber es gelingt ihnen nur recht unvollkommen, so dass eine leichte wohltuende Wärme die Temperatur draußen schon ganz angenehm macht. Die Straßen sind noch fast menschenleer. Na klar, es ist ja noch sehr früh. Die Geschäfte haben noch nicht geöffnet.

Nach etwa zehn Minuten biegt die „Gartenstraße" links ab. Richtig, und dahinten kommt auch das etwas zurückgelegene Haus mit der Nummer 17 in Sicht. Es stimmt genau. - Na also, wer sagt's denn!

So, das wäre geschafft: „Gartenstraße Nummer 17", bitte sehr!

Was? - Das gibt's doch nicht! „Brinkmann". – Klar und deutlich steht wieder dieser Name auf dem Türschild.

Kein Zweifel, er hatte sich gestern nicht verlaufen. Seine Gedanken beginnen zu kreisen: Da ist doch etwas faul an der Sache! Also, wenn er nicht die Klarinette unter dem Arm hätte, würde er jetzt einfach abhauen und sich sagen, dass er das Treffen neulich mit dem Janosch Kolschinski und alles, was dann da noch nachgekommen war, geträumt hat. Aber zumindest sein Auftritt im Kursaal mit „Petite Fleur" war kein Traum gewesen. Der hatte auf jeden Fall stattgefunden.

Er geht zur Straße zurück, zögert: Soll er noch einmal klingeln? – Ach, nicht nötig, denn - welch ein Zufall - im selben Augenblick öffnet die junge Frau von gestern die Haütür, um den Brötchenbeutel hereinzunehmen. Sie bemerkt ihn nicht weiter, und so denkt er, dass er sich nur lächerlich machen kann, wenn er noch einmal nach dem Janosch Kolschinski fragen würde?

Das Einwohnermeldeamt! - Na klar, dort können sie ihm vielleicht weiter helfen.

Der freundliche Beamte im Einwohnermeldeamt hört sich die Geschichte, die ihm der junge Musiker da erzählt, mit einem milden Lächeln an. Er hat schon viel erlebt, diese Sache kommt ihm allerdings reichlich spanisch vor. Alles gut und schön, aber so ohne weiteres ist er nicht befugt, Adressen und Daten über Dritte herauszugeben.

Als aber der junge Musiker den Lederbeutel öffnet, um ihm gewissermaßen zum Beweis das Corpus Delicti, die Klarinette, zu zeigen, wird der Beamte nun doch nachdenklich: Komische Sache, da sucht jemand einen angeblich in der hiesigen Stadt angemeldeten Mitbürger namens Janosch Kolschinski, nur um diesem sein Eigentum, eine „historische Klarinette", zurückgeben zu können.

„Na, mal schauen!" Aber so sehr er auch den Computer bemüht, nichts zu machen. Ein „Janosch Kolschinski", ob mit „K" oder „C" geschrieben, ist nicht zu finden. Auch die Adresse „Gartenstraße 17": Fehlanzeige!

„Tja, tut mir leid, mein Herr, versuchen Sie es doch einmal über den Suchdienst der Polizei", empfiehlt er dem jungen Mann, der da vor ihm am Schreibtisch sitzt.

Der schaut etwas ratlos vor sich hin, dann kommt ihm ein Gedanke: „Wo finde ich denn das hiesige Fundbüro?"

„O, da sind Sie bei mir an der richtigen Stelle", lautet kurz und knapp die Auskunft, „Einwohnermeldeamt, Ordnungsamt und Fundbüro sind alle zu einer gemeinsamen Dienststelle zusammengefasst und unterstehen mir als dem zuständigen Amtsleiter".

„Ach, das ist ja prima! Wissen Sie was? Ich gebe das Instrument bei ihnen als Fundsache ab, mit der Anmerkung, dass es wahrscheinlich einem Mann namens Janosch Kolschinski gehört, dessen Aufenthaltsort aber zurzeit unbekannt ist. Fundort: „Gartenstraße 17 im hiesigen Kurbad. Wenn wir es so machen, dann habe ich meine Pflicht und Schuldigkeit getan, und niemand kann mich der Unterschlagung eines antiken, möglicherweise kostbaren Musikinstrumentes bezichtigen." Mit diesen Worten überreicht der Musiker dem Beamten den Lederbeutel samt der darin befindlichen Klarinette.

„Ach, nun seien Sie mal nicht so ängstlich", versucht der Beamte die Bedenken des jungen Mannes zu zerstreuen, „wir können hier jetzt auch ein Protokoll aufsetzen, worin festgehalten wird, dass Sie heute versucht haben, den Eigentümer des Musikinstrumentes ausfindig zu manchen, und zwar in der Absicht, diesem sein Eigentum zurückzugeben. Na, und dann behalten Sie das Instrument einfach, bis sich der Gesuchte eines Tages von sich aus meldet. Den Vorwurf einer möglichen Unterschlagung kann dann beim besten Willen niemand gegen Sie erheben. Schließlich, wenn ich Sie recht verstanden habe, können Sie die Klarinette doch ganz gut gebrauchen."

„Nein, ich behalte die Klarinette auf gar keinen Fall!" Ohne auch nur eine Sekunde nachzudenken, weist der Musiker den gut gemeinten Vorschlag zurück. „Ich will damit nichts mehr zu tun haben, denn ich fürchte, das Ding da bringt mir nur Unglück."

„Na schön, wie Sie wollen, geben Sie also her!"

Erleichtert und als handele es sich um ein besonders heißes Eisen, reicht der Musiker den Lederbeutel mit der Klarinette dem Beamten.

Der fertigt eine Eingangsbestätigung aus und übergibt sie dem Musiker.

„Vielen Dank und auf Wiedersehen!" Mit diesen Worten verabschiedet der sich jetzt kurz und verlässt eilig das städtische Büro.

Draußen umfängt ihn strahlender Sonnenschein. Na, das wird bestimmt noch ein schöner Tag werden. Während er die Straße hinunterstapft, fühlt er sich nun unendlich erleichtert. Die Ereignisse der letzten Tage gehen ihm noch einmal durch den Kopf, das heißt, sofern sie überhaupt stattgefunden haben. Jetzt, da er das verhexte Ding wieder losgeworden ist, kann er sogar ein wenig darüber lächeln.

Ja, und was soll er zu all dem noch sagen? - Also, Sachen gibt's, die gibt es gar nicht!

Die Wolfskreide

„Na, das war's dann wohl für heute!", murmelt der junge Apotheker leise vor sich hin und schaut zum Fenster hinaus. Es fängt schon an zu dämmern und die Uhr von der gegenüberliegenden Kirche beginnt im selben Augenblick zu schlagen. - Aha, 19.00 Uhr!

„Auf Wiedersehen, Herr Doktor!", ertönt es von hinten aus der Offizin. Die beiden Helferinnen verabschieden sich und verlassen die Apotheke.

„Ja, auf Wiedersehen!", ruft er zurück und geht nun zur Eingangstür, um abzuschließen, doch im selben Augenblick öffnet sich diese und ein letzter Kunde kommt noch herein. Es ist ein älterer Mann.

„Guten Abend!", grüßt der Apotheker den Eintretenden, um sogleich fortzufahren: „Ach, Sie sind es! Brauchen Sie noch Ihre Tabletten?" Offensichtlich kennt er den Mann, der da soeben herein gekommen ist, recht gut. Dieser scheint aus der ländlichen Umgebung zu stammen, worauf sein Lodenmantel und die schweren Stiefel schließen lassen.

„N' Abend Herr Doktor!", grüßt der Mann zurück, um dann auf die Frage des Apothekers zu antworten: „Ja, schon richtig, aber ich habe auch noch etwas anderes für Sie." Bei diesen Worten deutet er auf eine etwas größere Handtasche, die scheinbar einiges Gewicht hat.

„Na, da machen Sie mich aber neugierig, was haben Sie denn Schönes?"

„Wolfskreide", lautet kurz und knapp die Antwort.

„Wolfskreide? - Was soll das denn sein?" Der Apotheker schüttelt leicht den Kopf.

„Darf ich mich setzen?" Der alte Mann ist offensichtlich schlecht zu Fuß, denn er geht am Stock und hinkt etwas.

„Aber natürlich, bitte sehr." Auch der Apotheker setzt sich auf einen Stuhl und schaut den Besucher aufmerksam an.

Dieser fährt nun fort: „Ja, das ist eine etwas merkwürdige Geschichte. Sie wissen doch, dass ich in Neudorf zusammen mit meiner Frau den Lebensmittelladen habe. Wir sind ja wohl weit und breit die Letzten, die solch ein Geschäft noch führen. Bekanntlich nennen die Leute das einen ‚Tante Emma-Laden'. - Ach, die sollten alle mal einen Tag lang darin arbeiten müssen. - Na ja, aber darum geht es jetzt nicht. - Also kurz und gut, ich werde demnächst fünfundsiebzig und da haben wir beschlossen aufzugeben. Unser Sohn wohnt ja längst nicht mehr hier. Außerdem hat er sowieso keine Lust, den Laden zu übernehmen. Wir machen also zu."

„Ach, das ist aber schade", wirft der Apotheker ein, „aber ich kann das durchaus verstehen. Sie haben ja wohl auch so schon die allergrößte Mühe gehabt, sich gegenüber den Discountern und Supermärkten zu behaupten."

„Ja, sicherlich. Aber es ist ganz einfach auch die Gesundheit, die uns nun doch sehr zu schaffen macht. Sie kennen ja meine ‚Wehwehchen' und die von meiner Frau nur allzu gut. - Nun denn, seit ein paar Tagen sind wir dabei, Inventur zu machen und aufzuräumen. Dabei ist jetzt etwas Merkwürdiges passiert. - Also ich hoffe, Sie lachen mich nicht gleich aus. Ich muss da mal etwas weiter ausholen."

„Soll ich uns noch einen Kaffee oder einen Tee machen?", fragt jetzt der Apotheker.

„Danke, lassen Sie mal", antwortet der alte Mann.

Dann fährt er fort: „Als ich vor vierzig Jahren den damals bereits seit mindestens sieben oder acht Generationen im Familienbesitz befindlichen Kaufmannsladen von meinem Vater übernommen hatte, da geisterte so eine Geschichte in unserer Familie herum. Es hieß, einer unserer Vorfahren hätte vor vielen, vielen Jahren just dem bösen Wolf die Kreide verkauft. - Sie kennen doch sicherlich die Geschichte von dem Wolf und den sieben Geißlein, welche die Gebrüder Grimm einst aufgeschrieben haben? – Also, darin wird bekanntlich berichtet, wie der Wolf zunächst von den sieben Geißlein wieder weggeschickt wurde, weil er so eine raue Stimme hatte, wie er dann aber zu einem Krämer gegangen sei, um sich dort Kreide zu kaufen, wie er diese gefressen und damit eine schöne Stimme bekommen habe. Das Ende vom Liede war ja dann, dass er die sieben Geißlein aufgefressen hat. Gottlob endet das Märchen aber mit einem Happy End, indem die Geißlein gerettet wurden und der Bösewicht zum Schluss seine gerechte Strafe bekommen hat. Kurz und gut, nach der Familiengeschichte soll das mit der Kreide in unserem Hause passiert sein und jener Vorfahre von mir wäre es also damals gewesen, der als Krämer dem Wolf die Kreide verkauft hat."

Der Apotheker schüttelt erneut den Kopf, hört aber weiter gespannt zu.

Der Mann fährt nun fort: „Natürlich ist das nur eine Story, wie es sie eben so gibt und keiner hat so richtig daran geglaubt. Nur mein Großvater, an den ich mich noch gut erinnere, der hat früher immer gesagt, dass irgendwo im Hause ein alter Verschlag sein müsse, in welchen seinerzeit unser Vorfahre vor lauter Schreck, als er das mit den sieben Geißlein hinterher gehört hatte, die ganze Kreide weggeschlossen hätte. Er hätte damals geschworen, sich niemals wieder mit diesem Teufelszeug abgeben zu wollen. - Nun, mein Großvater war davon überzeugt, dass die ‚Wolfskreide', wie er sie nannte, noch im Hause sein müsste. Gefunden hat er sie allerdings nicht".

Der Mann holt tief Luft: „Aber nun halten Sie sich fest: Ich habe sie gestern gefunden!"

„Wie bitte?" Der Apotheker schaut ihn ungläubig an.

„Doch, doch, tatsächlich! - Beim Herumkramen stieß ich im Keller plötzlich auf eine gemauerte Wand, die offensichtlich im Laufe der Zeit morsch geworden ist. Als ich dagegen trat brach sie ein und dahinter wurde eine Nische sichtbar mit allerhand Gerümpel darin. Nun, und darunter befand sich auch ein Tongefäß, dessen Deckel mit Wachs luftdicht verschlossen worden war. Nachdem ich das Wachs und den Deckel entfernt hatte, kam ein mit weißem Pulver gefüllter Leinenbeutel zum Vorschein, auf dem dieses Blatt lag".

Der Mann zieht jetzt ein Stück stark vergilbtes Papier aus seiner Handtasche und überreicht es dem Apotheker. Der entfaltet es und liest halblaut: *„Von der Kreide, so im Regal gestanden, dem bösen Mann zwei Lot gegeben. Von den Leuten aber gehört, dass der ein Werwolf gewesen. Habe das nit gewusst. Sie sagen, der Werwolf hätte hinterher sieben Geißen gefressen. Hätten ihn aber die Bauren totgeschlagen. Kreide seind Teufelszeug. Gott ist mein Zeuge, soll niemals wieder Kreide in das Regal kommen."*

„Hm, das klingt ja wirklich merkwürdig", sagt der Apotheker nach einigem Zögern, „aber ich bitte Sie, das mit den sieben Geißlein ist doch nur ein Märchen."

Doch dann sinnt er eine Weile vor sich hin: Na ja, schon möglich, dass die Leute damals in Neudorf, zu einer Zeit als man noch in allerlei Aberglauben befangen war, irgendeinen „bösen Mann" im Verdacht gehabt hatten, ein Werwolf zu sein. Man glaubte damals ja an leibhaftige Hexen. Auch der so genannte Werwolf gehörte gewissermaßen zu dieser Kategorie. Ein äußerlich normal aussehender Mann also, der sich des Nachts in einen reißenden Wolf verwandeln konnte. Möglicherweise stand jemand aus dem Dorf im Verdacht, ein solcher Bösewicht zu sein. Na, und den haben sie kurzerhand gelyncht, als eines Nachts ein paar Geißen gerissen worden waren, vielleicht sogar von einem richtigen Wolf. Der war natürlich über alle Berge. - Bekanntlich haben viele Märchen und Sagen einen realen Hintergrund. Das hier wäre möglicherweise der Kern der Geschichte und das Volksmärchen vom Wolf und den sieben Geißlein könnte also auf eine wahre Begebenheit zurückgehen, die hier andeutungsweise sichtbar wird. - Nun ja, könnte! - Aber immerhin, ganz interessant!

Nach einem Augenblick des Schweigens fragt der Apotheker seinen Besucher unvermittelt: „Sagen Sie mal, wieso kommen Sie mit dieser wundersamen Geschichte denn ausgerechnet zu mir?"

„Nun, Herr Doktor, Sie sind ein Studierter, und da dachte ich, es würde Sie vielleicht interessieren. Und dann könnte es auch sein, dass sie das weiße Zeug aus dem Leinenbeutel gebrauchen können, das müsste dann ja die Kreide sein, welche der Wolf einst gefressen hat. Also, ich habe sie hier mitgebracht."

Er öffnet jetzt die Handtasche und holt einen prall gefüllten Leinenbeutel heraus, der gut und gerne zwanzig Kilogramm wiegen mochte.

"Zeigen Sie mal her!" Auch der Apotheker scheint jetzt ein bisschen von der phantastischen Geschichte angesteckt worden zu sein. Er öffnet die Verschnürung und tatsächlich wird ein weißes Pulver sichtbar.

„Hm, interessant! Könnte Kreide sein, vielleicht aber auch etwas anderes. Lassen Sie mir doch das Material mal da, so dass ich es untersuchen kann."

„O bitte, Sie können alles behalten. Einen großen Wert hat das Zeug ja wohl nicht."

„Nein, wahrscheinlich nicht. Also vielen Dank! Ich schau mir die ‚Kreide' gern mal an."

„Ja, nun brauche ich noch meine Tabletten!" Mit diesen Worten erhebt sich der Besucher vom Stuhl und tritt in den Apothekenraum.

„Aber gern!"

Der Handel ist rasch abgeschlossen und der alte Mann verlässt mit einem „Auf Wiedersehen!" die Apotheke.

Der Apotheker ist jetzt allein. Er geht hinüber in die Offizin, wo er zunächst aus verschiedenen Schubfächern und Schränken allerhand Geräte und Bestecke zusammenstellt.

Nun entnimmt er dem Beutel vorsichtig eine Probe und schüttet sie in einen Mörser.

„Sehr sauberes Material!", denkt er beim Anblick des weißen Pulvers. - Kreide? - Hm, eigentlich sieht es eher nach einem feinen Salz aus! Also gut, machen wir mal eine Analyse!

Die Kirchturmuhr hat längst Mitternacht geschlagen, als die Analyse fertig und er sich einigermaßen sicher ist: Nein, Kreide ist das nicht. Es ist tatsächlich ein Salz, und zwar mit ziemlicher Sicherheit Emser Salz.

Emser Salz? - Ja natürlich, das passt zu der Geschichte! - Dann hätte der Wolf bzw. der „böse Mann" damals nicht Kreide, sondern Emser Salz geschluckt, womit er seine raue Stimme verbessert hat. Klar, Emser Salz nimmt man ja auch heute noch für Halsschmerzen, speziell auch für Stimmbandentzündungen und so weiter. Das haben die damals also auch schon gewusst, nur dass sie das Salz irrtümlich ‚Kreide' genannt haben. - Toll! - Na ja, zu was seinerzeit jener Werwolf auch immer die „Kreide" gebraucht haben mag, falls denn die Geschichte stimmt. Trotzdem, ganz schön spannend!

Die Nacht ist etwas kurz und die Geschichte mit dem „bösen Wolf" scheint den jungen Apotheker bis in den Schlaf zu verfolgen. Er hat einen Albtraum: Ein maskierter Mann verübt einen Überfall auf seine Apotheke und verlangt mit vorgehaltener Pistole Zyankali. Offenbar plant er ein Verbrechen. Doch dann fährt gerade noch rechtzeitig ein Streifenwagen der Polizei vor und nimmt den Verbrecher fest.

Schweißgebadet wacht er auf. - Sechs Uhr früh, ein neuer Tag! - Alsdann, auf geht's!

Plötzlich hat er eine tolle Idee: Wie wäre es, wenn er aus dem Emser Salz unter Beimischungen von ein paar wohlschmeckenden Essenzen und vielleicht etwas Vitamin „C" Tabletten herstellen würde? - Das erforderliche Tablettierwerkzeug ist in der Offizin vorhanden. Also los!

Als die beiden Helferinnen um acht Uhr zum Dienst erscheinen, staunen sie nicht schlecht, ihren Chef schon in der Offizin bei der Arbeit zu sehen. - Nun ja, die Konkurrenz schläft nicht, und heute muss jeder sehen, dass er nicht abgehängt wird. Da macht auch diese Apotheke keine Ausnahme. Und so gehen jetzt auch die Helferinnen zügig an die Arbeit.

Inzwischen ist es neun Uhr geworden und die Apotheke hat geöffnet. Da kommt auch schon ganz aufgeregt ein erster Kunde herein.

„Guten Morgen Herr Kammersänger!", grüßt ihn freundlich der Apotheker, „so früh schon in Aktion?"

„Ach, es ist furchtbar!", krächzt der so Angesprochene mit einer Stimme, die vor lauter Heiserkeit kaum zu hören ist. „Stellen Sie sich vor, um elf Uhr, also in zwei Stunden, habe ich bei der Matinee meinen Auftritt. Um Gottes Willen, ich bekomme keinen Ton heraus! Sie haben doch sicherlich ein möglichst superschnell wirkendes Mittel!"

„Aber ja, ich habe da etwas ganz Besonderes für Sie: ganz neue Tabletten, und zwar aus eigener Herstellung, sozusagen mein Hausrezept. Nehmen Sie gleich eine Tablette und dann jede halbe Stunde eine weitere!"

„Wirken die Tabletten auch sofort?", will der Kammersänger noch wissen. Doch dann schiebt er sich schon eine der vom Apotheker am frühen Morgen aus dem Emser Salz hergestellten Tabletten in den Mund, um nach einem Augenblick zu bestätigen: „Ah, das fühlt sich sehr gut an!"

„Aber gut lutschen und nicht kauen!", ermahnt ihn noch der Apotheker.

„Ja, ja, vielen Dank!", und schon rennt der Kammersänger davon.

„Sollen die in ein Glas gefüllt werden?", fragt jetzt eine der beiden Apotheken-Helferinnen, als sie die Tabletten in der Offizin liegen sieht.

„Ja, bitte!", antwortet der Chef kurz, um sich anschließend dem nächsten Kunden zu widmen:

„Oh, guten Morgen Herr ‚Erster Stadtrat'! Ich hoffe, Sie sind wohlauf." - Es ist klar, die beiden kennen sich offensichtlich recht gut.

„Danke der Nachfrage, es geht so, aber heute kann ich eins von Ihren Stärkungsmitteln gebrauchen. Sie haben es doch sicherlich gehört: Um neunzehn Uhr ist die Bürgerversammlung. Im Rathaus ist trotz der frühen Morgenstunde schon der Teufel los! - Kommen Sie auch zu der Versammlung?"

„Ich weiß noch nicht, ob ich kommen werde", antwortet der Apotheker. „Worum genau geht es denn bei der Bürgerversammlung?"

„Na sagen Sie mal, das betrifft doch vor allem auch Sie hier im Stadtzentrum! Sie kennen doch das Lieblingsthema unseres Oberbürgermeisters: das neue Gewerbegebiet am Stadtrand! Das steht heute an. Die Bürger im Innenstadtbereich befürchten ein Ausbluten des Zentrums, wenn erst das neue Gewerbegebiet mit Supermärkten, Discountern und so weiter da draußen entstanden sein wird. Die Opposition im Rathaus hat schon kräftig mobil gemacht und die Sache steht auf der Kippe. Der „OB" ist ziemlich in Rage. Wenn die Bürgerversammlung heute gegen ihn votiert, schmeißt er hin. Das hat er jedenfalls gestern im engsten Kreis gesagt. Aber eins ist auch klar: Falls er wieder so lospoltert, wie er das immer gerne tut, wenn er irgendwo Widerstand verspürt, dann sehe ich schwarz für ihn. Er kann nur gewinnen, wenn er die Sache diplomatisch angeht. - Na, wir werden ja sehen."

„Ja, ja, diplomatisches Geschick sollte einen ‚OB' eigentlich auszeichnen", fügt der Apotheker mit einem leichten Lächeln hinzu. - „So, hier sind Ihre ‚Vital-Kapseln'. Also viel Erfolg heute Abend. Vielleicht sehen wir uns noch, denn Sie haben schon Recht, das geht mich ja tatsächlich auch etwas an und so denke ich, dass ich ebenfalls zur Bürgerversammlung kommen werde."

„Na dann, Servus!"

Das Geschäft in der kleinen Apotheke geht seinen gewohnten Gang und trödelt so vor sich hin mit allerlei Rezepten, Hustensaft, Goldtropfen und so weiter.

Am Nachmittag wird es aber plötzlich lebendig, der Kammersänger erscheint noch einmal in der Apotheke: „Herr Doktor, Herr Doktor! Ganz großartig Ihre neuen Tabletten! Also, die Heiserkeit war wie weggeblasen! Ich konnte singen, wie Caruso. Die Leute waren begeistert und ich habe stehenden Beifall bekommen. Geben Sie mir auf jeden Fall noch ein paar von Ihren Wunderdingern, die lege ich mir hin, für alle Fälle!"

„Bitte sehr!" Auch der Apotheker scheint von dem Erfolg des Kammersängers entzückt zu sein und reicht ihm eine Tüte mit den gewünschten Tabletten, wobei er fortfährt: „Ach, das freut mich aber, war die Matinee denn gut besucht?"

„Ja, sehr gut sogar", lautet die Antwortet des Kammersängers, „also wenn ich Ihre Tabletten nicht gehabt hätte ..."

Im gleichen Augenblick mischt sich ein Kunde, der kurz zuvor hereingekommen ist, in das Gespräch ein: „Ach, gibt es etwas für die Stimmbänder? - Neue Tabletten? - Oh, die könnte ich heute vielleicht gebrauchen!"

Der Apotheker schaut den vornehm gekleideten Herrn, der da so urplötzlich aufgetaucht ist, erstaunt an. Dann erkennt er den Mann, es ist der Oberbürgermeister. - Na so was! - Vorhin noch hat er sich mit dem Stadtrat über den „Allgewaltigen" unterhalten und nun steht der da leibhaftig vor ihm.

„O, guten Tag Herr Oberbürgermeister!", begrüßt er ihn, „einen Augenblick, ich bin gleich für Sie da." Dann verabschiedet er sich von dem Kammersänger, der mit einem „Auf Wiedersehen" die Apotheke verlässt.

„So, jetzt stehe ich Ihnen gern zur Verfügung, Herr Oberbürgermeister. Sie fragten nach den Tabletten? - Hier bitte! - Sie sind ganz neu aus eigener Produktion. Mein Hausrezept! - Also, ich will nicht zu viel versprechen, aber ich denke, dass Ihnen die Tabletten helfen werden, wenn Sie einmal Probleme mit den Stimmbändern oder mit einer ganz simplen Heiserkeit und so weiter haben."

„Jawohl, exakt das ist es. Ich nehme sie, denn ich muss heute unbedingt fit sein für die Bürgerversammlung, da kommt mir Ihre Hausmarke gerade recht."

„Aber gern", sagt der Apotheker, „reichen zwanzig Tabletten?"

„Ja, sicher!"

„So, bitte sehr." Mit diesen Worten übergibt der Apotheker dem Oberbürgermeister eine Tüte mit den gewünschten Tabletten.

Nachdem er bezahlt hat, verabschiedet sich der Oberbürgermeister: „Vielen Dank, auf Wiedersehen!"

Wieder dämmert der Abend herauf, und der Apotheker macht sich fertig für die Bürgerversammlung. „Bitte, schließen Sie nachher noch ab!", sagt er zu den beiden Helferinnen, „ich gehe heute eine halbe Stunde eher!" Damit verlässt er die Apotheke.

Im Rathaussaal herrscht bereits ein großes Gedränge, und er sieht sich vergeblich nach einem Platz um. - Da in der zweiten Reihe ist noch einer frei! - „Ach Gott, so weit vorne?", denkt er, doch dann quetscht er sich an den Zuhörern, die bereits Platz genommen haben, vorbei und sitzt nun direkt vor dem Podium, auf dem schon einige von den „hohen Leuten" ihre Positionen, streng nach dem Dienstgrad, eingenommen haben. Er schaut sie sich der Reihe nach interessiert an und erkennt nun den Ersten Stadtrat, der ihm seinerseits freundlich zunickt. Der mittlere Stuhl da oben ist noch frei. - Aha, sicherlich für den „OB"!

Im Saal herrscht eine Atmosphäre, wie in einem Bienenhaus kurz vor dem Schwärmen. Das Rauschen und Summen menschlicher Stimmen ringsumher verrät die Spannung, die offensichtlich in der Bürgerversammlung herrscht.

Plötzlich erklingt aus der Tiefe des Saales verhaltener Beifall, zugleich hört man auch vereinzelte Pfiffe. Der Oberbürgermeister scheint angekommen zu sein. Richtig, jetzt sieht man ihn durch den Mittelgang kommen. Er steigt auf das Podium und begrüßt die dort Versammelten per Handschlag. Dann nimmt er auf dem Präsidiumssitz Platz. Er scheint etwas nervös zu sein, denn er holt aus seiner Aktentasche ein paar Blätter heraus und legt sie vor sich auf den Tisch, stellt die Tasche zur Seite, um sie jedoch gleich wieder hoch zu nehmen und noch einmal zu öffnen. Er sucht etwas darin, findet es aber nicht, und so stellt er die Tasche erneut weg.

Der Erste Stadtrat, der offensichtlich die Veranstaltung organisiert hat, bemerkt die Suchaktion und schiebt dem „OB" über den Tisch ein Aktenstück zu, worauf dieser nickt und dem Ersten Stadtrat das Zeichen gibt, die Bürgerversammlung zu eröffnen. Der erhebt sich und beginnt auch sogleich:

„Meine sehr verehrten Damen und Herren, im Namen des Rates der Stadt heiße ich Sie alle herzlich willkommen. Ganz besonders begrüße ich unseren Oberbürgermeister, der Ihnen heute in dieser Bürgerversammlung zum Projekt ‚Gewerbegebiet am Stadtrand' gern persönlich Auskunft geben wird."

Spärlicher Beifall kommt auf, aber zugleich hört man erneut vereinzelte Pfiffe und sogar ein paar Buhrufe, von denen sich der Oberbürgermeister offensichtlich unangenehm berührt fühlt, denn er schaut mit finsterem Blick vor sich hin.

Der erst Stadtrat, der als Moderator die Bürgerversammlung leitet, fährt nun fort: „Zweck unserer heutigen Veranstaltung ist es, das Projekt ‚Gewerbegebiet am

Stadtrand' vorzustellen und Ihnen Gelegenheit zu geben, Fragen zu stellen und sich gegebenenfalls kritisch zu äußern. Dazu bitte ich zunächst den Herrn Bauamtsleiter, den Planungsstand an Hand von Zeichnungen zu erläutern".

Der Nachbar neben dem Ersten Stadtrat erhebt sich nun und schaltet einen Overhead-Projektor ein. Auf einer großen Leinwand hinter dem Podium wird ein Ausschnitt aus dem städtischen Grundriss sichtbar, offenbar das neue Gewerbegebiet.

„Meine sehr verehrten Damen und Herren, hier sehen Sie das neue Stadtrand-Gewerbegebiet", beginnt der Bauamtsleiter, und dann erläutert er eine Fülle von Details, die auf dem Plan zu sehen sind.

Das dauert etwa zehn Minuten, bis plötzlich eine kräftige, männliche Stimme aus dem Saal den Vortrag des Bauamtsleiters unterbricht: „Wir wollen keine akademische Vorlesung über Ihre Zeichenpläne, uns interessiert auch das neue Gewerbegebiet nicht, wir wollen wissen, was aus der Innenstadt wird!"

Etwas ratlos schaut der Bauamtsleiter den Bürgermeister an. Der erhebt sich auch sogleich, geht mit schnellen Schritten zum Mikrophon und ruft nun mit vor Erregung heiserer Stimme in den Saal zurück:

„Mein Herr, halten Sie sich gefälligst an die demokratischen Gepflogenheiten einer Bürgerversammlung! Wir werden Ihnen zunächst das geplante Gewerbegebiet vorstellen, und hinterher können Sie dann hierzu Ihre Meinung sagen, das ‚Thema Innenstadt' steht zunächst nicht zur Diskussion an!"

Damit hat er aber in das berühmte Wespennest gestochen, denn augenblicklich bricht ein gewaltiger Tumult im Saal aus. Von allen Seiten ertönen Buh-Rufe und Pfiffe, alles schreit durcheinander. Einige Teilnehmer springen von ihren Sitzen hoch und gestikulieren wild in der Luft herum. Laut ertönt es im Sprechchor aus dem Saal:

„Kein Gewerbegebiet, kein Gewerbegebiet ...!" Offenbar hatten das einige Teilnehmer vorher verabredet.

Erschrocken blickt der Oberbürgermeister in den Saal. Schlagartig wird ihm klar, weswegen die Bürger so zahlreich gekommen sind. Es geht ihnen tatsächlich wohl in erster Linie darum, das neue Projekt zu verhindern.

Der Erste Stadtrat beugt sich zum „OB" hinüber und spricht kurz mit ihm. Dann eilt er zum Mikrofon: „Bitte, meine Damen und Herren, lassen Sie uns zu einem sachlichen Gespräch kommen. Ich kann Ihnen Folgendes mitteilen: Der Herr Oberbürgermeister ist damit einverstanden, dass wir bereits jetzt auch über die Innenstadt sprechen!"

Es dauert eine Weile, bis wieder einigermaßen Ruhe eingekehrt ist. Der Apotheker beobachtet während dieser Zeit den Oberbürgermeister und sieht, wie dieser plötzlich aus der Jackentasche eine kleine Papiertüte hervorzieht. - Ei, da schau her! Es ist die Tüte mit den Spezialtabletten, die der „OB" am Nachmittag in der Apotheke gekauft hat. Deutlich erkennt der Apotheker das „A" und sein Firmen-Logo darauf. Jetzt nimmt der „OB" eine Tablette heraus und schiebt sie sich in den Mund. Dann schließt er die Augen und man sieht, wie er sich heimlich entspannt. Offensichtlich hat er einmal einen Kursus in autogenem Training mitgemacht.

Das dauert nur einen kleinen Moment, dann steht der Oberbürgermeister mit einem Ruck auf und geht zum Mikrofon, welches ihm der Erste Stadtrat auch sogleich überlässt.

Augenblicklich herrscht Ruhe im Saal. Die Menschen schauen erwartungsvoll auf den Oberbürgermeister, der jetzt mit einer ausgesprochen wohlklingenden Stimme zu den Bürgern spricht: „Nun gut, wenn Sie es so wünschen, diskutieren wir zunächst über das Thema ‚Innenstadt'. Also, meine Damen und Herren, ich kann Ihre Befürchtungen recht gut verstehen. Es ist klar, dass ein neues

Gewerbegebiet auch Rückwirkungen auf die Innenstadt hat und Beispiele dafür, dass so etwas auch negative Folgen für die Geschäfte eines Stadtzentrums haben kann, sind mir durchaus bekannt. Natürlich wollen wir das nicht. Wir haben uns bei den Planungen deshalb auch ein paar zusätzliche Maßnahmen überlegt, die die Infrastruktur speziell im Stadtzentrum verbessern sollen."

Kräftiger Beifall unterbricht die Worte des „OB", der die Gelegenheit wahrnimmt, um schnell noch eine weitere Tablette aus der Tüte herauszunehmen und sie sofort zu schlucken.

Erneut ergreift er das Wort, um mit seinen Ausführungen fortzufahren, wobei der Apotheker mit Erstaunen die totale Verwandlung der Stimme des Oberbürgermeisters registriert. Diese klingt jetzt im wahrsten Sinne des Wortes ‚wohltemperiert'. Haben das tatsächlich seine Tabletten bewirkt? - „Na, vielleicht ist auch so etwas wie der berühmte Placebo-Effekt mit im Spiel", denkt er bei sich.

Der Oberbürgermeister erläutert nun mit schwungvollen Worten, wie er sich das Gesamtprojekt auch im Hinblick auf die Innenstadt vorstellt. Seine Worte klingen recht überzeugend und er versteht es nun auch, ein paar humorvolle Sentenzen in die trockene Materie mit einzufügen, was die Versammlung mit wiederholtem Beifall quittiert. Die Stimmung im Saal ist total umgeschlagen und jetzt rundum entspannt.

Nachdem etwas später auch ein paar Fragen von Seiten der Bürger abgehandelt worden sind, endet die Bürgerversammlung in ausgesprochener Harmonie.

Beim Hinausgehen trifft der Apotheker auf den Ersten Stadtrat, der es scheinbar sehr eilig hat. Als er den Apotheker erkennt, bleibt er aber noch einen Augenblick stehen und spricht ihn an: „Na, das war ja jetzt ein Ding! Als der „OB" vorhin in seiner alten Manier loslegte, da dachte ich schon, die Sache geht schief. Aber dann hat er sich plötzlich doch noch eingekriegt. Also, der „OB" war

ja total umgewandelt, gerade so als wenn er Kreide gefressen hätte. Aber gut so!"

„Ja, ja, das ist tatsächlich recht gut gelaufen", erwidert
der Apotheker. Doch dann hebt der Stadtrat nur noch
kurz die Hand: „Servus, und bis bald mal!"

Mit diesem Gruß verschwindet der Erste Stadtrat,
während der Apotheker langsam den Saal verlässt. Allerlei Gedanken gehen ihm durch den Sinn: Wie hatte der
Stadtrat eben noch gesagt? Der „OB" hätte vielleicht
Kreide gefressen? - Na, wenn der ahnte, wie Recht er
vielleicht hat. Ob das wirklich seine Tabletten gemacht
haben? - Ihm fällt sein Kunde aus Neudorf ein, der ihm
am Vorabend die so genannte Wolfskreide gebracht hat.
- Hm, vielleicht steckte ja doch mehr hinter der ganzen
Geschichte. - Ach, papperlapapp, so etwas gibt es ja gar
nicht! - Oder doch?

Spieglein, Spieglein, an der Wand

Im Schlosshotel herrscht eine für Abendzeiten ungewöhnliche Hektik. Es ist bereits 22.00 Uhr, doch an der Rezeption drängeln sich mehrere neu angekommene Gäste, die noch unbedingt ein Zimmer buchen möchten. Nun, den Portier wundert es nicht, denn die letzte Phase des Wahlkampfs läuft auf Hochtouren, und gerade heute ist der Ministerpräsident von X-Land höchstpersönlich zur Schlusskundgebung in die Stadt gekommen. Er selbst wird auf jeden Fall noch im Hotel erwartet, denn wenn er in der Stadt ist, steigt er gewöhnlich im Schlosshotel ab. Klar, dass sich so etwas herumspricht. So eilen nun verschiedene Leute von mehr oder weniger höherer Wichtigkeit herbei, um in der Nähe des Allgewaltigen zu sein, denn wer weiß, wofür das gut ist.

Endlich erscheint der hohe Gast an der Rezeption, wo man ihm und seinen Begleitern bereitwillig den Vortritt lässt. - „Ah, guten Abend, Herr Ministerpräsident, ich hoffe, Sie hatten eine gute Anreise." Der Chef des Hauses ist extra zur Begrüßung erschienen und übernimmt nun persönlich das Einchecken.

„Danke sehr, na ja, es ging so einigermaßen", lautet die Antwort, doch man sieht dem hohen Gast die Anstrengung des Tages an. Immerhin hat er allein an diesem Tage drei Wahlkampfveranstaltungen bestritten.

„Haben Sie mir ein gutes Zimmer reserviert?", wendet er sich noch einmal an den Hotelier.

„Selbstverständlich, Herr Ministerpräsident, Sie bekommen die Fürsten-Suite, die wir ganz neu eingerichtet haben."

„Ah, eine Fürsten-Suite! Was darf ich mir denn darunter vorstellen?"

„Nun, es ist uns gelungen, aus dem hiesigen Schloss ein paar besonders markante Möbelstücke und Einrichtungsgegenstände zu erwerben. Der jetzige Besitzer hat große Schwierigkeiten, das alte Schloss zu unterhalten, und so hat er einiges von dem reichlich vorhandenen, aber durchaus wertvollen Inventar veräußert, um auf diese Weise liquide zu bleiben. Das Meiste ist allerdings über ein Auktionshaus gegangen, wie das heutzutage in Adelskreisen ja Mode geworden ist. Aber einiges stand auch zum Direktverkauf an. Na, da haben wir kurz entschlossen zugegriffen und die Suite, die gerade renoviert worden ist, ein bisschen vornehmer ausgestattet, als es ursprünglich vorgesehen war."

„So, so, dann habe ich wohl die Ehre, in einem ehemals fürstlichen Bett zu schlafen. Oder ist es gar ein königliches?" Der Ministerpräsident schaut mit einem verschmitzten Lächeln in die Runde, um dann munter fortzufahren: „Dann müssen Sie mich aber ab sofort mit ‚Ihre Hoheit', ‚Durchlaucht' oder mit einem sonstigen adäquaten Titel ansprechen."

„Ha, ha, ha ...", die Umstehenden quittieren den Scherz mit einem schallenden Gelächter.

„Alsdann gute Nacht!" Mit diesen Worten verabschiedet sich der hohe Gast und geht zum Aufzug hinüber, während die Hotelbediensteten sich um sein Gepäck kümmern.

Ein paar Minuten später betritt er die herrschaftliche Fürsten-Suite. - „Donnerwetter, nicht schlecht", denkt er und taxiert die gediegene, wirklich fürstliche Einrichtung mit einem schnellen Blick. Das Mobiliar des Wohntraktes könnte Lütticher Barock sein. Er kennt sich darin ein bisschen aus, denn Wohnkultur hat ihn seit je her interessiert.

Die Sesselgruppe im Erker des Zimmers mit einem runden Tisch wirkt sehr einladend. - O, wie aufmerksam! - Auf dem Tisch steht eine Flasche Dornfelder. Man scheint wohl bei seinen früheren Besuchen registriert zu haben, dass dieser Rotwein zu seinen Lieblingsgetränken zählt. - Na dann!

Nach dem anstrengenden Tag kann er sich wohl mit gutem Gewissen ein Glas gönnen: Ah, welche Wohltat! -

Die drei großen Reden, die er im Laufe des Tages gehalten hat, gehen ihm durch den Sinn. Weiß Gott, dieses Mal hat es wirklich gereicht, schließlich ist man nicht mehr der Jüngste. Und dann nach jedem Auftritt dieses ewige Händeschütteln mit all den dazu gehörenden nichtssagenden Höflichkeitsfloskeln, die man über sich ergehen lassen muss: „O, Herr Ministerpräsident, was für bedeutungsvolle Ausführungen, die sie da soeben gemacht haben.....", - „Sehr überzeugend, Herr Ministerpräsident, es war wieder einmal ein Genuss, Ihnen zuhören zu dürfen....." und so weiter und so weiter. Ach, dieses entsetzliche Geschwätz, was man sich da jedes Mal anhören muss. Und immer nur lächeln, lächeln, lächeln. Das Gesicht wird zur Maske. Hier ein paar salbungsvolle Sprüche, dort ein Bonmot und so weiter.

„War ich heute gut?" denkt er, während er sich ein neues Glas einschenkt, und seine Gedanken gehen zu den drei Auftritten zurück, die er vor allem auch im Dienste seiner Partei absolvieren musste, eigentlich nur so nebenbei, denn er hat von Amts wegen gerade keine Langeweile. Na, insgesamt dürfte er wohl einigermaßen angekommen sein, bis auf die Kundgebung vor der Belegschaft der Vereinigten Automobilwerke AG. Als er dort während seiner Rede auf die wirtschaftliche Gesamtsituation eingegangen war, hatte es ein paar Pfiffe und Buh-Rufe gegeben. - Er überlegt: Anstatt im Anzug mit Schlips und steifem Kragen aufzutreten, hätte er wohl besser seine alte Prinz-Heinrich-Mütze aufsetzen sollen, so wie es gewisse Politiker am ersten Mai stets machen und was ihnen dann jedes Mal sozusagen die halbe Miete einbringt. - Na ja, nächstes Mal!

Sein Glas ist schon wieder leer. - Wahrlich, ein edler Tropfen! - Er wird morgen früh für den Zimmerkellner ein extra Trinkgeld bereithalten. - Während er erneut einschenkt, fällt sein Blick auf den mächtigen Spiegel, der die gegenüberliegende Wand ziert. Mit dem Rokoko-Goldrahmen wirkt er eigentlich ein bisschen kitschig.

Nun, auch vor zwei bis drei Jahrhunderten, die der Spiegel wohl alt sein dürfte, gab es so manchen Schnickschnack für das zahlende Publikum.

Merkwürdig - wie das Licht, welches der Spiegel reflektiert, funkelt! - Es wirkt wie das Flimmern der Sterne in einer klaren Nacht. Für einen Moment schließt er die Augen, aber das funkelnde Licht begleitet ihn weiter. Eine eigenartige Stimmung erfasst ihn. Erinnerungen an die Kindheit steigen auf. Unwillkürlich kommt ihm das Märchen von Schneewittchen in den Sinn, und plötzlich formen sich die Gedanken zu Worten: „Spieglein, Spieglein, an der Wand!"

„Bitte, was wünschen Sie?", ertönt plötzlich direkt vor ihm eine Stimme.

„Ist da jemand?", fragt er und schaut sich verdutzt um.

„Ja, ich! Sie haben mich doch soeben gerufen." Jetzt ist es deutlich zu hören: Die Stimme kommt vom Spiegel her.

„Wie, hast du eben etwas gesagt?", fragt er, indem er jetzt in den Spiegel blickt. Merkwürdig, er wundert sich nicht einmal darüber, dass der Spiegel sprechen kann, aber in seinem Beruf wundert man sich am Ende sowieso über nichts mehr.

„Ja, klar", antwortet dieser, während die Lichtreflexionen scheinbar noch stärker flimmern. „Und was ist nun Ihr Wunsch? Sie möchten doch sicherlich eine Auskunft von mir haben", fährt die Stimme fort.

„Auskunft? - Wieso Auskunft?"

„Na, ich dachte, dass Sie Bescheid wüssten, denn Sie haben soeben exakt die Worte gebraucht, mit denen ich in früheren Zeiten stets angerufen wurde, wenn jemand eine Auskunft von mir haben wollte. Genauso hat es ja einst auch die Königin getan, als sie wissen wollte, ob sie immer noch die Schönste im ganzen Lande sei. Na, und als ich ihr dann sagen musste, dass ihre Stieftochter Schneewittchen tausendmal schöner sei als sie, da ist sie vor Wut explodiert. Diese Geschichte müsste doch eigentlich sehr bekannt sein, denn die Gebrüder Grimm haben sie vor etwa hundertfünfzig Jahren aufgeschrieben und veröffentlicht."

„Ja, richtig! - So, so, du bist also jener Spiegel. Wie kommst du denn hierher?"

„Nun, ganz einfach: Nachdem seinerzeit jene Königin, der ich die Sache mit Schneewittchen geweissagt hatte, wegen ihrer Boshaftigkeit zum Schluss in glühenden Pantoffeln tanzen musste, worauf sie bekanntlich das Zeitliche gesegnet hat, ist dann irgendwann später das Königreich von dem mächtigen Nachbarstaat annektiert worden. Der König musste abdanken, das ursprüngliche Königsschloss verfiel und das Mobiliar wurde auf die erbberechtigten Nachkommen verteilt. Über zweihundert Jahre lang habe ich dann irgendwo in einer Rumpelkammer herumgestanden, ehe ich in den Besitz des Grafen kam, dem das hiesige Schloss jetzt gehört. Weil der nun ziemlich klamm ist und wegen der teuren Unterhaltung des Schlosses sehen muss, irgendwie zu Geld zu kommen, hat er mich kürzlich an das Hotel hier verkauft. Aber die Geschichte hat Ihnen der Hotelbesitzer ja bereits erzählt."

„Ja, hat er. Aber das alles ist außerordentlich interessant! Haben denn die diversen zwischenzeitlichen Besitzer etwas von deinen Fähigkeiten gewusst?" Der Ministerpräsident schaut den Spiegel gespannt an.

„I wo, kein Stück", lautet dessen Antwort, „Sie sind der erste seit über zweihundert Jahren, der mich mit der Zauberformel ‚Spieglein, Spieglein, an der Wand!' wieder angesprochen hat."

„Na, so was! - Dann darf ich mir jetzt wohl ein paar Fragen erlauben. Du bist ja schließlich der Spiegel der Wahrheit. Was mich zunächst brennend interessiert: Wie werde ich als Chef der Landesregierung von den

Leuten beurteilt, und zweitens, wie war ich heute bei den Wahlkampfveranstaltungen?"

„Also, um Ihre erste Frage kurz und bündig zu beantworten, als Ministerpräsident kommen Sie man gerade so an. Sie könnten eigentlich mehr aus dem Amt machen, aber da stehen Ihnen wohl in erster Linie ein paar von Ihren eigenen so genannten Parteifreunden im Wege. Sagen wir mal: Gesamtnote „drei bis vier!"

„Na, diese Zensur ist ja nicht gerade berauschend."

„Tut mir leid, aber ich pflege niemandem nach dem Munde zu reden."

„Okay, akzeptiert! Aber wie steht es mit meinen Auftritten heute?"

„O, die waren rhetorisch im Großen und Ganzen sehr ordentlich bis auf die Rede vor der Belegschaft der Vereinigten Automobilwerke AG, aber das war wohl nicht gerade Ihre Klientel. Bei diesem Auftritt waren Sie tatsächlich nicht so gut. Aber, das wissen Sie ja selbst am besten."

„Ja, schon recht, aber ich hatte, abgesehen von den Buhrufen auf der Belegschaftsversammlung, auch sonst heute den ganzen Tag kein sehr gutes Gefühl, wenn ich vor den Leuten stand, selbst bei denen, die Beifall klatschten. Aber der Beifall kam nicht aus Überzeugung. Viele klatschten offenbar nur, weil sie Parteifreunde sind, doch die brauche ich nicht erst zu überzeugen."

„Ja mit Ihrer Einschätzung, dass die Stimmung eher mies ist, liegen Sie ganz richtig. Ich denke, Sie machen sich wohl auch nichts vor und wissen sicherlich sehr genau, dass derzeit überall eine gewaltige Politikverdrossenheit herrscht, und zwar in sämtlichen Bevölkerungsschichten. Sie brauchen sich ja nur die Umfrageergebnisse der Meinungsforschungsinstitute anzusehen, dann wissen Sie Bescheid."

„Ja, natürlich, aber woher kommt denn das bloß?"

„Na, nun lassen Sie mal die Kirche im Dorf! Sie wissen doch sicherlich sehr gut, wo die Leute der Schuh drückt.

Im Wesentlichen sind es wohl zwei Gründe, weshalb die Politik in den Augen vieler Menschen unglaubwürdig erscheint: Zum einen haben sie das Gefühl, dass sie für dumm verkauft werden, weil niemand in der Regierung und schon gar nicht bei den politischen Parteien den Mut aufbringt, die Wahrheit zu sagen. Jeder weiß, dass der Gürtel enger geschnallt werden muss, um aus dem Jammertal herauszukommen, aber alle reden sie drum herum. Und wenn Sie sich selbst einmal ehrlich fragen, ob Sie denn nun heute bei Ihren Auftritten den Leuten reinen Wein eingeschenkt haben, so müssen Sie zugeben, dass auch Sie sich um die Wahrheit mehr oder weniger herumgedrückt haben. Damit ist aber niemandem gedient. Sehen Sie, genau diese Diskrepanz zwischen den vielen hehren Worten und der ungeschminkten Wahrheit, die fühlt das Volk ganz genau. Die paar Claqueure, die als brave Parteisoldaten vielleicht nur pflichtgemäß zu den Wahlkampfveranstaltungen kommen, besagen tatsächlich gar nichts. Da betrügt Sie Ihr Gefühl also nicht!"

„Hm, so, so! Na, ja. - Und was wäre das Zweite?"

„Nun, damit kommen wir zum Kern der Sache, nämlich zu den politischen Parteien selbst. Dass es solche geben muss, ist sicherlich unbestritten. Aber allein die Tatsache ihrer Existenz besagt noch nicht, dass deshalb schon demokratische Verhältnisse herrschen. Da sind zunächst diese ständigen Kungeleien und persönlichen Bereicherungen in sämtlichen Parteien und auf sämtlichen Ebenen. Kein Tag vergeht, ohne dass nicht ein neues ‚Sonderangebot', sprich: ein neuer Skandal, auf dem Tisch liegt. Als weiteres großes Ärgernis wird vom Volk insbesondere auch die Tatsache empfunden, dass so mancher, der sich im Personalkarussell innerhalb seiner Partei mit allen möglichen Tricks nach oben gehangelt hat, offensichtlich an Selbstüberschätzung leidet. Die Haupttriebfeder für viele Aufsteiger ist offensichtlich die Eitelkeit. Jeder gefällt sich vor allem in seiner eigenen

Rolle. Und so haben die Wähler den Eindruck von lauter Selbstdarstellern regiert zu werden. Jeder kann scheinbar alles. Schaut man aber einmal näher hin, so stellt man fest, dass Sachverstand vor allem durch markiges Auftreten ersetzt wird.

„Na, na, vielleicht urteilst du hierbei etwas zu scharf", wirft der Ministerpräsident ein.

„Ach ja! - Es ist doch immer dasselbe: Die Wahrheit will niemand gerne hören! Aber Sie haben mich nun einmal angerufen. So leid es mir tut, ich sage, was zu sagen ist. Wenn es Ihnen nicht gefällt, so kann ich es nicht ändern."

„Schon gut, schon gut, ich wollte dir ja gar nicht widersprechen. Ich darf aber dennoch in aller Bescheidenheit feststellen, dass es durchaus Volksvertreter gibt, die ihre Arbeit korrekt tun und denen du mit deinem allzu harten Urteil vielleicht Unrecht tust."

„Ja, die gibt es natürlich. Ich möchte diesen auch ausdrücklich bescheinigen, dass sie Achtung und Anerkennung verdienen. Im Bewusstsein der Wähler dominieren aber leider die allzu vielen Parteiopportunisten, wie ich sie einmal pauschal bezeichnen möchte. Eben die meine ich, und da bleibe ich auch bei meinem Urteil!"

„Na gut, lassen wir das", antwortet der Ministerpräsident mit einigem Unbehagen, „kommen wir aber auf das eigentliche Thema zurück: Wenn ich dich richtig verstanden habe, dann sind es also die politischen Parteien, die hier versagen?"

„Nicht die Parteien an sich, aber die meisten politischen Parteien sind im Laufe der Jahre ziemlich deformiert worden. Statt eines Parteiwesens ist zwischenzeitlich eher ein Parteienunwesen entstanden. - Bitte entschuldigen Sie den etwas harten Ausdruck. - Das hat zu einer Reihe von gravierenden Missständen geführt: Da sind vor allem die Parteioberen, die ihre jeweilige Partei manchmal fast nach Gutsherrenart regieren. Dann sind es die ewigen internen Machtkämpfe der so genannten

Parteifreunde mit gegenseitigem Stuhlbeinsägen, Unterwasserschießen und dergleichen mehr. Und schließlich ist da noch der Dauerbrenner der Diäten und der sonstigen Privilegien für die Volksvertreter, unabhängig von den einzelnen Parteien, das ist bei allen gleich. Über Jahre hinweg hat sich gerade hierbei eine Selbstbedienungsmentalität ausgebildet, die den Leuten einfach auf den Nerv geht."

„Und was sollte man deiner Meinung nach dagegen tun?"

„Also, Patentrezepte gibt es nicht. Aber eine der schlimmsten Fehlentwicklungen geht auf das Konto des Verhältniswahlrechts hierzulande."

„Wieso denn das?"

„Na, denken Sie einmal nach! Jede Partei bekommt bekanntlich nach einer Wahl soviel an Parlamentssitzen, wie es dem prozentualen Anteil am Wahlergebnis entspricht. Einige Abgeordnete sind dabei natürlich auch direkt gewählt worden, das heißt, sie haben auf Anhieb die Mehrheit der Stimmen erhalten. Die meisten Abgeordneten kommen aber über die Liste ihrer Partei in das Parlament. Nun, und wer bestimmt, welchen Listenplatz ein Kandidat bekommt? Doch niemand anders als die Parteioberen. Oft hat sogar der Parteivorsitzende persönlich das letzte Wort. Und was heißt das in der Praxis? - Ganz einfach, dass sich die „politische Kompassnadel" eines Kandidaten nach den Wünschen der Parteioberen richtet. Mancher dieser Kandidaten hält zwar brav seine Reden und möchte den Eindruck erwecken, als wenn es ihm vor allem um das Wohl der Wähler ginge, aber in Wahrheit sind ihm die Wünsche der Wähler ziemlich egal, denn die besorgen ihm nun mal keinen Listenplatz. Allein auf den kommt es aber an. Im Laufe der Jahre ist auf diese Weise sozusagen eine angepasste Politiker-Klasse entstanden."

Der Ministerpräsident macht jetzt eine etwas unwirsche Handbewegung, worauf ihn der Spiegel mit deutlich

ironischem Unterton fragt: „Stimmt es etwa nicht? Oder
glauben Sie etwa, dass die normalen Leute nicht wüssten, wie sie das tägliche Gerangel und die vielen Worthülsen, die von so manchem Ihrer Kollegen permanent
fabriziert werden, einzusortieren haben? Und glauben
Sie etwa, dass die Wähler die Diskrepanz nicht bemerken
zwischen dem, was ihnen von den Politikern zu Wahl-
kampfzeiten meist recht vollmundig versprochen wird
und dem, was die gleichen Politiker dann nach der Wahl
daraus machen?"

„Das Verhältniswahlrecht sorgt aber immerhin dafür,
dass alle politischen Gruppen im Parlament vertreten
sind", wendet der Ministerpräsident ein. Er möchte noch
etwas hinzufügen, aber der Spiegel unterbricht ihn vehement:

„So, aber zu welchem Preis? – Es gibt namhafte Poli-
tikwissenschaftler, die durchaus der Meinung sind, dass
tatsächlich in der Zwischenzeit so etwas wie eine angepasste Politikerklasse entstanden ist. Sie führen das ausdrücklich auf das Verhältniswahlrecht zurück. Ferner
gibt es aufgrund des Verhältniswahlrechts fast nie klare
Verhältnisse im Parlament. Die Koalition - ob groß oder
klein - mit ihren vorprogrammierten Kungeleien ist sozusagen der Normalzustand. Meistens regiert auch irgendein Juniorpartner mit, der eigentlich gar nicht zum
Regieren die nötige Legitimation besitzt. Demgegenüber
hätte das absolute Mehrheitswahlrecht den großen Vor-
teil, dass jeder Parlamentarier direkt vom Volk gewählt
würde. Der Wähler wäre auf diese Weise tatsächlich der
Souverän, weil dann er und nicht irgendwelche Partei-
gremien darüber bestimmen würden, wer ihn im Parlament vertritt. Darüber hinaus könnten die kleineren politischen Grüppchen mit ihren Sonderwünschen nicht
dauernd der echten Mehrheit ihren Willen aufzwingen.
Ob auf diese Weise auch eine bessere Regierung entsteht,
ist natürlich noch nicht garantiert, aber die Regierung

hätte etwas mehr Rückenfreiheit, brauchte nicht dauernd auf irgendwelche Koalitionspartner Rücksicht zu nehmen und könnte Probleme entschlossener anpacken."

Der Ministerpräsident möchte noch etwas erwidern, schluckt es aber hinunter, um dann etwas kleinlaut zu antworten: „Nun ja, so ganz unrecht hast du vielleicht nicht."

„Und dann", fährt der Spiegel fort, „ist da noch die Tatsache, dass sich die Politiker sozusagen ihre eigene Parteienwelt geschaffen haben, in der sie oft weitab von der Realität leben. Man bejubelt sich auf den Parteiversammlungen gegenseitig, legt sich die Dinge so zurecht, dass sie in das eigene Weltbild passen, wiederholt gebetsmühlenhaft immer dieselben Sprüche, bis man sie schließlich selbst für die reine Wahrheit hält. Nach besonders brillanten Reden werden vorzugsweise die Parteioberen nach der in Minuten gemessenen Dauer des Beifalls beurteilt und dergleichen Spielchen mehr."

Wieder möchte der Ministerpräsident einen Einwand vorbringen, aber der Spiegel, der es offensichtlich bemerkt hat, funkelt ihn heftig an. Es sieht so aus, als wenn er auf einmal sehr zornig wäre, und so schluckt der Ministerpräsident seine Worte erneut herunter. Ihm ist unwohl, denn er weiß nur zu gut, dass der Spiegel mit seinen Anklagen gegen die Politik, die Parteien und die Politiker genau genommen Recht hat. Er fühlt sich durchschaut, und das ärgert ihn. Schließlich hat er ja selbst alles mitgemacht, was der Spiegel da über die Spielchen in den Parteien gesagt hat. Nein, es ist sicherlich besser zu schweigen, er fürchtet, dass er bei einer Erwiderung doch nur den Kürzeren ziehen würde.

„Und was erhoffen Sie sich von der kommenden Wahl?" Die Worte des Spiegels klingen jetzt ausgesprochen höhnisch. „Sie sind ja inzwischen seit fast zwölf Jahren im Amt, und nun verkünden Sie täglich, dass Sie auf jeden Fall für eine weitere Legislaturperiode kandidieren wollen. - Halten Sie sich wirklich für den ‚Größten und Schönsten' hierzulande? Meinen Sie nicht, dass es an der Zeit wäre, einmal einem Jüngeren den Vortritt zu lassen? - Aber nein, Sie haben sie ja alle weggebissen, die Ihnen hätten gefährlich werden können! Und was treibt Sie dabei an? - Nun, ich will es Ihnen sagen: Sie sind süchtig geworden. Die Droge, die Sie hat süchtig werden lassen, heißt ‚Macht'. Wenn man Sie beobachtet, kann man schon den Eindruck gewinne, dass Sie machtbesessen geworden sind."

„Nun ist es aber genug!" Laut schreit es der Ministerpräsident heraus. Zorn steigt in ihm auf: Nein, das kann und will er so nicht hinnehmen. Sein Kampfgeist ist erwacht. Wütend fuchtelt er mit den Armen herum.

„Kling, klang, klirr, klatsch, batsch!" Erschrocken fährt er hoch. Das Rotweinglas liegt zu seinen Füßen auf dem Boden. Offensichtlich hat er es mit seinen etwas zu wilden Armbewegungen vom Tisch gefegt. Er schaut auf die Scherben des zerbrochenen Glases und auf die Flasche. Sie steht noch vor ihm auf dem Tisch, aber sie ist leer. - Wie? Hat er die ganze Flasche ausgetrunken? - Tatsächlich!

Verdutzt schaut er in den Spiegel, aber der hängt schweigend an der Wand. Hatte er sich tatsächlich soeben mit ihm über Politik im Allgemeinen und über die Parteien im Besonderen unterhalten oder hatte er das alles nur geträumt? – Ach egal, er hat keine Lust mehr. Was weiß schließlich schon so ein dämlicher Spiegel über die komplizierten Vorgänge in der hohen Politik. Soll der sich doch um seine Märchen kümmern. Es wird am besten sein, wenn er erst einmal schlafen geht, denn morgen erwartet ihn wieder ein anstrengender Tag.

Terrassenbesuch um Mitternacht

„Andreas, kommst du zum Abendessen?", ruft die junge Frau. Sie hat den Tisch auf der Terrasse des schmucken Einfamilienhauses eingedeckt und hält nun nach ihrem Mann Ausschau.

„Einen Augenblick, Katja, ich muss erst noch einen Frosch aus unserem Garten expedieren," ruft dieser zurück, wobei er sich bemüht, das zappelnde Tier vorsichtig zum Gartenzaun zu tragen, um es dort über den Zaun hinweg in den Graben am Straßenrand zu setzen.

„Bist Du denn noch gescheit! Soll der Frosch etwa auf der Straße überfahren werden?"

„Nun, Katja, es ist doch nur ein Frosch!", ruft er zurück.

„Was heißt hier ‚nur ein Frosch'?" Katja ist ziemlich empört und fährt ohne seine Antwort abzuwarten fort: „Erstens ist ein Frosch ein Lebewesen wie du und ich, zweitens ist ein Frosch im Garten ein durchaus nützliches Tier und drittens ..." Doch dann bricht sie abrupt ab und schweigt vielsagend.

„Und drittens - was?", fragt Andreas zurück, wobei seine Stimme ein wenig unsicher klingt. Offensichtlich hat die ‚Standpauke', die ihm seine liebe Frau gerade gehalten hat, Wirkung gezeigt. Er ist durchaus ein tierliebender Mensch, aber das hieß ja nun nicht, dass der Frosch sich ausgerechnet ihren Garten als Quartier aussuchen musste.

„Drittens", vollendet sie jetzt aber doch den angefangenen Satz, „kann man es wissen? Vielleicht ist er ein verzauberter Prinz!"

„Ach so!" Andreas lacht, um dann besänftigend hinzuzufügen: „Du hast ja recht, Schatz! Sei nur beruhigt, es geschieht ihm schon nichts. Außerdem wird er sich im Graben bestimmt viel wohler fühlen als in unserem Garten."

Gerade will er sich zum Abendessen hinsetzen, da donnert ein LKW auf der Straße direkt vor dem Haus vorüber. Erschrocken schaut er auf. Spontan läuft er von der Terrasse um die Ecke bis vor das Haus und schaut nun ängstlich auf das Straßenpflaster: Gott sei Dank, dort ist nichts zu sehen. Ein Frosch ist jedenfalls nicht überfahren worden. Schon will er zurück auf die Terrasse gehen, da sieht er, wie im selben Augenblick ein kleiner Frosch aus dem Straßengraben hervorkrabbelt. - Ist das sein Frosch? – Klar, der Frosch vorhin war ja noch ein ziemlich kleines Kerlchen. - Tatsächlich, er ist es!

Rasch beugt er sich hinunter, ergreift den Frosch und trägt ihn behutsam zurück in den Garten, wo er ihn hinter den Büschen in das Gras setzt.

„Das hast du gut gemacht!" Glückselig strahlt Katja ihren Mann an. Es bedarf keiner weiteren Worte. Ihre Welt ist wieder heil.

Das Abendessen ist vorüber. Eine laue Sommernacht lädt die beiden ein, auch den weiteren Abend auf der Terrasse zu verbringen. Während Katja sich in ein Buch vertieft, holt Andreas seinen Laptop hervor. Er ist ehrenamtlicher Redakteur einer kleinen Zeitschrift für Wanderfreunde. In Kürze ist Redaktionsschluss und er muss noch einen Aufsatz über die letzte Tour abfassen, die der örtliche Wanderverein im Frühjahr unternommen hatte.

Etwa nach einer halben Stunde erhebt sich Katja. Andreas blickt sie fragend an.

„Ich muss noch die Küche aufräumen", sagt sie und geht in das Haus.

Andreas schaut jetzt zum Nachthimmel auf: „Welch ein wunderbarer klarer Sternenhimmel!", denkt er. Dann fällt ihm auf, dass der Mond noch gar nicht erschienen ist. - Nanu? - Ach so, es ist ja Neumond!

Wieder vertieft er sich in seinen Aufsatz. Die Zeit vergeht wie im Fluge. Katja erscheint auf der Terrasse: „Es ist bereits elf Uhr, sollten wir nicht schlafen gehen?"

„Ach bitte, noch eine halbe Stunde", antwortet Andreas, „dann bin ich fertig."

„Gut, ich geh schon mal vor."

„Ja, in Ordnung, ich beeile mich."

Wieder sitzt er allein auf der Terrasse und tippt Buchstabe für Buchstabe, Wort für Wort und Satz für Satz in den Laptop. „Man hätte sich beizeiten etwas näher mit der Schreibmaschine befassen sollen", denkt er bei sich. Aber nun denn, irgendwie geht es auch so seinen Gang.

In der Ferne hört er die Turmuhr schlagen: Was - schon Mitternacht?

Plötzlich vernimmt er ein Geräusch. Er blickt auf. Jetzt hört er deutlich Schritte. Aus der Tiefe des Gartens scheint jemand zu kommen. - Um Gottes Willen: Einbrecher?

Bevor er noch viel Zeit zum Nachdenken hat, tritt ein merkwürdig gekleideter Mann in den Lichtkegel der Terrassenlampe. Er trägt einen bunt bestickten grünen Poncho, offensichtlich ein kostbares Stück, dazu einen vornehmen Hut mit einer auffallend breiten Krempe. - Ach nein, so sieht kein Einbrecher aus!

„Guten Abend!", grüßt der Fremde freundlich. „Ich hoffe, ich störe nicht?"

„Nein, das wohl nicht, aber es ist eine etwas ungewöhnliche Zeit für Besuche", antwortet Andreas, um dann fortzufahren: „Wer sind Sie und was führt Sie hierher?"

„Ich möchte mich bei Ihnen bedanken", erwidert der Fremde.

„Bedanken? Wofür denn das?"

„Nun, Sie haben sich um meine Gesundheit gesorgt und mich vielleicht davor bewahrt, überfahren zu werden."

„Wie bitte?" Andreas schaut den fremden Besucher entgeistert an und kann sich beim besten Willen keinen Reim aus der Sache machen.

„Na - haben Sie vergessen, dass Sie einen Frosch vom Straßengraben weg in Ihren Garten getragen haben?"

„Was?" - Andreas ist total perplex. - Träumt er? - Doch dann fallen ihm Katjas Worte ein: „Kann man es wissen? Vielleicht ist er ein verzauberter Prinz!" - Genau das hatte sie gesagt. Das Märchen vom Froschkönig kommt ihm in den Sinn. - Na, so etwas gibt es doch nicht!

Doch nun bricht es aus ihm heraus: „Sind Sie etwa der Froschkönig?"

„Nein, der bin ich nicht. Aber ich bin mit dem Froschkönig über ein paar Generationen und Seitenlinien hinweg verwandt. Könige gibt es in unserer Sippe heute zwar nicht mehr, aber wir sind noch da!"

„Was soll das heißen: Wir sind noch da?"

Der Fremde stellt eine Gegenfrage: „Sie kennen doch die Geschichte vom Froschkönig? - Kennen Sie aber auch deren wahren Hintergrund?"

„Na klar, er war ein verzauberter Prinz und wurde schließlich von einer Königstochter erlöst."

„Richtig, so hat sich das damals abgespielt, allerdings nur oberflächlich betrachtet. Die Königstochter war ja bekanntlich ein etwas verwöhntes, leichtsinniges Mädchen. Zunächst musste der Froschkönig ihr den goldenen Ball aus dem Brunnen holen. Dann wollte sie aber partout ihr Versprechen nicht halten, bis schließlich ihr Vater, der alte König, eingriff und ihr klarmachte, dass man ein gegebenes Versprechen unbedingt einhalten müsse."

Er räuspert sich und fährt dann fort: „Und der Froschkönig? - Nun, er musste bekanntlich erst erlöst werden, ehe seine wahre Persönlichkeit zum Vorschein kommen konnte. Von allein hatte er das offensichtlich nicht geschafft und sich genau genommen bei der ganzen Sache recht passiv verhalten, bis die Prinzessin ihn dann eher widerwillig erlöste. Na ja, auf diese Weise ist dann schließlich doch noch etwas Ersprießliches dabei herausgekommen."

„Schön und gut", sagt Andreas, „aber was soll man mit derartigen Erkenntnissen heute anfangen!"

„Sehen Sie, damit kommen wir zum Kern der Sache. Das was sich seinerzeit beim Froschkönig abgespielt hat, war sozusagen ein Problem von damals. Genau genommen ein Problemchen! Vergleichen wir dieses aber einmal mit der heutigen Situation:

Es fing damals ganz harmlos an. Zunächst war alles nur ein Spiel, als die Prinzessin ihren goldenen Ball verlor und der Froschkönig dieses etwas leichtsinnige Spiel zunächst auch noch mitmachte, indem er den goldenen Ball aus dem Wasser holte, damit die Prinzessin weiterspielen konnte. Als dann aber aus dem Spiel Ernst wurde, da lief die Prinzessin einfach davon.

Sehen Sie, genauso ist das auch heute noch. Es fing ebenfalls ganz harmlos an, als der Mensch irgendwann auf der Bildfläche erschien. Zunächst lebte er im Einklang mit der Natur wie alle anderen Lebewesen auch. Dann aber griff er in die Natur ein. Wälder gab es ja genug, also rodete er sie. Erst einige und dann immer mehr. Jedenfalls verschwand Lebensraum für die anderen Lebewesen. Danach bauten sich die Menschen Häuser, wiederum erst einzelne und dann immer mehr. Daraus wurden Dörfer, kleine Städte, große Städte und schließlich riesige Metropolen. Straßennetze, Eisenbahntrassen und sonstige Betonflächen für alles Mögliche kamen hinzu und verschlangen weiteren Lebensraum.

Wenn ich vorhin sagte: ‚Wir sind noch da', so soll das Folgendes heißen: Der Mensch ist ja nicht allein auf der Welt. Alle anderen Lebewesen möchten auch ihren Platz behalten. ‚Wir', das sind nun einige von den anderen Lebewesen, die sich gewissermaßen als Fürsprecher des Lebens verstehen. Uns treibt die Sorge um, es könnte eines Tages zu spät und aller Lebensraum verschwunden sein. ‚Wir', das sind also diejenigen, die nicht mehr nur passiv zusehen, sondern versuchen wollen die Menschen wachzurütteln. Von allein werden die nämlich nicht wach und bemerken gar nicht, wie aus dem anfänglichen Spiel bitterer Ernst geworden ist."

„Wachrütteln, wieso?"

„Nun, es wird bekanntlich eng auf der Erde. Wie sehr inzwischen aus dem Spiel Ernst geworden ist, können Sie leicht nachvollziehen, wenn Sie einmal an das weltweite Artensterben denken. Ich zitiere hierzu einige Sätze aus den Berichten der Vereinten Nationen und anderer internationaler Organisationen, so wie sie laufend veröffentlicht werden:

Zitat Nummer 1.: Biologen glauben, dass derzeit das größte Artensterben seit 65 Millionen Jahren stattfindet. Verantwortlich dafür seien die Eingriffe des Menschen in die Natur.

Zitat Nummer 2.: Viele Fischbestände stehen kurz vor dem Zusammenbruch. Der Thunfisch ist weltweit bedroht, das erkennt sogar die Fischerei-Industrie an. Doch auf verbindliche Fangquoten konnten sich die Vertreter von 60 Staaten nicht einigen.

Zitat Nummer 3.: Tierschützer protestieren, dennoch erhöht Grönland die Fangquote für die gefährdeten Narwale um über ein Drittel. Sie beträgt dann fast das Dreifache dessen, was Fachleute für erträglich halten.

Zitat Nummer 4.: Zwölf Prozent aller Vogelarten droht bis zum Jahr 2100 das Aussterben, weitere zwölf Prozent sind gefährdet.

Und so geht das immer weiter und weiter."

Der Fremde schweigt einen Augenblick, dann fährt er fort:

„Sehen Sie, das sind die Dinge, um die es heute geht. Die Menschen handeln im höchsten Grade leichtsinnig und unvernünftig. Wir appellieren deshalb an das Gewissen der Menschheit, diesem Treiben ein Ende zu bereiten, sonst ist es eines Tages tatsächlich zu spät."

„Ja, aber wieso kommen Sie denn ausgerechnet mit diesen Problemen zu mir, da sind doch in erster Linie die Politiker gefragt", antwortet Andreas.

„Ach, hören Sie mir mit den Politikern auf. Die halten vorzugsweise fromme Reden, aber wenn sie etwas tun sollen, dann sind sie meistens unauffindbar und laufen genauso davon wie seinerzeit die Prinzessin."

„Na gut, das mag für einige von ihnen zutreffen, aber da gibt es doch die speziellen politischen Parteien, die das Thema Ökologie extra auf ihre Fahnen geschrieben haben."

„Ja, das ist wohl wahr, diese Parteien gibt es. Allein schon, dass es sie gibt, ist anzuerkennen, insbesondere natürlich auch, dass sie wenigstens die Probleme beim Namen nennen. Die Erfahrung hat aber gezeigt, dass sie in der Regel leider auch nicht viel bewegen, denn meistens sind sie so eine Art Juniorpartner in der jeweiligen Regierung und müssen dann mit der eigentlichen Mehrheitspartei entsprechende Kompromisse schließen. Und wenn sie tatsächlich einmal selbst ans Regieren kommen, dann interessieren sich auch ihre Vertreter meistens nur noch für die eigene Wiederwahl. Sie betätigen sich vorzugsweise rhetorisch, reden den Leuten nach dem Mund und erfinden allerhand schöne Worthülsen, aber letztlich passiert auch nicht viel."

Nach einer Weile des Schweigens fährt der Fremde fort: „Sie wunderten sich vorhin darüber, dass ich ausgerechnet zu Ihnen gekommen bin. Nun, das ist ganz einfach: Wir sprechen aufgrund negativer Erfahrungen eben nur Menschen an, bei denen wir einigermaßen sicher sein können, dass sie uns überhaupt zuhören wollen. Wie es mit dem Zuhören ansonsten aussieht, können Sie ja an meiner Zitatensammlung leicht ablesen."

Einen Augenblick schweigt der Fremde. Dann fährt er fort: „In der Regel werden wir ja nur als die leidende, stumme Kreatur bezeichnet. - Das ist falsch! - Es stimmt zwar, dass wir leiden. Gleichzeitig protestieren wir aber auch und schreien laut. Doch es hört uns niemand. Es sind immer nur einzelne Menschen die uns wahrnehmen. - Sie zum Beispiel! - Deshalb bin ich ja auch speziell zu Ihnen gekommen."

„Woher wissen Sie denn, dass mich das Thema tatsächlich interessiert?", fragt Andreas mit leichtem Erstaunen.

„Na, da komme ich auf den Beginn meiner Rede zurück. Immerhin haben Sie sich persönlich eingesetzt, um mich vor dem Überfahrenwerden zu bewahren. Wer so denkt und handelt, der ist unser Gesprächspartner. Deshalb bin ich in die menschliche Gestalt geschlüpft und direkt zu Ihnen gekommen."

Andreas ist einigermaßen gerührt und fragt nun weiter: „Machen Sie das öfter?"

„Ach, mein Lieber, schön wär's! Aber eine solche Begegnung, wie wir beide sie gerade erleben, ist ein ganz seltener Glücksfall. Da müssen viele Dinge zusammentreffen. Zum einen muss jemand, so wie Sie, durch seine Tat beweisen, dass er überhaupt ein Ansprechpartner ist. Das ist schon selten genug, denn wie gesagt, Leute, die nur reden, gibt es reichlich, aber die bewirken nichts. Als Nächstes müssen wir ein paar Spielregeln beachten, die unbedingt einzuhalten sind. Zum Beispiel gibt es nur ein ganz schmales Zeitfenster, in dem sich einer von uns in der menschlichen Gestalt zeigen kann. Dieses Zeitfenster ist immer nur alle sieben Jahre bei Neumond um Mitternacht geöffnet und dann auch gerade mal für eine Stunde."

Wieder schweigt der Fremde für einen Augenblick. Auch Andreas schweigt. Das alles ist einfach zu fantastisch.

Dann fährt der Fremde fort: „Sehen Sie, gerade waren die sieben Jahre herum. Just in diesem Augenblick geben Sie sich durch Ihre Tat als unser Freund zu erkennen. Zufällig ist Neumond und dann sitzen Sie zur mitternächtlichen Stunde da auf Ihrer Terrasse, so dass ich Gelegenheit habe, Sie auf unkomplizierte Weise anzusprechen. Das ist tatsächlich eine Kette von allerlei glücklichen Umständen, die hier zusammengetroffen sind. - Zufall oder Schicksal?"

„Nun ja, aber was kann ich tun?", fragt Andreas, „Sie haben da eine Menge an Fehlentwicklungen aufgezeigt, die auch mir seit Langem bekannt sind. Es stimmt schon, dass die Lebensräume im Bereich von Flora und Fauna durch die Unvernunft der Menschen dahinschwinden und es so zu dem von Ihnen aufgezeigten Artenschwund kommt. Nur was kann ich als Einzelner dagegen unternehmen, zumal sich vieles in globalen Dimensionen bewegt?"

„Ja, das ist schon richtig, aber sehen Sie, wenn alle diejenigen, die erkannt haben, worum es geht, wenigstens ihre Stimme erheben würden, wäre schon viel gewonnen. Schweigen ist in diesem Falle eben nicht Gold! In dieser Hinsicht sind die ökologischen Parteien, wie ich sie mal pauschal bezeichnen will, durchaus zu loben, denn immerhin bündeln sie die Stimmen der vielen einsichtigen Menschen, die es ja durchaus gibt. Sobald sie sich aber politisch betätigen, sind sie allerdings den Gesetzen der Parteipolitik unterworfen. Aber das hatten wir ja bereits."

Wieder herrscht ein Augenblick des Schweigens. Dann zeigt der Fremde auf den Laptop und fragt unvermittelt: „Gehören Sie zur schreibenden Zunft?"

„Ja gewissermaßen! Ich bin ehrenamtlicher Redakteur einer Zeitschrift für Wanderfreunde", antwortet Andreas.

„Nun, da sind Sie doch exakt der richtige Mann für das Thema. Erheben Sie Ihre Stimme und schreiben Sie einen Artikel über das Problem des schwindenden Lebensraums. Es müssen ja auch gar nicht die globalen Dinge sein, die Sie in Ihrer Zeitschrift abhandeln. Nehmen Sie die lokalen Fehlentwicklungen aufs Korn, die es ja allenthalben reichlich gibt. Da ist doch zum Beispiel die neue Motorsport-Rennstrecke, welche im Bereich der hiesigen Kommune gerade in Planung ist. Wenn die demnächst gebaut wird, dann kostet das wiederum an die hundert Hektar Wald und Wiesenflächen, die einfach so verschwinden."

Einen Augenblick schweigt der Fremde, dann fährt er fort: „Und wofür? - Doch nur zum Vergnügen einiger Fanclubs. Dabei gibt es Rennstrecken anderweitig bereits reichlich. Einige davon haben sich sogar als reine Fehlplanungen erwiesen, denn sie liegen inzwischen brach. - Muss diese denn nun auch noch sein? - Wenn ich es aber recht besehe, sind es doch wieder nur ein paar Lobbyisten, ferner ein Bürgermeister, der sich unbedingt ein Denkmal setzen will, sowie einige um ihre Wiederwahl besorgte Stadträte, die an dem Projekt interessiert sind. Und wie immer wird recht nebulös von irgendwelchen ominösen Arbeitsplätzen gesprochen, die da irgendwann entstehen sollen. Die Bevölkerung hingegen will das alles gar nicht und durchschaut auch die leeren Versprechungen, aber sie schweigt. Schweigen ist jedoch - wie bereits gesagt - eben nicht Gold! Darum, schreiben Sie! Sagen Sie etwas dazu!"

„Mein Gott, wie recht der Fremde hat", denkt Andreas bei sich und ihm fallen die vielen Fehlentwicklungen ein, die es ringsum reichlich gibt. Da ist die besagte neue Rennstrecke, falls sie denn kommt. Dann sind da die sich allenthalben immer weiter ausdehnenden und ausfransenden Stadtränder, die beschönigend als „Siedlungen im Grünen" bezeichnet werden, während gleichzeitig die Stadtzentren verkümmern. Ferner die angeblich so dringend benötigten Vergnügungsparks mit ihren betonierten Zufahrtsstraßen, Parkplätzen und so weiter und so weiter. Alles auf Kosten der natürlichen Lebensräume! - Ja, dazu müsste man tatsächlich einmal etwas sagen!

„So, ich muss nun gehen", sagt urplötzlich der Fremde.

„Ach, bleiben Sie doch noch einen kleinen Augenblick", bittet ihn Andreas, „ich habe noch ein paar Fragen, über die ich mich gerne mit Ihnen unterhalten möchte."

Doch der Fremde hat es plötzlich sehr eilig: „Auf Wiedersehen!" - und schon verschwindet er hinter den Büschen des Gartens exakt dort, wo er vorhin den Frosch ausgesetzt hatte.

In der Ferne schlägt die Turmuhr eins.

„Ach so, die Stunde ist um", denkt Andreas. - Er grübelt: War der Fremde tatsächlich ein Abgesandter der ‚stummen Kreatur'? - Gibt es so etwas?

Hm, er muss über das alles noch einmal nachdenken. Soviel ist ihm allerdings klar geworden: Egal wer der Fremde war: Ja, er wird etwas zum Thema schreiben! Andreas fühlt, dass auch er jetzt in der Pflicht steht, ebenfalls seine Stimme zu erheben. Weglaufen gibt es nicht!

„Versprochen, Froschkönig!", sagt er leise. Dann geht auch er ins Haus.

Eine Wattwanderung

„Moin, moin!" Freundlich begrüßt der Wirt des kleinen direkt am Deich gelegenen Pensionshauses mit dem schönen Namen „Zum goldenen Anker" den jungen Mann.

„Guten Tag!", erwidert der Neuankömmling, „mein Name ist Frank Müller. Ich suche ein Zimmer, ist bei Ihnen noch etwas frei?"

„Jo, do hebbet wi noch so 'ne lüttje Kajüt", lautet die Antwort. *„Sünd Sei alleen?"*

„Ja, ich bin allein. Kann ich ein Zimmer mit Blick auf das Meer haben?"

„Jo, dat geit woll an. Dat kostet so an Euro dreißig för'n Dag, awer nur wenn Sei länger bliewen wölln."

„Wie bitte?"

Der Wirt bemüht sich hochdeutsch zu antworten, was ihm aber nicht ganz gelingt und so wiederholt er: „Dreißig Euro *för'n* Tag, wenn Sie mehr *as* drei Tage *bliewen."*

„Ach so! - In Ordnung, ich nehme das Zimmer für eine Woche!"

„Na, denn kummt Sei man rin!". Mit diesen Worten hebt der Wirt den Koffer des Gastes auf und geht zu einer ziemlich steilen Treppe, die gleich neben dem Gastraum zum oberen Stockwerk führt.

Der junge Mann folgt ihm und steht einen Augenblick später in der „Kajüte", wie der Pensionswirt das Zimmer nennt. Der Name „Kajüte" passt durchaus sehr gut, denn das Zimmer ist nicht eben groß, dabei niedrig und mit einem in die Wand eingebauten Bett, einer so genannten Koje, ausgestattet. Ferner ist ein Tisch vorhanden, der direkt mit dem Fensterbrett verschraubt ist, davor ein Stuhl. Das runde Fenster über dem Tisch hat die Form eines Bullauges, so dass der Raum tatsächlich einer Schiffskajüte ähnelt. Weil das Pensionshaus etwas erhöht steht, hat man vom Fensterplatz aus einen wunderbaren Blick über den Deich hinweg direkt auf das Meer.

„Recht romantisch!", denkt der junge Mann. Dann sagt er zum Wirt gewandt: „Ja, das gefällt mir. Also für eine Woche!"

Der Wirt macht eine einladende Handbewegung: *„Dissen Obend gift dat een groten Klönschnack im Fährkroog"*.

„Was ist heute Abend?"

„Klönschnack", wiederholt der Wirt, um dann wieder in einer Mischung aus Hochdeutsch und Platt hinzuzufügen: „Ein Abend, wo Geschichten *vertellt* werden. Ein alter *Kaptein, de lange op See* gewesen ist, der spinnt Seemansgarn."

„O ja, danke für den Tipp. Wo ist denn der Fährkroog?"

„Tägenöver – äh, gegenüber!", erklärt der Wirt, um dann fortzufahren: *„Wölln Sei noch wat eeten?"*

„Danke, nein, ich habe schon unterwegs in der Autobahn-Raststätte ausgiebig gegessen."

„Jo, denn man moin, moin!" Mit diesen Worten lässt der Wirt den jungen Mann allein.

Frank Müller schaut sich im Zimmer um: O, wie praktisch! - An der Wand hängt ein Fernglas. Er nimmt es in die Hand und schaut durch das Bullauge auf das Meer hinaus. Es ist gerade Ebbe und man kann den Meeresspiegel schwach am Horizont schimmern sehen. Vom wolkenlosen Himmel strahlt die Sonne auf das Watt herab. In einiger Entfernung scheinen sich Seehunde zu sonnen. Ob man die wohl einmal aus der Nähe betrachten kann? Nun, morgen würde er einen Marsch durch das Watt unternehmen. Er hat seine Fotoausrüstung mit dabei. Wenn er Glück hat, kann er vielleicht ein paar Fotos schießen, denn Tierbeobachtungen sind seine Leidenschaft.

Am Nachmittag macht Frank einen ausgiebigen Bummel durch das Fischerdorf. Es besteht zum Teil noch aus den für Ostfriesland typischen, niedrigen mit Reet gedeckten Fischerhäusern. Gut schauen diese aus mit

ihren blitzsauberen Wänden aus Backstein, manche auch
weiß getüncht, und mit schmucken grünen Fensterläden.

In einem so genannten „Tante-Emma-Laden" kauft er
sich eine Karte von der dortigen Gegend, um ein wenig
Orientierungshilfe zu haben. Eigentlich unnötig, denn
verlaufen kann man sich in dem Fünfhundert-Seelen-
Dorf sicherlich nicht. - Na, egal!

Draußen studiert er die Karte: Aha, da herum geht es
zum Fischereihafen, sicherlich die wichtigste Ecke im
Ort: Also hin!

Das Hafenbecken ist nur mäßig groß. Neben etwa
zehn Fischkuttern liegt dort in der Mitte des Hafens auch
eines jener Ausflugsschiffe, so wie sie seit eh und je für
Butterfahrten üblich sind. Offensichtlich haben aber seit
einiger Zeit keine derartigen Fahrten mehr stattgefunden, denn das Schiff macht einen etwas herunterge-
kommenen Eindruck.

Neben dem Ausflugsschiff liegt ein Seenotrettungskreuzer. In seinen weiß-roten Farben stellt er mitten
zwischen den grauen Fischerbooten gewissermaßen ein
„optisches Kontrastprogramm" dar. Es ist ein wunder-
schönes schnittiges Schiff. Deutlich prangen die Buchstaben „SAR" an der Schiffswand. Auf dem Heck sieht
man das obligatorische Tochterboot.

Etwas abseits liegt, offenbar als besondere Touristen-
Attraktion, ein großes Dreimastsegelschiff mit voller Ta-
kelage. Die Segel haben allesamt eine kräftig rote Farbe.
- Donnerwetter, was es nicht alles gibt! - Am Bugspriet
befindet sich die Galionsfigur, ein grimmig dreinschauender Mann mit schwarzem Bart, der in einem knallroten weiten Umhang förmlich zu schweben scheint. „Der
fliegende Holländer" steht mit großen Buchstaben an der
Schiffswand. - O ja, der Name passt!

Neugierig studiert Frank das Schild, das am Kai vor
dem Schiff steht. Darauf wird ein „4- bis 5-stündiger Ta-
gessegeltörn auf hoher See" angepriesen. „Im Preis inbe-
griffen: ein Glas Sekt zum Empfang und eine rustikaler

Imbiss. Alles zum Preis von 40,00 € pro Person. Kinder die Hälfte."

„Na, ganz schön stolze Preise", denkt Frank, „aber immerhin, sie tun wenigstens etwas!"

„Abfahrt täglich 14.00 Uhr oder nach Vereinbarung bei einer Mindestteilnehmerzahl von 20 Personen" steht noch weiter auf dem Schild. - Na, heute scheint es wohl trotz des Sonnenscheins nicht geklappt zu haben, denn es ist bereits 16.00 Uhr und das Schiff liegt noch im Hafen.

Gerade will er sich von dem Schiff abwenden, da kommen zwei Damen langsam auf den Ankerplatz zu. Eine von ihnen, sie ist etwa Mitte Zwanzig, führt die andere, eine weißhaarige, stark gehbehinderte alte Dame, die sich auf einen so genannten „Rollator" abstützt. Beide schauen interessiert das Plakat an. Dann sagt die Jüngere: „Soll ich mal auf dem Schiff fragen, ob du auf so einer Tour mitfahren kannst?"

„Ach nein, lass mal! Das traue ich mir nicht zu", lautet die Antwort.

„Schade", sagt die Jüngere, „aber klar, Mutter, du musst sagen, was du mitmachen möchtest."

Einer spontanen Eingebung folgend, spricht Frank, der die ausgesprochen hübsche junge Frau höchst interessiert von der Seite beobachtet hat, jetzt die beiden Damen an:

„Entschuldigen Sie bitte, ich will nicht aufdringlich sein, das Schiff fährt heute wohl kaum noch. Aber falls Sie ein bisschen Abwechslung suchen sollten, heute Abend ist im Gasthaus ‚Fährkroog' ein so genannter ‚Klönschnack', wie man das hierzulande nennt. Es heißt, ein alter Kapitän erzählt dort Seemannsgeschichten."

Überrascht schauen die beiden Frank an: „Oh, vielen Dank", sagt die Jüngere. Dann fragt sie noch: „Im Fährkroog sagen Sie?" - „Ja!"

„Hörst Du, Mutter? - Das ist doch gleich neben unserer Pension. Wollen wir dahin?"

„Oh ja, das machen wir! Sicherlich erfahren wir etwas über Land und Leute hier."

Im Weggehen spricht die Jüngere Frank noch einmal an: „Kommen Sie auch dahin?"

„Ja, das hatte ich vor", lautet die Antwort.

„Na, dann sehen wir uns vielleicht. Also, nochmals vielen Dank und auf Wiedersehen!"

Beschwingt macht sich auch Frank auf den Weg zurück zur Pension. Seine Gedanken sind bei dem hübschen Mädchen: „Die könnte ihm gefallen. Ob sie wohl einen Freund hat?"

In der „Kajüte" macht er sich extra fein. Sorgfältig rasiert er sich und spart nicht mit Rasierwasser. Dann nimmt er das einzige Jackett, das er sozusagen „für alle Fälle" mitgebracht hat, aus dem Koffer und zieht es an.

Wie spät mochte es sein? - Er schaut zur Uhr: Noch eine halbe Stunde bis zum Beginn des Klönschnacks! - Ach, wer weiß, wie voll das da wird. Also los!

Im Fährkroog herrscht bereits reges Treiben. Der Raum fasst etwa fünfzig bis sechzig Personen. Frank zählt rund ein Dutzend Tische. Vorn ist ein kleines Podium zu sehen mit einem Tischchen und einem Stuhl darauf. Aha, da sitzt dann wohl nachher der „Kaptein", um seine Geschichten zu „vertellen".

Nach einem freien Platz Ausschau haltend, blickt Frank sich in dem Gastraum um. Die Plätze sind schon fast alle von Feriengästen besetzt. Aber an der Seite ist noch ein Tisch mit vier Plätzen frei. Schnell belegt er ihn und setzt sich so, dass er den Eingang im Blickfeld hat.

Frank braucht auch nicht mehr lange zu warten, dann sieht er die beiden - Mutter und Tochter - hereinkommen. Die Mutter stützt sich auf den Rollator, die Tochter hilft ihr durch die Tür zu kommen. Nun schauen sie sich suchend um.

„Hallo!", ruft er halblaut und winkt den beiden zu.

„Oh, das ist aber nett von Ihnen, dass Sie an uns gedacht haben, sonst hätten wir beinahe gar keinen Platz mehr bekommen."

„Ja", stellt Frank fest, „so ein Klönschnack scheint sich bei den hiesigen Feriengästen großer Beliebtheit zu erfreuen. Möchten Sie lieber hier vorn sitzen?", fragt er noch und bietet der Mutter seinen Platz an.

„Nein danke! "

Während die Tochter der Mutter beim Platznehmen hilft, schiebt Frank den Rollator zur Seite, um sich danach ebenfalls zu setzen und sitzt zu seiner heimlichen Freude nun der Tochter genau gegenüber.

„Was darf ich Ihnen bringen?", fragt der Ober und schaut dabei Frank an, wahrscheinlich in der Annahme, dass dieser später auch für die Rechnung zuständig ist.

„Bitte zunächst die Damen", antwortet dieser.

„O ja, wir hätten gern zwei Gläser Apfelsaft und eine Flasche Mineralwasser", lautet deren Bestellung.

„Für mich bitte ein Glas Bier", ergänzt darauf Frank.

„Sehr wohl!"

„Machen Sie hier Urlaub?", fragt Frank jetzt die beiden Damen.

„Ja, so etwas Ähnliches", antwortet die Tochter, „für meine Mutter ist es gewissermaßen die Verlängerung der REHA-Maßnahme nach einer Hüftoperation und für mich eine kleine Erholungspause vor dem Abschlussexamen. Ich bin gerade dabei mein Studium zu beenden. In vier Wochen beginnt das Hauptexamen, da möchte ich noch einmal kurz durchatmen.

„Ach, Sie studieren? - Ich bin auch Student, aber erst im sechsten Semester Fachrichtung Informatik", sagt Frank rasch, „was haben Sie denn studiert?"

„Biologie."

„Wie interessant! Wollen Sie in den Schuldienst gehen?"

„Nein" antwortet sie, „ich denke eher an eine Tätigkeit in der Forschung. Ich hatte bereits Gelegenheit, ein

Praktikum in einem Max-Plank-Institut zu machen. Vielleicht gelingt es mir dort wieder anzukommen. Sobald ich das Examen hinter mir habe, werde ich beim ‚MPI' einmal nachfragen"

„Ah ja. - Aber sagen Sie, wenn wir beide Studenten sind, da sollten wir uns doch eigentlich duzen!"

„Na klar! Ich heiße Tanja."

„Und ich Frank. - Hallo, Tanja!"

„Hallo, Frank!"

In diesem Augenblick erhebt sich Beifall. Der „Kaptein" scheint angekommen zu sein.

Richtig! - Auf dem Podium nimmt jetzt ein weißhaariger, mindestens siebzig Jahre alter Mann Platz und schaut gemächlich in die Runde. - Aha, das also ist der „Kaptein!" – Er trägt ein blaues Jackett, das mit goldenen Knöpfen und Uniform-Achselstücken verziert ist. Letztere sind irgendwie in einer etwas undefinierbaren Weise mit weiteren goldenen Sternen besetzt. Die Ärmel zeigen außerdem noch drei goldene Streifen. Bei der Marine werden derartige Ärmelstreifen „Kolbenringe" genannt und bezeugen in der Regel irgendeinen höheren maritimen Dienstgrad. Auf dem Kopf trägt der „Kaptein" schließlich eine etwas verbeulte Marinemütze mit einem goldenen Anker über dem Mützenschild.

„Eine tolle Kostümierung haben sie sich da einfallen lassen", flüstert Frank. Tanja nickt leise lachend.

Nun zieht der „Kaptein" eine Schachtel aus seiner Hosentasche. Er entnimmt ihr einen Priem, schiebt ihn in den Mund und nickt mit einem freundlichen Lächeln in die Runde. Jetzt setzt er würdevoll den vor ihm stehenden Bierkrug an, um sich zuvor noch mit einem kräftigen Schluck zu stärken. Dann beginnt er zu erzählen, wobei er sich bemüht Hochdeutsch zu sprechen, denn die Zuhörer sind durchweg Feriengäste. Es gelingt ihm aber nur unvollständig:

„*Jo, wat ick* alles erlebt habe! - Wenn *ick* Ihnen *dat* erzähle, dann glauben Sie mir bestimmt nicht. Gleich bei meiner ersten Fahrt ging es um Kap Horn rum. Da war ich noch Schiffsjunge. Wie wir schon fast bei Kap Horn waren, da *seggt* unser Steuermann: *‚Oh, min Gott, da kummt de Fliegende Holländer!'* - Wissen Sie, *dat is so'n* Geisterschiff. - *Wi kieken alle hin* und tatsächlich, da *kummt en grotet Schipp* mit blutroten Segeln. *Oben op* den Mastspitzen funkeln lauter Sankt Elmsfeuer. *Dat is* so 'ne Art von Elektrizität und sieht aus wie Wunderkerzen *op'n Dannenbohm.* Unser Steuermann bekreuzigt sich noch, und dann ging *et all los*: Auf einmal ein gewaltiger Sturm, *dat de* vorderste Mast von unserm *Schipp* sofort abgebrochen is. Knack, knack, weg wie ein Streichholz! - Dann kam eine riesige Welle. *Wat sall ick seggen,* vier mal so hoch wie dieses Haus hier."

Der „Kaptein" macht eine kleine Pause, um sich einen kräftigen Schluck aus seinem Bierglas zu genehmigen, dann fährt er fort:

„Die Welle kam direkt *op dat Schipp to.* Dann machte es ‚klatsch' und wir hatten *een* gewaltiges Leck in der Schiffswand. *De Käpten* kommandierte:‚Alle Mann an die Pumpen!' Und dann haben wir gepumpt, *wat dat* Zeug hielt. Aber *et hat alles nix* geholfen, das Schiff ging unter. Wir hatten grade noch Zeit, in die Boote zu gehen. Ringsum rabenschwarze Nacht, Blitz und Donner und *jümmer noch een* fürchterlicher Sturm. Drei Tage und Nächte mussten wir rudern. *Nix to eten und nix to drinken!* Wir dachten *all*, das Ende wäre gekommen und *dat wi nu versaapen* müssten. In der größten Not rief *de Stüermann, de all lange to See gefahren is:* ‚Klabautermann hilf uns!' - Und *wat sall ick seggen:* schlagartig hört der Sturm auf! – Mensch, wer hätte das gedacht! - *Een Moment später kam een Schipp* daher - und wir waren alle gerettet."

Spontaner Beifall belohnt die Fabulierkunst des Kapteins, der seine Rolle sichtlich genießt. Wieder stärkt er sich mit einem Schluck aus dem Bierglas. Frank kann nicht umhin die Fantasie des Erzählers zu bewundern.

Trotz seines fortgeschrittenen Alters kann der „Kaptein"
allerdings die Windjammer-Zeit, als man noch mit Segelschiffen um Kap Horn fuhr, gar nicht mehr selbst erlebt haben. Zu Tanja gewandt bemerkt er schmunzelnd:
„Tolle Story was? Na, mal sehen, was wohl noch alles
kommt!"

„Sindbad aus Tausend und einer Nacht", sagt diese lächelnd, um dann zu fragen: „Wer ist denn der Klabautermann?"

„Der Klabautermann ist ein Schiffsgeist", antwortet
Frank, „Ich sage nachher noch etwas mehr dazu."

Jetzt fährt der „Kaptein" mit seiner Geschichte fort
und man muss es ihm lassen, er ist ein wahrer Meister in
der Sparte ‚Seemannsgarn'. Was hat er da nicht alles auf
Lager: Überfälle durch Piraten, Begegnungen mit Meer-
jungfrauen, Seeschlangen und anderen Seeungeheuern.
Auch ‚Moby Dick', den weißen Riesenwal, hat er gesehen.
Na, und so weiter und so weiter. Wirklich, nichts fehlt.

Das Publikum ringsum ist begeistert und schmunzelt.
Jeder bemerkt natürlich, was das da für ein blühender
Unsinn ist, aber man lauscht andächtig den Geschichten
des „Kapteins", der seine Rolle wirklich überzeugend
spielt. Münchhausen hätte es nicht besser gekonnt.

Kräftiger Beifall erhebt sich, als der „Kaptein" schließlich seinen phantastischen Reisebericht beendet hat.
Auch die Mutter ist ganz entzückt von dem Nachfahren
des legendären Lügenbarons da auf der Bühne.

Jovial winkt der „Kaptein" nun in die Runde, steigt
bedächtig vom Podium herab und verlässt gemessenen
Schrittes den Raum.

Während ringsum ein allgemeines Gemurmel anhebt,
berichtet Frank jetzt vom Klabautermann:

„Also, der Klabautermann ist nach dem Aberglauben
der Seeleute ein Kobold, dessen Name aus dem Nieder-
deutschen kommt, denn ‚klabautern' oder auch ‚klabas-
tern' heißt auf Platt soviel wie „poltern und lärmen". Als
Schiffsgeist hat sich der Klabautermann früher denn

auch oft auf den großen Segelschiffen, den so genannten Windjammern, bemerkbar gemacht, indem er dort herumgepoltert und mit den Seeleuten gern seinen Schabernack getrieben hat. In der Regel wird er allerdings als ein gutmütiger Schiffsgeist geschildert, der - meistens unsichtbar – den Kapitän bei Gefahren warnt. Ob der Klabautermann auch im großen Stil auf das Wetter einwirken kann, so wie es unser Kapitän hier vorhin berichtet hat, erscheint mir jedoch etwas zweifelhaft."

„Ach, wie interessant! Waren Sie bei der Marine oder sind Sie in einem Segelclub?", fragt die Mutter.

„Nein, aber mein Großvater hat noch die so genannte ‚christliche Seefahrt' mitgemacht, jedenfalls nannte er das immer so, darunter verstand man die frühere Handelsschifffahrt, der hat mir viel aus seiner Fahrenszeit erzählt. Er konnte auch hervorragende Geschichten erzählen, die waren so ähnlich wie die vom „Kaptein" heute. Nur hat mein Großvater nicht ganz so dick aufgetragen, aber der Klabautermann war natürlich ebenfalls mit dabei."

Jetzt nimmt ein junger Mann mit einem Schifferklavier auf dem Podium Platz und beginnt auf seinem Instrument ein Lied zu intonieren. Dann singt er mit kräftiger Stimme mehr laut als schön: „Eine Seefahrt, die ist lustig ...."

Die beiden Damen schauen sich etwas unsicher um. Frank merkt ihnen an, dass dieser Teil der Veranstaltung nicht so ganz ihren Geschmack trifft. Er selbst ist auch kein Freund von Schunkeleinlagen, so wie der Mann mit dem Schifferklavier sie gerade einzuleiten scheint.

„Ach, Frank, sei uns nicht böse", sagt Tanja nun, „aber für meine Mutter ist es wohl besser, wenn wir jetzt gehen. Na, und den Klönschnack haben wir ja auch komplett genossen. Die Geschichten hier waren wirklich toll. Nochmals vielen Dank, dass du uns auf diese Veranstaltung aufmerksam gemacht hast."

„O, bitte sehr, ist schon in Ordnung. Der weitere Verlauf der Veranstaltung hier fällt wohl in die Kategorie ‚Humba, humba, täterä' auf seemännisch. Das ist auch nicht unbedingt mein Fall!" Dann fügt Frank noch hinzu: „Sehen wir uns vielleicht noch einmal?"

„Wir sind noch zwei Wochen hier", antwortet Tanja.

„Prima! - Ich habe zwar nur eine Woche, aber da gibt es wohl noch eine Chance."

Die Mutter winkt dem Ober: „Wir möchten bitte zahlen!"

„Alles?"

„Ja natürlich! - Alles!"

Als Frank abwehren will, bemerkt die alte Dame: „Ach lassen Sie nur, Sie sind Student, da darf ich Ihnen doch auch mal etwas spendieren und außerdem, zu irgendetwas muss eine alte Frau ja auch noch nützlich sein."

Frank lacht: "O, vielen Dank!"

„Alsdann: Auf Wiedersehen!"

„Ja, Tschüss!"

Am nächsten Morgen ist Frank schon zeitig auf den Beinen. Sein erster Blick geht aus dem Bullauge auf das Meer hinaus. Dort hat inzwischen wieder die Ebbe eingesetzt. Das Watt ist zwar noch nicht trocken, aber es ragen schon einige Sandbänke aus der Meeresoberfläche heraus und man sieht deutlich, wie das Wasser durch die sich bildenden Priele in die Richtung des offenen Meeres strömt. Mit besonderer Freude registriert Frank aber die hervorragende Sicht bei einem strahlend blauen Himmel. Fern am Horizont sieht man gestochen scharf irgendein größeres Schiff. - Herrlich! - Er wird seinen bereits am Vortag gefassten Plan also in die Tat umsetzen und eine Wattwanderung unternehmen.

So zieht er Gummistiefel und die auch als ‚Ostfriesennerz' bekannte gelbe Regenjacke an. Dann hängt er sich vor allem seinen Fotoapparat um und geht hinunter in den Frühstücksraum.

Beim Frühstück fragt er den Pensionswirt nach einer möglichst günstigen Route auf das Watt hinaus.

„Oh, man sachte, dat is so'n Sach', dat Watt is noch nich drööch!"

„Wie bitte?"

„Äh, das Watt ist noch nicht trocken!"

„Ach so! - Klar, ich werde auch erst gehen, wenn das Wasser abgelaufen ist. Aber wo geht man dann am besten auf das Watt hinaus?"

„Och, geh'n Sie man Richtung Hafen, und dann noch so *tweenhundert* Meter. Da *is een Kiosk achtern Diek. Dat is de* Treffpunkt für Wattwanderungen.“

„Achtern Diek?", fragt Frank, der sich immer noch angestrengt bemüht das Gemisch aus Hochdeutsch und Ostfriesischem Platt zu verstehen."

„Äh, ich meine den Kiosk hinterm Deich, zweihundert Meter von hier.“

„Ach so, ja okay!"

„Klock Tein, da kommt extra *een* Führer", setzt der Wirt noch hinzu, *„de* bringt alle Wanderer sicher *döör dat Watt. Wölln Sei nich* lieber so 'ne Wanderung mit *een* Führer *maken?“*

„Um zehn Uhr? - Ach, das dauert mir zu lange, ich brauche auch keinen Führer: Ich gehe lieber allein und will sowieso nur ein paar hundert Meter in das Watt hinaus, um einige Fotos zu machen. Gibt es hier Seehunde?"

„Jo, Seehunde, die gibt es. Aber passen Sie bloß auf, *dat Watt is* gefährlich. *Et is all manch eener drin versaapen. Wenn de Flut, kummt geit dat ruck zuck!"*

„Ach, mir passiert schon nichts!"

Auf dem Weg zum Kiosk kommt ihm Tanja mit einer Einkaufstasche entgegen.

„Hallo, Tanja!"

„Hallo, Frank! - Du siehst so unternehmungslustig aus, was hast du vor?"

„Ach nur einen Marsch in das Watt. Mal sehen, ob ich ein paar Seehunde fotografieren kann."

„Oh, das würde mich auch interessieren. Aber leider geht das nicht so ohne weiteres. Ich kann meine Mutter nicht gut allein lassen."

„Klar", bemerkt Frank, „aber vielleicht können wir alle zusammen einmal eine Rundfahrt machen, wenn auch nicht mit dem Segelschiff - dem „Fliegenden Holländer" - so aber doch mit dem Vergnügungsdampfer, der da im Hafen liegt. Man müsste einmal nachfragen, wann sie damit wieder in See stechen."

„Ja, keine schlechte Idee", sagt Tanja noch ehe sie sich zum Gehen wendet, „also, dann viel Spaß bei der Wattwanderung. - Tschüss!"

„Tschüss!", sagt auch Frank und macht sich nun auf den Weg zum Watt.

Am Kiosk ist niemand zu sehen. Er ist ganz allein und so zögert er nicht lange, sondern marschiert munter drauflos und hinein in das Watt.

Das Wasser ist inzwischen fast gänzlich abgelaufen. Bis auf einen Priel, in dem allerdings eine starke Strömung herrscht, ist das Watt trocken. Das Gehen ist dennoch recht beschwerlich, denn der zähe Schlick klebt an den Gummistiefeln, so dass Frank große Mühe hat, ein normales Marschtempo beizubehalten. Aber was soll's, der herrliche Sonnenschein hat ihn in ein Hochgefühl versetzt.

Er ist etwa eine halbe Stunde marschiert, wobei er immer wieder stehen bleiben muss, um den Schlick von den Stiefeln abzustreifen. Aber in einiger Entfernung glaubt er ein paar Seehunde zu sehen. Also hin!

Er schaut zurück zum Land und ist über die große Wegstrecke erstaunt, die er trotz allem schon vom Strand aus zurückgelegt hat. Ob es nicht doch gefährlich ist, einfach so weiter zu laufen? - Ach Quatsch, was soll schon passieren! Bei leichter Brise herrscht eine hervorragende Sicht. Also vorwärts!

Beim Weitermarsch sieht er plötzlich eine Menge schwarzer Klumpen im Watt herumliegen. Neugierig tritt er mit seinem Stiefel auf einen der Klumpen und erkennt sofort: Es ist Öl, Schweröl! Mitten zwischen den Klumpen entdeckt er eine verendete Möwe. Ihre Flügel sind vom Öl verschmiert. - „Verdammte Sauerei!" - Er denkt an die immer wieder von der Presse verbreiteten Nachrichten über Schiffe, die ihre Öltanks auf hoher See reinigen und deren gewissenlosen Kapitänen es egal ist, ob sie dadurch eine Ölpest verursachen. Er nimmt sich vor, bei seiner Rückkehr eine Meldung über das Öl zu machen.

Ja, was ist denn das? - Am Horizont sieht er plötzlich draußen auf dem Meer ein Segelschiff. Es ist ein Dreimaster mit roten Segeln. - Nanu, das kann ja nur der „Fliegende Holländer" sein, den er gestern im Hafen entdeckt hatte. Offenbar haben sich nun doch genügend Touristen eingefunden, so dass sie einen Segeltörn unternehmen. - „Schade", denkt Frank. Er hätte doch erst noch einmal zum Hafen gehen sollen.

Merkwürdig! Wie das Schiff so dahinsegelt, sieht es von einem Augenblick zum nächsten plötzlich fast doppelt so groß aus. - Ob das Luftspiegelungen sind? - Jetzt erscheint auch die Farbe der Segel ganz anders. Eben war sie eher blass gewesen, jetzt ist sie blutrot!

Frank fällt die Story von dem „Kaptein" im Fährkroog ein. Der hatte doch auch von dem Geisterschiff, dem „Fliegenden Holländer", fabuliert und wie dann unmittelbar danach ein Sturm gekommen war, wodurch sie angeblich bei Kap Horn Schiffbruch erlitten hätten. Ihn fröstelt bei dem Gedanken, dass das Erscheinen des Schiffes mit den roten Segeln da vorn vielleicht Unglück bedeuten könnte. - Ach was, dummes Zeug!

Plötzlich wird das Sonnenlicht merkwürdig fahl, so als wenn ein Gewitter aufziehen will. Frank schaut hoch. Tatsächlich, am Horizont türmen sich dicke Wolken auf. Ob sich da ein Gewitter zusammenbraut? – „Ach, wenn schon, das ist noch weit weg", denkt er, aber er beschleunigt jetzt seine Schritte.

Nach ein paar Minuten trifft ihn auf einmal ein scharfer Windstoß. Er kommt direkt von vorne vom Meer. Im gleichen Augenblick verschwindet die Sonne, und dunkle Wolken bedecken jetzt nahezu den gesamten Himmel. Urplötzlich kommt ein riesiger Möwenschwarm herangezogen. Es sind mindestens hundert Möwen, die mit ihrem schwirrenden Gekreisch den einsamen Wattwanderer umkreisen. In Franks Ohren klingt es so, als riefen sie ihm zu: „Fort, fort, was willst Du hier! Du hast hier im Watt nichts zu suchen! Hau ab!"

Zu allem Überfluss beginnt es zu regnen. Ein unangenehmer nasskalter Regen schlägt Frank direkt in das Gesicht. Wenige Augenblicke später verwandelt der Regen sich in einen Hagelschauer, begleitet von einem scharfen Wind, der sich immer mehr zum Sturm entwickelt.

Erschrocken bleibt Frank stehen: Um Gottes Willen, wie kann sich die Szenerie innerhalb so kurzer Zeit derartig verändern! - Sollte der Fliegende Holländer da draußen auf dem Meer doch etwas damit zu tun haben? - Ach was, Unsinn, ein Unwetter kann schon mal schnell aufziehen. Aber dass sie ausgerechnet jetzt mit Touristen an Bord auf ihren Segeltörn gegangen sind, ist doch merkwürdig.

Frank kehrt jetzt um und will zurück zum Strand laufen. Aber wo ist der Strand? Die Sicht reicht bei dem Hagel keine zwanzig Meter weit. Panik erfasst ihn. Er läuft jetzt mit Riesenschritten zurück. Die Richtung gibt ihm der Sturmwind vor. Der kam vorhin vom offenen Meer, also heißt es jetzt, mit dem Wind zu laufen, das muss ja die Richtung zum Land sein.

O mein Gott, dieser entsetzliche Schlick! Frank kommt kaum vorwärts, denn die Gummistiefel saugen sich förmlich in dem zähen Brei fest. Keuchend bleibt er stehen. Rasch zieht er die Stiefel aus, klemmt sie sich unter den Arm und läuft in Strümpfen weiter. Es geht ein bisschen besser. - Aber was ist das? - Zu Regen, Sturmwind und Hagel gesellt sich nun auch noch ein dichter Nebel. Langsam kriecht er über das Watt heran. Binnen weniger Minuten hat er alles bedeckt. Die Sicht beträgt nur noch zwei bis drei Meter.

Weiter, weiter! Frank hat nur noch einen Gedanken: „Raus aus dem Watt, und zwar so schnell wie möglich!"

Plötzlich fühlt er, dass er im Wasser läuft. Er bleibt stehen und schaut sich um. Das Meer kann es ja wohl nicht sein. Ach nein, es ist ein Priel! Das Wasser in ihm steht still. Vorhin war es noch rasch hindurchgeströmt. Also ist der Zeitpunkt bereits gekommen, bei dem sich die Strömungsrichtung umkehrt und die Ebbe von der Flut abgelöst wird.

Mein Gott, die Flut!

Ach, nur nicht nervös werden, so schnell kommt die schließlich auch nicht!

Was tun? - Wenn doch der verdammte Nebel nicht wäre! Am besten wird es sein, durch den Priel hindurchzuwaten. Also hinein!

Das Wasser wird rasch tiefer. Nach etwa zwanzig Metern reicht es Frank bereits bis zur Hüfte. - Nein, so geht es nicht. Also zurück!

Vielleicht kann er an einer anderen Stelle besser durch den Priel hindurch kommen. Er läuft ein Stück am Priel entlang, um eine seichte Stelle zu finden. Aber wohin soll er sich wenden? Nach rechts oder nach links?

Ach egal, nach rechts!

Nach etwa einhundert Metern versucht er noch einmal den Priel zu durchwaten. Verflucht, das gleiche Spiel wie vorhin! Schon nach wenigen Metern treibt ihn das tiefe Wasser zurück. Deutlich bemerkt er nun auch eine sich langsam im Priel ausbildende erneute Strömung. Die Flut kommt also! Jetzt wird es allerhöchste Zeit, dass er aus dem Watt herauskommt.

Frank versucht, einen kühlen Verstand zu bewahren.
Statt drauflos zu stürmen geht er nun mit langsamen
Schritten stetig am Priel entlang, er marschiert jetzt aber
in die entgegengesetzte Richtung wie zuvor. - Irgendwo
muss doch schließlich ein Durchkommen möglich sein.

Da horch! Was ist das für ein Geräusch?

Frank bleibt stehen. Vor ihm ist ein dumpfes Rauschen: Brandung! - Um Himmels Willen, da ist ja das
Meer!

Weg, weg, schnell weg und zurück! Aber nun hat sich
der Priel, der ihm bisher als Orientierung gedient hat,
offensichtlich verzweigt. Rechts und links strömt die Flut
mit Macht jeweils in einen Wasserarm hinein. Zwischen
beiden liegt noch eine schmale Zunge aus Sand und
Schlick. Das muss die Richtung zum Land sein. Also dort
entlang!

Wieder fällt Frank in einen schnellen Schritt, denn
jetzt bekommt er es mit der Angst. Wie hatte der Wirt
heute Früh gesagt? *„Et is all manch eener versaapen.
Wenn de Flut kummt, geit dat ruck zuck!"*

Nach zehn Minuten kommt er an eine Stelle, wo sich
die beiden Prielarme zu einem breiten Strom vereinigen.
Es bleibt ihm nichts anders übrig, als noch einmal in das
Wasser einzusteigen. Er denkt: „Es muss doch möglich
sein entweder den rechten oder den linken Prielarm zu
durchqueren." Also los geht's. Aber vergeblich: Viel zu
tief! - Zurück!

Mühsam arbeitet er sich aus dem Priel heraus und
steht nun wieder auf der schmalen Landzunge. Das Wasser steigt jetzt unaufhörlich. Wo er eben noch im Trockenen gestanden hat, reicht es ihm nun bereits bis zu
den Knöcheln. Ja, es ist die Flut!

Erneut prasselt ein dichter Hagelschauer herab. Frank
fühlt, dass er die Orientierung total verloren hat. Nach
all dem Hin und Her weiß er beim besten Willen nicht
mehr, wo es zum Land geht. Hilflos schaut er sich um. Er

muss an den „Kaptein" und seine tolle Story vom Vorabend denken. Lähmende Angst steigt in ihm hoch und
unwillkürlich formen sich auf einmal seine Worte, als er
einer inneren Stimme folgend, plötzlich laut ruft: „Klabautermann hilf mir!"

Da, was ist das? - Ein Schatten taucht im Nebel auf.
Sofort ruft Frank: „Hallo, ist da jemand?"

Ach nein, es war wohl nur eine Sinnestäuschung. Da
ist nichts! Nur dichter Nebel und der prasselnde Hagel.

Doch da ist der Schatten wieder! Es sieht so aus, als
wenn jemand nach links fortläuft.

„Hallo, hallo!" Frank wendet sich ebenfalls nach links.
Rasch läuft er dem vermeintlichen Schatten nach.

„Ist da jemand?" Frank schreit noch einmal, so laut er
kann. Er achtet nicht darauf, dass es jetzt quer durch das
Wasser geht. Es reicht ihm bereits bis an die Hüften. -
Egal, da links ist offenbar jemand, so muss es dort auch
zum Land gehen. - Schnell, schnell!

Plötzlich fühlt er, wie er wieder festen Boden unter
seine Füße bekommt. Gott sei Dank, eine Sandbank! - Ja,
was ist das? - Mitten auf der Sandbank steht ein großes
Holzgerüst. - Ach richtig! - Frank hatte bei einem früheren Nordseeurlaub schon einmal eine ähnliche hölzerne
Konstruktion am Strand gesehen: Es ist eine alte Bake,
die da vor ihm auf der Sandbank steht. Sie hat wohl bis
vor kurzem hier als Seezeichen gedient, denn sie ist noch
einigermaßen in Schuss. Offenbar haben aber inzwischen
die modernen Leuchttonnen die Aufgabe der Bake übernommen und so wird sie sicherlich bald verschwunden
sein. Immerhin ist die Bake etwa zehn Meter hoch.

Frank schaut sich um. Hagel und Regen sind etwas
schwächer geworden. Auch der Nebel ist jetzt weniger
dicht. Frank kann gut erkennen, dass die Sandbank wie
eine kleine Insel etwa einen halben Meter aus dem Meer
heraus ragt. „Zu wenig", denkt er, „wenn die Flut erst
voll da ist, steht auch die Sandbank unter Wasser.

Wieder schaut er sich um: „Hilfe!", ruft er so laut er kann. Und noch einmal: „Hilfe!" .... Keine Antwort! - Ach, der Schatten vorhin, muss wohl doch nur eine Sinnestäuschung gewesen sein. Es ist niemand zu sehen. Allein der Sturm, der jetzt wieder kräftig zugelegt hat, und das Tosen des aufgewühlten Meeres umgeben ihn.

Die Bake hat an der einen Seite eine stabile Leiter, die zu einer hochgelegenen Plattform führt. Die Leiter scheint noch intakt zu sein. Ob es auch die Plattform ist, kann man nicht genau zu erkennen. - „Na immerhin, besser als gar nichts", denkt Frank, „vielleicht kann ich mich nach dort, falls es ganz schlimm kommen sollte, hinauf flüchten und so vor dem Ertrinken bewahren."

Wenn er doch nur wüsste in welcher Richtung das Land liegt! Aber so sehr er sich auch anstrengt, es ist hoffnungslos: Nichts zu erkennen!

Nach einer halben Stunde ist es soweit: die Flut überspült nun auch die Sandbank. Frank klettert auf der Leiter ein paar Sprossen hinauf, wobei er große Mühe hat sich festzuhalten, denn der Sturmwind pfeift jetzt wieder in voller Stärke, auch setzt erneut Hagelschlag ein. Nach dem Waten im Priel vorhin ist er völlig durchnässt und beginnt nun heftig zu frieren. Kaum kann er sich mit seinen klamm gefrorenen Händen an der Leiter festhalten.

Jetzt erfasst ihn eine kräftige Böe und schüttelt ihn. Der Sturm nimmt rasant zu und peitscht ihm die Hagelkörner in das Gesicht und auf die blau gefrorenen Hände. Er versucht deshalb weiter nach oben zu kommen, doch etwa auf halber Höhe sieht er, dass sich über der Leiter eine schwere Bohle befindet. Offenbar ist die Plattform nicht mehr sicher genug. Deshalb hat man wohl die Leiter mit der Bohle gesperrt, um zu verhindern, dass jemand von da oben herabstürzen kann.

O Gott, bei dem Sturm in dieser Lage und an die Leiter geklammert, hält er nicht mehr lange durch. Er fühlt, wie seine Kräfte bereits zu schwinden beginnen. Die Gedanken überschlagen sich. In seiner Angst ruft er noch einmal:

„Klabautermann hilf mir!"

Kaum ist sein Ruf verhallt, da wird er von einem starken Scheinwerfer erfasst. Ein freudiger Schreck durchzuckt ihn, er begreift sofort: Das kann nur ein Schiff sein!

„Hallo, hier bin ich! Hallo, hallo!" Er winkt mit einem Arm und ruft noch einmal: „Hallo, hier!"

O, wie gut, dass er die gelbe Regenjacke anhat. Die kann man sicherlich auf einige Entfernung erkennen.

„Hallo, hallo!"

Frank ist furchtbar aufgeregt. Er hat nur einen Gedanken: „Mein Gott, hoffentlich bemerken Sie mich!"

„Wir können Sie sehen, bleiben Sie, wo Sie sind, wir schicken ein Boot!", schallt es plötzlich per Megaphon aus der Dunkelheit zu ihm herüber.

Sofort ist ihm klar: Es ist der Seenotrettungskreuzer! - Gott sei Dank, gerettet!

Zehn Minuten später sitzt er im Tochterboot des Seenotrettungskreuzers. „Danke, danke!", kann er immer nur wieder sagen. „O, mein Gott, dass Sie mich gesehen haben!"

„Nun, in Ihrer gelben Jacke waren Sie ja recht gut zu erkennen", sagt der Rettungsmann in dem Tochterboot. „Das haben Sie auf jeden Fall goldrichtig gemacht, sich solch einen ‚Ostfriesennerz' zu kaufen, der hat ihnen heute vielleicht das Leben gerettet."

An Bord des Seenotrettungskreuzers wird Frank sofort von einem Sanitäter untersucht, der außer einer leichten Unterkühlung gottlob keine gesundheitlichen Schäden feststellt. Er wickelt ihn in eine warme Decke ein und sagt dann: „Na, dann trinken Sie man erst mal einen heißen Tee!".

Auch der erste Vormann des Seenotrettungskreuzers kommt jetzt hinzu und spricht Frank freundlich an: „Na, mein Lieber, da haben Sie aber Glück gehabt. Das war ja der reine Zufall, dass wir Sie gefunden haben."

Frank ist über diese Worte erstaunt: „Wie, haben Sie denn nach mir gesucht?"

„Ja klar, aber wenn die junge Frau nicht gewesen wäre, hätten wir gar nicht gewusst, dass Sie bei dem Unwetter im Watt waren."

„Was für eine Frau?"

„Ach so, ja! - Etwa zehn Minuten nachdem das Unwetter losgegangen war, kam eine junge Frau ganz aufgeregt auf unser Schiff und sagte uns, dass Sie im Watt wären. Ich habe ihren Namen notiert. - Warten Sie mal! - Ach, der steht im Bordbuch. Aber ihr Vorname war auf jeden Fall Tanja."

„Mein Gott, Tanja!" Frank läuft es heiß und kalt den Rücken hinunter. Sie hatte sich um ihn also Sorgen gemacht: „Tanja, Tanja!"

„Ja, das ist aber noch nicht alles", fährt der Vormann fort, „hätte da nicht unser Maschinist so eine Vision gehabt, dann säßen Sie jetzt noch draußen auf der alten Bake. Lange hätten Sie sich dort aber nicht mehr halten können, denn der Wetterdienst hat Sturm mit Windstärke zwölf angesagt. – Na, jedenfalls kam unser Maschinist ganz plötzlich zu mir und sagte klipp und klar, Sie säßen in der alten Bake."

„Wie bitte? Hat der einen siebten Sinn?"

„Ja, so etwas Ähnliches. Er ist eine Art von ‚Spökenkieker'. So nennen wir hier Leute, die das ‚zweite Gesicht' haben."

„Das zweite Gesicht?"

„Ja, junger Mann, so etwas gibt es. Unser Maschinist hat diese etwas unheimliche Gabe. Er hat schon öfter Sachen vorausgesagt, die dann später auch genau so gekommen sind. Wir nennen ihn im Scherz deshalb unseren ‚Klabautermann', aber das darf er nicht hören, sonst wird er fuchsteufelswild."

Klabautermann! - Frank fährt der Schreck in die Glieder. Er fühlt, wie sich sein Nackenhaar sträubt. - Mein Gott, das gibt es doch nicht!

Der Vormann, der Franks Gemütsregung bemerkt, sagt nun zu dem Sanitäter: „Ach, hol doch mal Hinrich rauf!"

Einen Augenblick später steht der Maschinist vor Frank, ein typischer Ostfriese, groß, schlank und mit einer strohblonden Mähne auf dem Kopf. Mit seinen wasserblauen Augen blickt er fragend in die Runde.

„Hinrich, du hast mal wieder recht gehabt", sagt jetzt der Vormann, „ohne dich wäre der junge Mann hier wahrscheinlich verloren."

„Ja, ich danke Ihnen zutiefst", ergänzt Frank jetzt die Worte des Vormanns. „Aber sagen Sie mir, wieso haben Sie mich denn da in der alten Bake vermutet?"

„*Jo, wat sall ick seggen*", antwortet der Maschinist bedächtig, „*ick hatt' da auf einmal so'n Gefühl.*" Dann schweigt er.

Auch alle anderen schweigen jetzt. Was soll man dazu auch sagen. Jedes weitere Wort wäre überflüssig.

„*Jo, ick mut nu wedder runner. De Diesel makt so'n Geräusch*", sagt der Maschinist.

„Danke Hinrich, ist schon recht!" Der Vormann nickt ihm freundlich zu, und schweigend steigt der Maschinist wieder in den Maschinenraum hinunter, um sich seinem Diesel zu widmen.

„Bis zum Hafen zurück haben wir sicherlich noch eine gute Stunde", sagt jetzt der Vormann zu Frank, „legen Sie sich man so lange hier in die Koje und erholen Sie sich von dem Schrecken!"

Dankbar nimmt Frank das Angebot an. Wie er so da liegt, bemerkt er den gewaltigen Seegang. Der Seenotkreuzer schaukelt und schlingert kräftig. Ob das schon

Windstärke zwölf ist. Na, man gut, dass er nicht so leicht seekrank wird, das könnte er jetzt gar nicht gebrauchen.

In seinem Kopf kreisen die Gedanken. Er lässt die merkwürdigen Ereignisse des Tages noch einmal Revue passieren: „Der Fliegende Holländer"! - Kaum hatte er ihn gesichtet, als das Wetter urplötzlich umgeschlagen war. Dann der Sturm und sein Irrweg durch das Watt. - Die Flut! - Nachdem er seinen Notruf „Klabautermann hilf mir!" abgesetzt hatte, war die Schattengestalt aufgetaucht, die ihm den Weg zur alten Bake gezeigt hat. Und als er schließlich noch einmal den Klabautermann angerufen hat, erscheint wie aus dem Nichts heraus der Seenotkreuzer! - War das alles nur Zufall?

Ach ja, dann waren da vor allem noch seine beiden Schutzengel: Tanja und Hinrich, genannt der Klabautermann! Frank ist ein nüchtern denkender Mensch. Schließlich studiert er ein naturwissenschaftliches Fach, da haben „Spökenkiekereien" eigentlich keinen Platz. Aber was er heute alles erlebt hat, das geht denn doch über sein normales Vorstellungsvermögen hinaus. - Ach, erst mal schlafen. Danach ist auch noch ein Tag und dann kann er über alles nachdenken.

Bricklebrit

„Also, das darf doch nicht wahr sein! Wenn man es schon einmal eilig hat, es ist doch immer dasselbe!!!" – Ärgerlich hält der junge Mann in seinem etwas klapperigen Opel nach einem Parkplatz Ausschau. Vor der Bank ist mal wieder alles besetzt. Dauerparker aus der ganzen Nachbarschaft haben den Parkplatz der Bank total blockiert.

Na, was soll's, gleich um die Ecke ist noch ein freier Platz im „eingeschränkten Halteverbot!" - Ach, für einen kleinen Augenblick wird's wohl gehen.

So, nun schnell die EC-Karte in den Türschlitz: „Rrrrrrrrr!" - Na also! - Freundlich summt der Türöffner und lässt den jungen Mann in den Vorraum der Bank eintreten. - Wo steht denn bloß wieder der Geldautomat? - Ah, da hinten neben dem Eingang zum Schalterraum.

„Geöffnet ab 9.30 Uhr", liest er flüchtig auf der Schalterraumtür. - Warum die bloß immer erst so spät aufmachen? - Na ja, überall das Gleiche: Keine Leute, nur noch Automaten! Schnell die Karte hinein! - Verdammt, falsch rum! - Also noch einmal:

„Zur Zeit keine Auszahlung möglich!" Klar und deutlich erscheint die Anzeige auf dem Display des Geldautomaten. Zorn kocht in ihm hoch: Na, dann eben nicht! - Drücken wir halt auf „Abbruch": Klick! - Nichts! - Noch einmal: Klick! - Wieder nichts! - So was Blödes! - Wenn es drauf ankommt, geht natürlich alles schief! Zum dritten Mal: Klick! - Nichts rührt sich. - Nein, o nein, jetzt steckt auch noch die Karte in dem Automaten und kommt nicht mehr heraus! - Wie spät ist es eigentlich? - Ach du liebe Zeit: Neun Uhr! Also machen sie erst in einer halben Stunde auf.

„Verdammtes Mistding!" - Wütend schlägt er nun mit der Faust gegen die Blechwand des Geldautomaten, dass es nur so klirrt.

„I-A, I-A, I-A!"

Erschrocken fährt er zurück. Er schaut sich um: Was war denn das eben? - Steht hier irgendwo ein Esel herum? - Ach Quatsch, das soll wohl ein billiger Scherz sein. Irgendwo haben sie scheinbar einen Lautsprecher versteckt, zur Unterhaltung der Kinder oder so. - Saftladen! - Anstatt sich solche Mätzchen einfallen zu lassen, sollten sie sich gefälligst darum kümmern, dass ihre dämlichen Automaten funktionieren!

Ja, was ist denn das plötzlich? - Weint da jemand? - Deutlich hört er ein leises Schluchzen. Um Himmels willen, wo kommt das denn her?

„Ist da jemand?" Laut und energisch klingt seine Stimme.

Keine Antwort! - Langsam wird es ihm unheimlich. Er schaut den Automaten an. „Na, alter Blechkasten, du kannst es ja wohl nicht sein", denkt er bei sich, laut aber ruft er: „He, ist da wer ...?"

„Ich bin es!" - Ganz deutlich sind die Worte zu hören. Unwillkürlich tritt er einen Schritt zurück, gleichzeitig verspürt er, wie sich seine Nackenhaare sträuben. Tatsächlich, die Stimme kommt aus dem Geldautomaten.

„Du? Wieso? Wer bist du denn?" Trotz des mulmigen Gefühls versucht er, gelassen zu bleiben.

„Wer ich bin? Ich weiß es nicht, ich habe keine Seele mehr. Man hat mir meine Seele genommen." Leise und unter Schluchzen kommt die Antwort aus dem Automaten.

„Na hör mal, was soll das denn heißen, seit wann hat denn ein Geldautomat eine Seele?" Kopfschüttelnd schaut der junge Mann den Kasten an, der da reglos vor ihm steht.

„Ja, ja, schon richtig, ich sagte es ja gerade, ich habe keine Seele mehr. Ich bin eben nur ein Automat. Früher, als ich noch ein lebendiger Esel war, da hatte ich auch eine Seele, aber nun bin ich wie tot, alles in mir ist tot. Ich tue nur noch das, was der Computer mir befiehlt, den sie mir eingepflanzt haben. Ich tue es automatisch und

ohne jedes Gefühl. Aber immer wenn jemand vor mir
steht und auf die Tasten drückt, so wie Sie jetzt, muss ich
an früher denken, und dann ist mir jedes Mal zum Heu-
len zumute."

Also, jetzt schlägt's doch dreizehn! - Was hat der Automat da soeben gesagt? Früher wäre er ein Esel gewesen? Ungläubig und mit leicht überheblicher Miene lächelt der Mann vor sich hin. Verrückt, sich mit einem
Geldautomaten zu unterhalten! Langsam beginnt ihm
aber die Sache Spaß zu machen:

„Also, das kapiere ich jetzt nicht, was soll denn das
heißen: Früher, als du noch ein Esel warst ...?"

„Ja, das ist eine lange Geschichte", der Automat seufzt
hörbar und fährt dann fort:

„Sie haben doch sicher einmal vom ‚Tischlein deck
dich' gehört, vom ‚Goldesel' und vom ‚Knüppel aus dem
Sack'. In Grimms Märchenbuch, da steht alles drin: Wie
der alte Schneidermeister seine drei Söhne mit der Ziege
auf die Weide geschickt hat, wie die Ziege aber gelogen
und behauptet hat, die drei Brüder hätten sie hungern
lassen, worauf der Schneider seine Söhne aus dem Haus
gejagt hat. Als diese dann in die Welt gezogen waren, um
etwas Ordentliches zu lernen, da hat dann jeder von ihnen, nachdem die Lehrzeit herum war, einen besonderen
Lohn bekommen: Der Älteste das ‚Tischlein deck dich',
der Zweite den Goldesel und der Dritte den ‚Knüppel aus
dem Sack'."

Nach eine kleinen Pause fährt der Automat fort: „Ja -
und jener Goldesel - das bin ich. Ach nein, das war ich."

Grimms Märchen? Ja richtig, das ‚Tischlein deck dich'
und der ‚Goldesel'. Der junge Mann erinnert sich flüchtig
an die Geschichte, die auch einst in seinem Märchenbuch gestanden hat.

„Na, sag mal, wie ein Esel siehst du aber nicht gerade
aus." Jetzt muss er doch lachen. So etwas Komisches!
Der Geldautomat hatte mit einem Esel ja nun beim besten Willen keine Ähnlichkeit.

Wieder seufzt der Automat hörbar: „Sie können es mir schon glauben, ich war einst der Esel, so wie es in der Geschichte geschrieben steht. Ach, was war das damals für ein fröhliches Leben gewesen, als alle drei Brüder nach den langen Wanderjahren wieder glücklich zu Hause angekommen waren. Der Jüngste von ihnen hatte mich ja zusammen mit dem ‚Tischlein deck dich' erst noch aus den Händen des diebischen Wirts befreien müssen. Aber dann waren die Verwandten und schließlich das ganze Dorf um uns versammelt gewesen. Der Älteste von den Dreien hat zuerst die ganze Gesellschaft mit seinem ‚Tischlein deck dich' bewirtet. Dann hat mein junger Herr, der Müllergeselle, nur kurz ‚Bricklebrit!' gerufen, und schon habe ich ihnen die ganze Pracht vor die Füße geworfen, lauter funkelnagelneue Goldstücke! - Meine Güte, war das ein Fest gewesen! Bis in die Nacht hinein haben sie gefeiert. Und als alles aufgegessen und getrunken war, da hieß es erneut: ‚Tischlein deck dich!' - Ich aber war die Hauptattraktion, denn was geht schon über Gold! Und so rief mein junger Herr wieder und wieder das Zauberwort: ‚Bricklebrit!' Und: klipper, klapper, klipper, klapper, klirr, klirr, klirr', sofort purzelten jedes Mal neue Dukaten aus mir heraus. Ja, so war das damals!"

Der Automat schluchzt jetzt leise, um dann fortzufahren: „Am nächsten Tag waren sie dann alle wieder da. Das ‚Tischlein Deck Dich!' war uninteressant geworden. Sie wollten nur noch Gold: ‚Bricklebrit, Bricklebrit, Bricklebrit ....'

Heißa, nun ging es erst richtig rund. Sie hatten eine Tanzkapelle mitgebracht. O, die konnte spielen: Walzer, Polka und so weiter. Ich durfte mit dabei sein und habe alles genau gesehen. - Ach, und wie sie mich gehätschelt haben. Wunderbar duftendes Heu brachten sie mir mit, und gekrault haben sie mich, vor allem mein junger Herr, der Müllergeselle. Ja, so ging das dann weiter, alle Tage und Nächte.

Und jetzt? – Nun krault mich niemand mehr. Jetzt stehen die Menschen stumm vor mir, tippen ihre Zahlen ein, nehmen sich ihr Geld heraus und verschwinden wieder."

Ganz still ist es in dem Vorraum der Bank. Ein leises Mitgefühl überkommt den jungen Mann, und so fragt er: „Ja, und wie ist es dann weitergegangen?"

Tief bekümmert erklingt die Stimme aus dem Automaten: „Ach, es kam schließlich so, wie es wohl kommen musste. Sie konnten den Hals nicht voll kriegen: ‚Bricklebrit!' - ‚Bricklebrit!' und ‚Bricklebrit!', immer wieder, jeden Tag ohne Ende. Das hält natürlich der stärkste Esel nicht aus. Erst wurden die Goldstücke immer kleiner, dann wurden es von Mal zu Mal weniger, und schließlich war Schluss mit ‚Bricklebrit'. Nichts ging mehr, Gold kam jedenfalls keins mehr."

Nach einer kleinen Pause fährt der Automat fort: „Was die Gebrüder Grimm da über das Ende der Geschichte geschrieben haben, stimmt leider nicht. Sie haben bekanntlich berichtet, wir hätten damals allesamt fortan herrlich und in Freuden gelebt. Schamhaft haben sie dabei verschwiegen, wie traurig die Wirklichkeit ausgesehen hat. Als ich nämlich kein Gold mehr hergeben konnte, stand die ganze Gesellschaft ratlos um mich herum. Zuerst haben sie frisches Heu geholt und mir doppelte Portionen gegeben. Sie haben mir einen neuen Stall gebaut, beheizt und mit Fliesen. Sogar eine Musikbox haben sie in den Stall eingebaut. Dann haben sie von der tierärztlichen Hochschule einen Tierpsychologen kommen lassen. Der hat mit mir geredet und hat mich gestreichelt. Ach Gott, ich wollte ja, aber es ging einfach nicht mehr. Als schließlich alles nichts half, haben sie mich verprügelt, und am Ende hat mich mein Herr verkauft."

Heftig weint der Geldautomat nun drauflos: „Ach, mein lieber, guter Herr. Ich wollte es erst nicht glauben. Aber dann stand ich plötzlich angebunden auf dem

Marktplatz, und er pries mich zum Verkauf an. ‚Das ist der Goldesel', hörte ich ihn zu einem fremden Mann sagen, ‚Sie haben sicherlich von ihm gehört. Wenn Sie ihn gut pflegen, spuckt er vielleicht eines Tages wieder Dukaten.' - Der Fremde hat aber bloß hämisch gelacht. Dann hat er meinem Herrn ein paar Münzen gegeben und mich an einem schäbigen Strick hinter sich her gezogen. Ich wollte natürlich nicht mit und schrie so laut ich konnte. Da bekam ich mit einem Knüppel eine fürchterliche Tracht Prügel, bis es mir schwarz vor den Augen wurde."

Einen Augenblick lang schweigt der Automat, um dann fortzufahren: „Ja, und was danach passiert ist, weiß ich nicht. Ich erinnere mich nur noch, dass ich irgendwie furchtbar herumgewirbelt wurde. Ringsum war rabenschwarze Nacht. Es hat eine Ewigkeit gedauert, bestimmt hundert Jahre oder noch mehr. Genau weiß ich das aber nicht, und vielleicht habe ich das auch nur geträumt. Als ich wieder wach wurde, stand ich hier im Vorraum dieser Bank. Mein Fell war verschwunden und durch das graue Blech ersetzt worden. Na, Sie können ja selbst sehen, was aus mir geworden ist. Auf irgendeine geheimnisvolle Weise haben sie es aber geschafft, meine frühere Fähigkeit umzufunktionieren und in diesen Kasten einzupflanzen, so dass ich, wenn jemand die Tasten richtig bedient, wenigstens noch Papiergeld herausgeben kann. Gold ist das natürlich nicht mehr, und als Esel bin ich verschwunden, aber vor allem meine Seele, die ist weg. Alles ist tot in mir. Ich tue nur noch das, was der Computer mir befiehlt."

Wieder fängt er leise an zu schluchzen, und dem jungen Mann, der da vor ihm steht, kommen nun ebenfalls die Tränen. Doch dann erinnert er sich plötzlich, weswegen er hier in die Bank gekommen war: „Sag mal, ich warte auf meine EC-Karte, die ich vorhin eingegeben habe. Eigentlich wollte ich ja Geld abheben, aber dein Computer streikt wohl heute. Nun wäre ich schon froh, wenn ich wenigstens die Karte wiederbekommen könnte."

„Ja, ja", murmelt der Automat leise, „das liegt tatsächlich am Computer. Es muss erst jemand vom Kundendienst kommen. Aber der ist meistens irgendwo auf Achse. - Hören Sie, ich verrate Ihnen einen kleinen Trick. Sagen Sie einfach das Wort ‚Bricklebrit', dann wird die Sperre aufgehoben, und Sie können Ihre Karte wieder herausnehmen. Übrigens, mit ‚Bricklebrit' können Sie auch Geld abheben. Aber Ihre Kontonummer, die müssen Sie dabei natürlich zuvor eintippen. ‚Bricklebrit' ist gewissermaßen die Universal-Code-Nummer, um den Computer in mir einzuschalten. Den Zusammenhang verstehen Sie sicherlich: Bricklebrit, das ist sozusagen der alte Code aus meinem früheren Leben, den haben sie nämlich nicht löschen können. Aber sagen Sie das um Himmelswillen nicht weiter, ich bekomme sonst Ärger.

Erstaunt fragt der junge Mann: „Und wie kommt das?"

„Ach ganz einfach: Das Einzige, was sie mir damals nicht nehmen konnten, ist das Zauberwort, welches einst einen Goldesel aus mir gemacht hat. Eine gütige Fee hatte, als ich noch ein Esel war, ihre Hand auf meinen Kopf gelegt. Dann hat sie mich gekrault und ‚Bricklebrit' gesagt. Das war alles. Vom selben Moment an konnte ich Gold spucken. Das Zauberwort habe ich gottlob nicht vergessen. Und wenn es nun mit dem Gold auch vorbei ist und sie mir schon meine Seele genommen haben, „Bricklebrit" ist unauslöschlich in meinem Gedächtnis gespeichert. Die Leute von der Bank hier haben gar keine Ahnung davon."

„Donnerwetter, was es nicht alles gibt!", denkt der junge Mann. So eine verrückte Geschichte!

„Ja, ich muss nun aber weiter, also vielen Dank!"

Neugierig und mit etwas gemischten Gefühlen ruft der junge Mann jetzt das Zauberwort: „Bricklebrit!"

„Rrrrrr-Klick-klack-klick-klack-klick-klack' tönt der Automat, und schon liegt die Karte im Ausgabefach.

Na, Gott sei Dank! - Schnell nimmt er die Karte aus dem Automaten.- So, nun, aber los!

„Ach, warum wollen Sie denn schon gehen?" Traurig klingt es aus dem Automaten heraus, „Sie sind der erste Mensch, der seit damals mit mir gesprochen hat. Niemand in der Bank spricht mit mir, vor allem auch deswegen, weil niemand meine Stimme hören kann. Ich könnte hier schreien, so laut ich wollte, keiner würde auch nur einen Ton davon mitbekommen. Ach, wie oft habe ich es schon versucht. Und nun kommen Sie heute früh herein und verstehen mich auf Anhieb. Sie sind tatsächlich der erste Mensch, der meine Stimme hören kann. Sicherlich hat Ihnen bei Ihrer Geburt auch eine gute Fee diese Gabe mitgegeben. Können Sie sich vorstellen, wie mir jetzt zumute ist? - Bitte, bitte, bleiben Sie doch noch einen Augenblick!"

Zögernd bleibt der junge Mann stehen: Mein Gott, wie spät ist es denn inzwischen? Ach, der Termin ist sowieso schon dahin! - „Also gut, aber nur ein kleines Weilchen. Erzähl mir doch einmal, wie dein Tageslauf hier so aussieht!"

„Ja gern", klingt es aus dem Automaten heraus, „aber es sind keine besonderen Ereignisse, die sich hier tagtäglich abspielen, und fröhlich sind sie schon gar nicht. Neulich kam zum Beispiel eine alte weißhaarige Frau herein. Sie stand vor mir und wollte sich etwas Geld abheben. Aber sie wusste nicht, was sie nun tun musste. Die Karte hatte sie wohl richtig in den Schlitz gesteckt, ich konnte ihr aber trotzdem nichts herausgeben, denn sie hatte die Geheimnummer nicht eingetippt. So habe ich ihr das Signal ‚Bitte Pin-Code eingeben!' gezeigt. – ‚Pin-Code', was ist denn das nun wieder?' hörte ich sie vor sich hin murmeln, und sie schaute sich um. Aber es war niemand da. Einsam und ratlos stand sie vor mir, und dann fing sie an zu weinen. Doch im selben Augenblick ging die Tür auf, und ein älterer Herr kam herein. „Kann ich Ihnen vielleicht helfen?", hörte ich ihn fragen.

‚O bitte ja, können Sie mir sagen, was ein ‚Pin-Code' ist?'

‚Na, das ist doch die Geheimnummer, die zu Ihrer EC-Karte gehört.'

‚Ach so, aber warum steht denn dann hier Pin-Code? - Können die das nicht so ausdrücken, dass man es auch versteht?'

‚Ja, weiß Gott, antwortete der freundliche Herr, „aber so ist das heutzutage: alles nur noch in Computersprache oder sonst irgendein Kauderwelsch. Wir Älteren haben bald keine Chance mehr. Und was das Schlimmste ist, es gibt kaum noch Personal, egal wo. Niemand kann einen mehr beraten. Wir unterhalten uns bald nur noch mit Automaten!'

Dann sah ich, wie die alte Frau in ihrer Handtasche herumkramte und schließlich einen Zettel in der Hand hielt, auf dem sie offenbar ihre Geheimnummer notiert hatte.

‚Na, das ist aber ein bisschen leichtsinnig", hörte ich darauf den älteren Herren sagen, „passen Sie gut auf, dass die Nummer nicht in unrechte Hände fällt. In meiner Nachbarschaft haben kürzlich irgendwelche Strolche einer Rentnerin das ganze Konto leer geräumt. Sie hatte die EC-Karte und den Pin - ach pardon, die Geheimnummer - beide zusammen in ihrer Einkaufstasche gehabt und diese im Supermarkt liegen gelassen. Als sie es bemerkte, war es schon zu spät gewesen. Nun steht sie da. Alles futsch!'

‚Ach du liebe Zeit!', hörte ich die alte Dame noch sagen. Sie schaute sich ängstlich um. Doch dann tippte sie die Nummer ein, nahm das Geld heraus und ging kopfschüttelnd zur Tür."

„So, nun muss ich aber wirklich gehen", der junge Mann will gerade die Bank verlassen, als er beinahe von einem Herrn umgerannt wird, der in großer Hast hereingestürmt kommt. Er hat es offenbar sehr eilig, denn er trommelt ungeduldig mit seinen Fingern gegen die Automatenwand, während er die EC-Karte einschiebt. *„Zur Zeit keine Auszahlung möglich!"* - Die gleiche Anzeige wie vorhin.

„Verdammt noch mal!" - Der Mann drückt die Abbruchtaste, aber wieder passiert nichts, genauso wie vorhin. - Also dasselbe noch einmal: Nichts! - „Verdammter Saftladen!" - Zum dritten Mal: Nichts!

„So, jetzt reicht es aber!" Wütend geht der Mann auf die Tür zum Schalterraum los, wobei sich diese jedoch im gleichen Augenblick von selbst öffnet. Heraus tritt ein Bankangestellter, der wohl die Unruhe im Vorraum bemerkt hat.

„Hören Sie mal, was ist denn das hier für ein chaotischer Laden?", fährt der Kunde, offensichtlich eine Person von höherer Wichtigkeit, unvermittelt den Angestellten an.

„O bitte sehr", entschuldigt sich dieser, als er sieht, worum es geht, „ich werde die Sache sofort beheben", und er drückt mit einem überlegenen Lächeln auf die Taste mit der Aufschrift „Abbruch". Mein Gott, wie oft hat er das schon erlebt: je kleiner das Konto, desto großspuriger das Auftreten.

„So, bitte schön!" ...

Ja, was ist denn das? - Nichts rührt sich.

Nervös tippt der Bankmensch auf die Abbruchtaste. „Das gibt's doch nicht!"

Noch einmal: Wieder nichts! Heftig klopft er nun seinerseits an den Geldautomaten. Aber es bleibt dabei; es passiert eben nichts.

Inzwischen stehen weitere Kunden um den Automaten herum. Auch der junge Mann ist dabei, er hält sich etwas abseits und wartet amüsiert auf den Fortgang der Dinge. - Ach, wenn sie nur wüssten, was er weiß! - Aber er hütet sich, etwas zu sagen. Währenddem fangen alle anderen an, wild durcheinander zu schwatzen. Jeder kennt sich natürlich bestens aus und gibt entsprechende Ratschläge.

Nun wird es dem hohen Herrn aber zu bunt. „Das ist ja das Letzte hier, ich verlange sofort, den Geschäftsführer zu sprechen!", herrscht er den inzwischen recht kleinlaut gewordenen Bankangestellten an. Der verschwindet wortlos im Schalterraum, um nach einem kurzen Augenblick mit dem Filialleiter zurückzukommen.

Der schaut etwas konsterniert in die Runde, um sich dann aber sofort mit beflissener Miene dem vor dem Automaten stehenden Bankkunden zuzuwenden: „Ach, Herr Ministerialrat, Sie sind es! O, entschuldigen Sie vielmals, ich hatte ja keine Ahnung! Was kann ich für Sie tun?"

„Bringen Sie diesen Automaten hier in Gang. Ihr Mitarbeiter ist damit offensichtlich überfordert!", kommt die etwas barsche Antwort.

„Aber natürlich, einen Moment!" Höflich verbeugt sich der Bankchef vor dem Ministerialrat, während er seinem Angestellten einen vielsagenden Blick zuwirft. - „Hier diese Abbruchtaste, und gleich ist der Fall erledigt."

„Klick!" ...

Doch nichts passiert. Noch einmal: „Klick!" ...

„Na, so was!"

Auch der Chef des Hauses muss nach einigen Versuchen aufgeben. Ratlos steht er da, während die Umherstehenden heimlich grinsen.

„Ja, haben Sie denn gar keine Mechaniker oder Computerspezialisten im Haus?", fragt der Ministerialrat äußerst ungehalten und mit erhobener Stimme.

„Nein, nicht mehr. Bis vor einem halben Jahr hatten wir noch einen, aber den mussten wir entlassen. Anweisung von ganz oben. Sie wissen doch: Sparen, sparen, sparen!"

„Na, ja, und was dabei herauskommt, sieht man jetzt", murmelt halblaut der junge Mann sichtlich schadenfroh, womit er sich in das Gespräch einmischt.

„Wer sind Sie denn?", fragt der Filialleiter ungehalten und mustert den jungen Mann mit einem kritischen Blick.

„O, nichts für ungut", sagt der Angesprochene, „es geht mich ja nichts an, ich meine nur, dass der Verzicht auf einen eigenen Computerspezialisten für eine Bank so wie Ihre hier vielleicht das berühmte Sparen am falschen Ende ist. Und wem nützt dann am Ende ein solches Sparen?"

„Genau!", sagt ein anderer aus der inzwischen auf rund ein Dutzend angewachsenen Zuschauermenge, die das Wortgeplänkel als willkommenes Unterhaltungsprogramm neugierig verfolgt.

„Ja, ja, wem nützt es? Natürlich dem Gewinn der Bank!" Ungewollt, fast mechanisch, entfährt dem Filialleiter die Antwort auf die etwas vorlaute Frage des Fremden, der da mit so einem merkwürdig heiteren Gesichtsausdruck neben dem Automaten steht.

Au, verdammt, er könnte sich auf die Zunge beißen, aber unwillkürlich geht dem Filialleiter das Gespräch mit dem Vorstandsvorsitzenden der Bankgesellschaft vom Vortage durch den Kopf: „Entweder andere Zahlen oder andere Köpfe!" - Ja, genau das waren die Worte des Allgewaltigen gewesen. Und mit den „anderen Köpfen" hatte er unmissverständlich auch den seinen gemeint. Ach, es widerte ihn alles an, und er war diesen ewigen Tanz um das goldene Kalb mit Namen „Shareholders Value" so satt. Erst waren 15% Rendite nicht genug gewesen, und als sie dann vor einem Jahr die 18%-Marke erreicht hatten, war es immer noch nicht recht, denn nun sollen es gar 25% werden.

Mit einem bedrückten Gesichtsausdruck schaut der Filialleiter jetzt um sich: O, das verdammte ‚Goldene Kalb'! - Nein, es macht wirklich keinen Spaß mehr. Und was die Qualität der Kundenbetreuung - einst oberstes Gebot in der Branche - betraf, na da erlebte er gerade höchstpersönlich und hautnah, wie weit es damit gekommen war. Wenn das so weiter gehen würde, könnte sich die verehrte Kundschaft tatsächlich bald nur noch über Pin-Nummern mit Bildschirmen und Automaten unterhalten. Menschen gäbe es dann jedenfalls keine mehr in der Bank. Am liebsten würde er in den Vorruhestand gehen. Aber da ist die Familie. Die Kinder sind noch in der Ausbildung und kosten eben Geld. Also lässt er sich vom Vorstand weiter herumschubsen.

„Ich könnte Ihnen vielleicht helfen", meldet sich der junge Mann unvermittelt noch einmal zu Wort. Erstaunt schauen ihn die Umstehenden an. Auch der Filialleiter blickt überrascht auf.

„Treten Sie doch alle einmal einen Schritt zurück!", fährt der junge Mann fort, und nun macht er sich an der Tastatur des Geldautomaten zu schaffen. Heimlich drückt er dabei auf die Abbruchtaste und sagt ganz leise: „Bricklebritt!"

„Rrrrrrr-Klick-klack-klick-klack-klick-klack" tönt der Automat, und genauso wie vorhin liegt die EC-Karte nun im Ausgabefach des Automaten.

„Na, das gibt's doch nicht!", ruft der Ministerialrat total perplex, während die Umstehenden begeistert mit den Händen klatschen, geradeso als hätten sie soeben die Galavorstellung eines Zauberkünstlers erlebt.

„Danke, vielen Dank", sagt der Ministerialrat nun zu dem jungen Mann und nimmt seine Karte heraus, um sich dann an den Filialleiter zu wenden: „Gibt es bei Ihnen ausnahmsweise auch noch einmal eine Barauszahlung, das wäre mir jetzt lieber, ehe ich hier wieder festsitze?"

„Ja sicherlich, bitte, kommen Sie herein!"

Indem die beiden in den Schalterraum eintreten, dreht sich der Bankchef noch einmal um und wendet sich an den jungen Mann: „Haben Sie anschließend noch einen Augenblick Zeit? - Ja? - Ach, dann kommen Sie doch gleich einmal zu mir ins Büro! Ich würde mich gerne mit Ihnen ein bisschen unterhalten."

Fünf Minuten später, der Ministerialrat hat inzwischen sein Geld bekommen und ist gegangen, sitzt der junge Mann dem Filialleiter in dessen Büro gegenüber. Er schaut sich um: Donnerwetter, was für ein pikfeiner Laden! - Ein großer klimatisierter Raum mit Ledersesseln, Schreibtisch, Konferenztisch, alles von erlesener Qualität. - Mann, an so einen Posten müsste man einmal herankommen!

„So, nun sagen Sie mir doch einmal, wie haben Sie das denn da vorhin gemacht?" Neugierig schaut der Bankchef den jungen Mann an.

Der so Angesprochene denkt bei sich: „Na, wenn ich dem jetzt sage, dass der Geldautomat in Wahrheit ein Esel ist, hält der mich für total verrückt."

Laut sagt er deshalb: „Ach, das war gar nichts Besonderes, ich habe nur kräftig auf die Tasten gedrückt, und dann ging es eben. Vielleicht ist der Automat schon etwas ausgeleiert. Das merkt man am ehesten an den Tasten."

„So, so, hm, komisch." Der Filialleiter sinniert einen Augenblick vor sich hin und schüttelt dabei leicht seinen Kopf. „Wieso hat das denn bei mir nicht geklappt? Jedenfalls bin ich Ihnen zutiefst dankbar, denn Sie haben mich aus einer recht peinlichen Situation befreit. - Sind Sie vom Fach, vielleicht Computerspezialist oder so etwas Ähnliches?"

„Ja und nein, nicht wirklich! Genauer gesagt: ich bin Grafik-Designer, Diplom-Grafik-Designer! Ich habe an der hiesigen Hochschule studiert. In meinem Fach spielt der Computer natürlich wie überall heutzutage eine große Rolle. Aber für mich ist der Computer nur ein Werkzeug. Ich setze in meinem Beruf vor allem die Software des Computers ein. Mit der so genannten Hardware, also mit dem Innenleben eines Computers, oder etwa mit Automaten habe ich im engeren Sinne nichts zu tun."

„Interessant!" Der Bankchef lächelt verbindlich: „Und was machen Sie jetzt, sind Sie in Ihrem Beruf tätig?"

„Leider nein! Das heißt bis vor einem Jahr hatte ich noch eine feste Anstellung als Grafik-Designer in einem Buchverlag. Aber ich bin denen wohl zu teuer geworden, jedenfalls hat man mir nach fünf Jahren, die ich dort tätig gewesen bin, kurzerhand gekündigt. Mein Job wird nun extern erledigt. ‚Outsourcing' nennt man das bekanntlich. Ja, und nun bin ich beim Arbeitsamt gelandet. - Ach pardon, bei der Bundesagentur für Arbeit".

Urplötzlich schweigt der junge Mann, so als ob er sich dafür schämen müsste, arbeitslos zu sein.

Nach einer Weile fragt der Bankchef: „Haben Sie denn gar keine Chance, eine neue Anstellung zu bekommen?"

„Ach, zurzeit sieht es damit sehr düster aus, und wer weiß, ob es je besser werden wird. Wer stellt heute schon Leute ein. Im Gegenteil: runter mit dem Personal! So lautet doch überall die Devise. In meiner Branche ist es besonders schlimm. Anstatt Leute einzustellen, kauft man die Dienstleistung ein. Anbieter gibt's genug, vorzugsweise Billiganbieter. Mit dem Computer können heutzutage ja viele Menschen irgendwie umgehen. Mancher von ihnen hat sich ein bisschen von dem angeeignet, was unter den leider ungeschützten Begriff ‚Web-Design' oder so fällt. Die Kunden bemerken den Unterschied zwischen einem professionellen Design und einem Billigangebot meistens gar nicht. Hauptsache viel Buntes. Wozu soll man also einen teuren Mitarbeiter beschäftigen. Qualität bekommt man auf diese Weise allerdings nicht."

Unwillkürlich fällt dem Bankchef das Geschehen von vorhin ein: Weiß Gott, wie recht sein Gegenüber hat!

Der junge Mann fährt nach einer kleinen Pause fort: „Nun hat mir das Arbeitsamt - pardon, die Bundesagentur für Arbeit – vor einiger Zeit eine Fördermaßnahme bewilligt, nach deren Ende ich mich als Grafik-Designer selbständig machen kann. Die Schulung geht gerade ihrem Ende entgegen. Aber ob mir das wirklich weiterhilft, ist völlig offen, denn zum Selbständigwerden benötige ich unter anderem auch Kapital. Woher soll ich das Geld nehmen? Ich habe schon bei einer Bank, allerdings nicht bei Ihrer hier, angefragt, ob ich einen Kredit bekommen könnte. Aber man verlangt Sicherheiten. Ich habe aber keine Sicherheiten zu bieten, abgesehen von meinem zehn Jahre alten Opel, aber der zählt ja wohl kaum noch".

„Ja, sehen Sie denn eine Chance, als Selbständiger in ihrer Branche Erfolg zu haben?", fragt der Filialleiter, der aufmerksam zugehört hat.

„Ja, ich trau' mir da schon etwas zu", lautet kurz und knapp die Antwort des jungen Mannes, und ich kann aus meiner früheren Tätigkeit auch einiges vorzeigen, was in meiner Branche nicht jeder zustande bringt."

„Nun, und dass Sie außerdem im entscheidenden Moment zupacken können, davon haben Sie heute eine überzeugende Probe abgegeben", pflichtet der Filialleiter lebhaft bei. „Eine Stelle kann ich zwar auch nicht vergeben, aber was Ihre Kreditwünsche angeht, da könnte ich vielleicht ein bisschen mithelfen."

Er nimmt aus einem Schächtelchen auf seinem Schreibtisch eine Visitenkarte, schreibt etwas darauf und überreicht das Kärtchen dem jungen Mann.

„Gehen Sie damit zu Herrn Krause, er ist der zuständige Abteilungsleiter der Kreditabteilung unseres Hauses, den Namen und die Telefonnummer habe ich Ihnen hier auf meine persönliche Visitenkarte aufgeschrieben. Herr Krause sitzt übrigens in der Hauptverwaltung am Bahnhofsplatz, die Adresse finden Sie ebenfalls auf der Karte. Melden Sie sich auf jeden Fall aber vorher telefonisch an. Tragen Sie ihm Ihren Kreditwunsch vor, nehmen Sie dazu aber auch alle Unterlagen mit, von denen Sie meinen, dass Sie damit Ihre Pläne darstellen können.

Ich werde Herrn Krause noch heute über alles informieren und ihn bitten, Ihren Kreditantrag wohlwollend zu prüfen, und wenn möglich positiv zu bescheiden.

„O, vielen, vielen Dank!" Der junge Mann ist ganz gerührt über diese sich ihm unerwartet auftuende Perspektive.

„Langsam, langsam, junger Freund, ich kann für den Erfolg der Sache allein aufgrund meiner Empfehlung noch nicht garantieren. Ob daraus etwas wird, entscheidet letztlich Herr Krause bzw. der Vorstand. Aber meine Empfehlung nebst einer ausführlichen Schilderung ist zumindest für Sie schon einmal so eine Art „Türöffner". Und dafür will ich gerne sorgen, denn Sie gefallen mir."

Dann fährt er unvermittelt fort: „Wissen Sie, Sie haben mir so richtig aus der Seele gesprochen. Ihre Einmischung vorhin war ja zunächst ein bisschen schnodderig. Aber ich muss gestehen, irgendwie haben Sie den berühmten Nagel auf den Kopf getroffen. Angeblich steht der Kunde bei uns ganz oben, aber die Realität sieht völlig anders aus. Ihr Hinweis auf das Sparen am falschen Ende war absolut richtig: Jawohl, genau das ist es, was das Geschäft hier langsam aber sicher verkommen lässt. Wir sind bald so weit, dass sich die Kunden nur noch mit Automaten unterhalten können. Na, da soll mir mal einer vormachen, wie man sich dabei um Kundenzufriedenheit kümmern kann. - Aber lassen wir das! - Was mir an Ihnen besonders imponiert hat, ist dieses: Sie haben nach Ihrem Hinweis auf eine Schwachstelle noch ein Zweites getan, was ich ganz großartig finde: Anstatt die Dinge nur zu kritisieren, haben Sie angepackt und sofort einen praktischen Weg gefunden, um aus dem Dilemma vorhin herauszukommen. - Sie haben durchaus Fähigkeiten, die heutzutage gefragt sind. Und deswegen werde ich Sie auch empfehlen. Also, viel Glück!"

Beschwingt verlässt der junge Mann das Zimmer des Filialleiters. Also, das hätte er sich nicht träumen lassen, dass er ausgerechnet hier und heute einen kleinen

Glückstreffer landen würde. - Verrückt! - Aber das hat er dem Esel, ach nein, dem Geldautomaten, im Foyer der Bank zu verdanken. Da will er auf jeden Fall noch einmal kurz Halt machen.

Als er nun jedoch vom Schalterraum aus in den Vorraum der Bank eintritt, prallt er vor Schreck förmlich zurück. Er traut seinen Augen nicht: Zwei Monteure sind soeben dabei, einen neuen Geldautomaten aufzustellen. Exakt dort, wo vorhin der Goldesel-Automat gestanden hat, hängt jetzt nur noch ein loses Kabel aus der Wand heraus. Während einer der Monteure offenbar den Anschluss des neuen Automaten vorbereitet, ist der andere damit beschäftigt, Packmaterial einzusammeln. Der neue Geld-Automat, so wie er da jetzt steht, ist ein supermodernes Modell mit einem extragroßen Display und einem Haufen blinkender Tasten und Knöpfe.

„Sagen Sie mal", fragt der junge Mann die Monteure, „wo ist denn der Geldautomat geblieben, der hier vorhin noch gestanden hat?"

„Der alte? - O, der ist schon mit dem LKW abtransportiert worden", lautet kurz und bündig die Antwort.

„Und wieso bauen Sie jetzt einen neuen auf?"

„Keine Ahnung! Wir haben den Auftrag, in allen Bankfilialen die Automaten auszutauschen. Wir sind schon seit drei Tagen damit zugange. Irgend so ein Modernisierungsprogramm! Na, und heute ist eben diese Filiale dran."

Der junge Mann ist immer noch total perplex: Also, das ist doch zum Verrücktwerden! Noch vor einer halben Stunde hat er sich mit dem Goldesel-Automaten unterhalten, und nun ist er weg, so als hätte es ihn gar nicht gegeben. Hatte er das alles nur geträumt? – Mann, o Mann, das gibt's doch nicht!

Ach, wie gut, dass niemand weiß ....

In X-Land ist gerade ein neues Parlament gewählt worden. Wo X-Land genau liegt, ist nicht so wichtig. Viel wichtiger ist vielmehr die Tatsache, dass sich das Wahlvolk wieder einmal nicht programmgemäß verhalten hat, denn die bisherige Regierungspartei hat die Wahl „mit Pauken und Trompeten" verloren.

„O, diese ewig unzuverlässigen Wähler! Man sollte tatsächlich einmal ernsthaft über eine Änderung der Verfassung und ganz speziell der Wahlordnung nachdenken!" - Trübsinnig sitzen sie nun da, die bisherigen Minister und ein paar der Parteioberen unter dem Vorsitz des gerade abgewählten Partei- und Regierungschefs, um ihren Katzenjammer zu pflegen. Einige beginnen sich gegenseitig anzugiften mit allerhand Vorwürfen, im Wahlkampf die falschen Akzente gesetzt und dem Wähler nicht die wahren Inhalte des Wahlprogramms übermittelt zu haben, na und so weiter.

Doch dann hält der Chef eine kurze Ansprache: „Also, liebe Parteifreunde, es ist nun, wie es ist! - Der Wähler hat gesprochen, und nach der Wahl ist vor der Wahl. Mit anderen Worten, die Oppositionsbänke sind zwar hart, aber bis zur nächsten Wahl kann der politische Gegner ja mal beweisen, was seine jetzigen Sprüche wert sind. Da sehe ich für die Herren allerdings ziemlich schwarz. Also Kopf hoch, und auf ein Neues!"

„Der Alte hat gut reden", denken einige der soeben angesprochenen Freunde bei sich, „schließlich hat der sein Schäfchen im Trockenen." - Immerhin war etwas von einem hohen Aufsichtsratsposten in der Wirtschaft durchgesickert. Aber wie würde es jetzt mit ihnen weiter gehen.

„Was soll denn nun mit den Spezialakten geschehen?" Leise und unvermittelt erhebt der Schatzmeister der Partei, bis dato zugleich auch Wirtschaftsminister innerhalb der Regierung, seine Stimme.

„Was für Spezialakten? - Ach so, du meinst die Sache mit den Schnellbooten für Südamerika! - Wir reden gleich noch darüber."

Darauf wendet sich der Chef an die übrigen: „Nun, meine Damen und Herren, für heute wollen wir schließen. Morgen früh ist dann die letzte offizielle Kabinettssitzung, in der wir die Übergabemodalitäten für die Amtsgeschäfte besprechen müssen. Alsdann bis morgen."

„Also, was ist mit den Akten, Frederic?", wendet sich der Chef jetzt an den allein zurückgebliebenen Schatzmeister.

„Nun ja", antwortet der, „ich meine die Akten, in denen die Aktionen im Zusammenhang mit dem Verkauf der Schnellboote enthalten sind. Darin befindet sich auch der Vorgang über die Provision, die unser Verbindungsmann in der Schweiz bekommen hat. Immerhin ist davon ein Teil in unsere Kasse zurückgeflossen. Das entsprechende Geld liegt jetzt auf dem Sonderkonto in Lichtenburg, wohin auch die sonstigen Spenden aus der Industrie und von den anderen Geschäftsfreunden gegangen sind."

„Wie viel ist denn das insgesamt?", will der Chef wissen.

„Genau kann ich das nicht sagen, aber so an die sechs bis sieben Millionen kommen da wohl zusammen."

„O, verdammt, wenn das die Presse mitkriegt!" Man sieht dem Chef förmlich an, wie unbehaglich er sich fühlt. Nach einer Weile fährt er fort: „Also, Frederic, die Akten müssen schnellstens verschwinden, denn wenn die im Ministerium verbleiben, ist der Skandal vorprogrammiert. Dafür würden die neuen Herren schon sorgen. Gib das in vertrauenswürdige Hände. Und vergiss nicht, dass auch die Festplatten auf den Computern im Ministerium clean sein müssen! Alles klar?"

Der Angesprochene nickt nur kurz.

„So, und nun zu dem Sonderkonto. Mach mir eine genaue Aufstellung über die Beträge, und zwar: wie viel und von wem? Denk dir auch ein Konzept aus, wie wir das Geld möglichst ohne großes Aufsehen von Lichtenburg nach hier bekommen! Es wird wohl das Beste sein, wenn die Beträge bei den Überweisungen so gestückelt werden, dass die hiesigen Banken keinen Verdacht schöpfen. Ich verlasse mich auf dich. Also klar, gib mir in den nächsten Tagen eine Liste über das gesamte Geld, alles exakt auf Heller und Pfennig. Morgen früh brauche ich auf jeden Fall schon mal einen kurzen Zwischenbericht. Das wirst du schon hinkriegen, schließlich bist du ja promovierter Betriebswirt. So, nun mach's gut, und äußerste Diskretion!" Mit einem aufmunternden Lächeln verlässt der Chef das Sitzungszimmer.

Langsam geht der Schatzmeister zu seinem Privatbüro hinüber. Es befindet sich im nebenan liegenden Ministerium. Während er dort die Tür aufschließt, gehen ihm allerhand ungute Gedanken durch den Kopf: Mann, o Mann, eine komplette Abrechnung, exakt auf Heller und Pfennig. Und schon bis morgen ein Zwischenbericht! Der Alte ist gut! Wie soll er das bloß schaffen?

Seufzend macht er sich an die Arbeit. Also Aktenordner her, und Blatt für Blatt durchgegangen. - Mein Gott, was für ein Durcheinander! - Na ja, kein Wunder! Ihm fallen die letzten Wahlkämpfe ein. Jeder Bezirkshäuptling in der Partei hatte damals seinen eigenen geheimen Etat, über den er eifersüchtig wachte. Wehe, ihm kam einer in die Quere! - Und dann der Alte: Alle fünf Minuten war er daher gekommen und hatte ihm einen Check zugesteckt mit dem Bemerken: „Für das Sonderkonto, aber dass keiner etwas mitkriegt." Und natürlich waren die Bewegungen ohne irgendwelche ordentlichen Belege gelaufen.

Stunden vergehen. Er schaut zur Uhr: Donnerwetter, fast Mitternacht! Er rechnet und rechnet. Langsam lichtet sich der Zahlen-Dschungel. So, nun noch die Kontenauszüge vom Geheimkonto dagegen gesetzt. – O, verdammt: Runde sieben Millionen müssten es sein, aber nur etwa sechs sind auf dem Konto! - Also noch einmal geblättert und nachgezählt: Nichts zu machen, es bleibt bei der Diskrepanz!

„Alles auf Heller und Pfennig", hatte der Alte gesagt. - Langsam steigt eine würgende Angst in ihm hoch: Blieb das jetzt etwa an ihm hängen? Er erinnert sich, wie cool und gnadenlos der Alte vor zwei Jahren seinen Vorgänger hatte fallen lassen, nur weil der ebenfalls keinen Abschluss nach Wunsch herbeizaubern konnte und er sich außerdem über das Durcheinander in den Parteifinanzen mokiert hatte. Der Rausschmiss hatte damals vor aller Augen und Ohren in der Partei stattgefunden, so dass der Mann am Ende total demontiert war.

Käme das jetzt genauso auf ihn zu? - Vielleicht würde er gar noch der Unterschlagung bezichtigt. Der Angstschweiß steht ihm auf der Stirn: O, hätte er sich doch niemals auf die verdammte Politik eingelassen! - Parteifreunde nannten sie sich. Das Gegenteil war richtig: Jeder gegen jeden! Stuhlbeinsägen, Unterwasserschießen und alle diese freundlichen Sachen. Wer am schnellsten beim Alten war, um einen der lieben Freunde anzuschwärzen, der hatte in aller Regel gesiegt.

Ach, er war es so satt. Schon seit längerer Zeit hatte er darüber nachgedacht, die Politik zu verlassen und sich wieder in seinen alten Beruf zurückzuziehen. Aber jedes Mal, wenn er fast so weit war, hatte es ihn dann doch wieder gejuckt, und er war geblieben.

„So ein Mist!" - Voller Zorn ist das Wort aus ihm herausgefahren.

„Vielleicht kann ich Ihnen helfen!" Urplötzlich ertönt eine fremde Stimme direkt vor seinem Schreibtisch.

Erschrocken blickt er auf. „Ach, Sie sind es!" Vor ihm steht der Assistent des Hausmeisters, den er gut kennt, denn er hatte ihm schon einmal etwas zugesteckt, als der ihm geholfen hatte, sein Auto auf dem Parkplatz des Ministeriums anzuschieben. Ansonsten ist er ein unscheinbarer Mann.

Wie war der denn jetzt hereingekommen, es waren weder Schritte noch das Öffnen der Tür zu hören gewesen. Laut aber sagt er zu dem Mann: „Was meinen Sie denn damit, ob Sie mir helfen können?"

„Na, Sie sitzen doch ganz schön in der Tinte!"

„Wie bitte, wie kommen Sie denn darauf?"

„Nun, Ihnen fehlt doch eine komplette Million. Oder etwa nicht?"

Entgeistert schaut der Schatzmeister den Mann an. Ein böser Verdacht steigt in ihm hoch: „Schnüffeln Sie etwa hier herum?"

„Ach, hören Sie auf. Was heißt schnüffeln? Wir wissen auch so alles", sagt der Mann leichthin.

Dem Schatzmeister wird es langsam mulmig: „Wir? Wer ist das? Und was heißt: Wir wissen alles?" Er schaut den Mann, der da vor ihm steht, mit einem durchdringenden Blick an.

Dessen Gesicht hat plötzlich einen merkwürdig lauernden Ausdruck. „Wir", sagt er mit einem gewissen Unterton, „wir sind *die Organisation!*"

„Organisation? - Was für eine Organisation?"

„Nun, die Organisation der namenlosen Funktionäre, wir Insider sagen kurz nur *die Organisation.* Wir sind nicht weiter bekannt, denn wir arbeiten stets im Verborgenen."

„Gehören Sie etwa zur Mafia"

„Du liebe Zeit, wir sind kein Kindergarten. Wir wollen lediglich Menschen an den Schaltstellen des öffentlichen Lebens sowie allgemein in der Geschäftswelt gewinnen, die bereit sind, unsere Ziele zu unterstützen."

„Und was sind das für Ziele?"

„Na, sagen wir mal so eine Art von Weltregierung, und zwar über alle Grenzen hinweg."

„Eine Weltregierung....?"

„Na ja, nicht mit Beamtenapparat, Verwaltung, Armee usw. Wir bevorzugen mehr das System der Think-Tanks, wie sie die Amerikaner haben: Die Think-Tanks arbeiten bekanntlich aus dem Hintergrund, eben im Verborgenen, aber sie nehmen einen ungeheuren Einfluss auf das öffentliche Leben."

„So, und was wissen Sie über mich, über die Regierung, die Minister und alle anderen Menschen hier?", fährt der Schatzmeister nach einem kurzen Augenblick fort.

„O, alles, ich sagte es schon. In der Zentrale bei *Old Big Boss* wird über jedermann Buch geführt mit Plus und Minus. Sie wissen doch, was ein gläserner Mensch ist."

So, so, dann wusste der nach außen so harmlos erscheinende Hausmeisterassistent also, dass sich hier im Wirtschaftsministerium gewissermaßen die schwarze Kasse der Partei befand und dass ihm jetzt eine Million fehlt. Vielleicht hatte die *Organisation*, wie er sie nannte, ebenfalls ihre Finger in der schwarzen Kasse mit drin. Einige von den Spenden waren immerhin recht dubios gewesen, und was der Kerl da soeben über die Organisation der namenlosen Funktionäre gesagt hatte, passte ganz gut dazu. Wer weiß, ob jene Freunde der Partei, die so reichlich gespendet hatten, nicht auch dazu gehörten. Einigen würde er schon zutrauen, zu solch einem obskuren Verein zu gehören. - Dennoch, das klang alles zu merkwürdig und fantastisch.

Der Schatzmeister schaut den Hausmeisterassistenten etwas zweifelnd an: „Also, seien Sie mir nicht böse, aber, gesetzt den Fall, ich bräuchte jetzt wirklich eine Million, Sie sehen mir nicht danach aus, als ob gerade Sie mir helfen könnten. Wo wollen Sie denn das Geld überhaupt hernehmen?"

Er hat den Satz kaum vollendet, da schrumpft der eben noch etwa einen Meter und achtzig große Mann vor seinen Augen auf die Größe eines kleinen Kindes zusammen und schreit mit schriller Stimme: „Ach, wie gut dass niemand weiß, dass ich Rumpelstilzchen heiß! Ho, ho, ho, ha, ha, ha!" - Gellend hallt das Gelächter durch das ganze Ministerium.

Um Gottes Willen, was tut sich da vor ihm auf! Entsetzt starrt der Schatzmeister auf den Knirps, der da plötzlich wie wild vor ihm hin und her hüpft. Unwillkürlich tritt er einen Schritt zurück und schließt die Augen. Als er sie wieder öffnet, steht vor ihm der Assistent des Hausmeisters, genau wie vorher und in voller Größe, so als wäre nichts geschehen.

Der verbeugt sich jetzt leicht vor dem Schatzmeister, wobei er einen etwas schnodderigem Ton anschlägt: „Sie sehen, die Organisation ist nicht so ganz neu. O ja, uns gibt es schon seit uralten Zeiten. Die Gebrüder Grimm haben sogar von mir berichtet. Sie kennen doch sicherlich die Geschichte von der Müllerstochter, für die ich Stroh zu Gold spinnen musste."

Also hatte er das eben doch nicht nur geträumt. - Rumpelstilzchen? - Ach Quatsch! - Aber der Schatzmeister verspürt ein unangenehmes Frösteln, und seine Stimme klingt unsicher: „Rumpelstilzchen? Ach, das ist doch nur eine Märchenfigur."

„Erstens: Märchen haben in aller Regel einen wahren Kern, das haben seinerzeit die Gebrüder Grimm sehr richtig erkannt", antwortet darauf der Hausmeisterassistent, „und zweitens, zur Klarstellung: Ich war einst Rumpelstilzchen, etwa vor dreihundert Jahren. Wir gehen bei der Organisation natürlich mit der Zeit. Heute würde ich in der Rolle von damals nicht mehr ankommen, und so zeige ich mich als ganz normaler Mensch, zum Beispiel als Assistent eines Hausmeisters. Ich kann aber auch in völlig andere Rollen schlüpfen, ganz wie es beliebt: Bankchef, Treuhandverwalter, Wirtschaftsberater und was es sonst so alles gibt. Wollen Sie mal sehen?"

„Nein, nein, danke!" Dem Schatzmeister wird es schwindelig. Nach einer Weile fügt er hinzu: „Und wie geht es jetzt weiter? Wollen Sie vielleicht für mich wieder Gold spinnen?"

„Sehen Sie, jetzt kommen wir der Sache schon näher. Was denken Sie, weshalb ich mich ausgerechnet Ihnen gegenüber zu erkennen gegeben habe. Ich weiß ja, dass Sie furchtbar in der Klemme sind. Geben Sie doch zu, dass Sie die bewusste Million dringend benötigen. Wenn Sie die nämlich morgen nicht vorzeigen können, sind Sie erledigt. O ja, wir kennen Ihren Chef, der lässt Sie gnadenlos und eiskalt über die Klinge springen, Sie wären nicht der erste. Wie es ihrem Amtsvorgänger ergangen ist, dürfte ihnen sicherlich bekannt sein."

Der Schatzmeister senkt den Kopf und schweigt. Verdammt, der unheimliche Kerl da vor ihm weiß nur zu gut Bescheid, drum sagt er jetzt recht kleinlaut: „Nun ja, es ist eine scheußliche Situation für mich. Könnten Sie denn tatsächlich das Geld besorgen, und was für Bedingungen wären daran geknüpft?"

„Na also! – Ja, ich kann. Und natürlich werde ich kein Gold spinnen. Das ist gewissermaßen die Methode von vorgestern. Heute machen wir das etwas anders, vor allem unauffälliger. - Also eine Million? - Kein Thema!"

„Ja, und wie geht das nun praktisch vonstatten, wenn Sie schon kein Gold mehr spinnen?" Der Schatzmeister versucht, sich den Anschein zu geben, als käme ihm die Sache letztlich doch etwas spaßig vor, aber es gelingt ihm nicht so recht, denn er rutscht zugleich ungeduldig auf seinem Stuhl hin und her.

„Lassen Sie mich mal überlegen! - Hm, ja ..., also, es muss sich um einen Geldzufluss handeln, der ganz legal aussieht, sonst rufen wir noch das Finanzamt auf den Plan, und das können wir dabei natürlich gar nicht gebrauchen." - Der Hausmeisterassistent denkt einen Augenblick angestrengt nach: „Ja, so geht's! Ich schreibe Ihnen sechs Ziffern auf. Die tragen Sie in einen ganz normalen Lottoschein ein und geben ihn morgen bei der Lottoannahmestelle ab. Übermorgen ist Samstag, dann ist die nächste Ziehung. Wir werden es so arrangieren, dass Sie sechs Richtige plus Superzahl haben, also den Hauptgewinn. Die Superzahl schreibe ich Ihnen natürlich ebenfalls auf. - Genial, nicht wahr?"

„Ja, und wie wollen Sie garantieren, dass die Ziffern auch gewinnen?"

Der Hausmeisterassistent lächelt nur leicht: „Keine Angst, dafür sorgt die Organisation. Das ist eine unserer leichtesten Übungen." Und als er die zweifelnde Miene des Schatzmeisters sieht, fügt er hinzu: „Nun, wir haben alles, was mit Glücksspiel und so weiter zu tun hat, natürlich längst fest in der Hand, und zwar immer und überall, sei es Lotto, Toto, Pferderennen, Spielkasinos und so weiter. Wenn wir zum Beispiel irgendwelche Nummern am Spieltisch haben wollen oder hier in unserem Fall die und die Lotto-Zahlen, dann werden sie auch gezogen."

Der Schatzmeister schüttelt leicht den Kopf und blickt immer noch ziemlich ungläubig drein: „Na schön, unterstellen wir einmal, Sie können die Ziffern bestimmen, dann kann es aber doch passieren, dass zu viele Spieler den Hauptgewinn landen, so dass die benötigte Million gar nicht herauskommt."

„Ach, mein Lieber, Sie scheinen noch nicht ganz zu begreifen, wer hier die Fäden zieht und wie das funktioniert. Ich sagte doch schon: Wir wissen alles, und wir dirigieren in einem solchen Fall auch alles. Sie haben doch sicherlich schon einmal etwas von Statistik und Wahrscheinlichkeit gehört. Normalerweise steht die Chance für sechs Richtige im Lotto bei eins zu vierzehn Millionen, zusammen mit der Superzahl sogar bei eins zu einhundertvierzig Millionen. Wir grenzen die für Sie vorgesehenen Gewinnzahlen von vornherein schon einmal etwas ein, indem wir für die nächste Ziehung den Zahlenbereich von 32 bis 49 auswählen. Da die meisten Leute die Geburtstage aus der engeren Verwandtschaft und von ihren Freunden als vermeintliche Glückszahlen tippen, fallen von diesen dann die meisten weg, weil die Ziffern für die Tage und Monate sämtlicher Geburtstage logischerweise im Zahlenbereich von 1 bis 31 liegen. Wenn wir dann noch ausschließlich nur gerade Gewinnzahlen nehmen, reduziert sich das Problem auf einen relativ kleinen verbleibenden Zahlenbereich. Nun, und dann ist ja *Old Big Boss noch da*. Der arrangiert das schon, so dass zum Schluss auch die gewünschten Zahlen herauskommen.

Dann fährt er fort: Die bei diesem System verbleibenden Gewinner, zu denen auch Sie dann übermorgen gehören werden, legt *Old Big Boss* höchstpersönlich fest. Auf diese Weise ergibt sich neben der Personenzahl auch die Höhe des Hauptgewinns, vielleicht nicht auf einen Euro genau aber in der Größenordnung, auf die es hier jetzt ankommt. Wie *Old Big Boss* das mit der Auswahl der einzelnen Personen macht, weiß niemand so genau, und da lässt er sich auch nicht in die Karten schauen. Also, gehen Sie davon aus, dass Sie die benötigte Million auch bekommen werden. Es bleibt mit Sicherheit sogar auch noch etwas übrig, das können Sie dann für sich persönlich verbraten."

„Und welche Gegenleistung wird von mir erwartet, denn für nichts gibt es ja wahrscheinlich auch nichts?"

„Na sehen Sie, endlich begreifen Sie!", sagt der Hausmeister-Assistent, „unterschreiben Sie hier diesen Vertrag, den ich schon vorbereitet habe. - Bitte sehr!" - Dabei zieht er ein bereits ausgefülltes Formular aus der Tasche und reicht es dem Schatzmeister.

Der liest den Text aufmerksam: „Hier steht, ich soll mich verpflichten, die Anweisungen der Organisation jederzeit und uneingeschränkt zu befolgen. Was heißt denn das konkret? Ich soll ja wohl irgendwelche Dienstleistungen erbringen - oder?"

„Ganz richtig! Wir beginnen mit einfachen Aufträgen, zum Beispiel verwalten Sie fürs Erste eine von den neuen Telefonnummern, die funktioniert so ähnlich wie es früher die ,0190er-Nummern' taten. Sie wissen doch, das waren die Telefonnummern, mit denen damals ganz normale Menschen abschöpft wurden, vor allem die vielen jungen Leute mit ihren Handys. Die Gebühren lagen dabei von ein bis zehn Euro pro Minute und so weiter. Also, da wird jetzt wieder eine neue Serie aufgelegt. Sie managen dann eine von den Nummern. Provision für Sie, sagen wir mal, zehn Prozent, Rest an die Organisation. Das können Sie ganz unauffällig neben Ihrer normalen Arbeit erledigen. Später sollen Sie dann innerhalb ihrer Partei oder in einer neuen Funktion bei einem der Ministerien eine höhere Aufgabe übernehmen, zum Beispiel Beschlüsse in die richtige Richtung dirigieren und ständig über alles berichten. *Old Big Boss* braucht eine gut ausgebaute Machtbasis in allen wichtigen Bereichen. Da sollen Sie also langfristig mitwirken. Für Ihre Positionierung sorgen wir. Für Sie ist übrigens speziell der Sektor ,Rüstungsgeschäfte' vorgesehen. Darin kennen Sie sich doch schon bestens aus".

Dem Schatzmeister wird es ganz schwindelig. Er beginnt die Dimension des dubiosen Angebotes zu erahnen: „Ja, soll ich etwa meine Seele verkaufen?"

Der Hausmeisterassistent lacht schallend: „Na, mein Lieber, das haben Sie doch schon längst getan, oder war Ihnen das bei Ihrer schwarzen Kasse in all den Jahren nicht klar? Was glauben Sie wohl, wer da im Hintergrund die Fäden gezogen hat? Die reichlich sieben Millionen haben sich nicht von selbst auf Ihrem freundlichen Konto in Lichtenburg eingefunden. Also, nun tun Sie mal nicht so naiv! Unterschreiben Sie, und lassen Sie uns das Weitere machen!"

„Und wenn ich nicht will!" Trotzig blickt der Schatzmeister jetzt sein Gegenüber an. Das war ja denn doch reichlich starker Tobak, der ihm hier geboten wurde. Wer war er denn! Musste er sich von diesem Wicht so etwas bieten lassen?

„Nun, dann laufen Sie eben ins Messer. Sie wissen doch, wie man mit Ihrem Amtsvorgänger umgesprungen ist, dabei war dem noch nicht einmal eine Million verloren gegangen. Der hatte nur gewisse Dinge im Zusammenhang mit den schwarzen Kassen beim Namen genannt. Und damit wir uns recht verstehen: Wenn Sie sich die Organisation zum Feind machen, kann ich für nichts mehr garantieren! Rechnen Sie damit, dass dann zunächst die Presse alles haarklein erfährt." Unverschämt grinst der Hausmeisterassistent den Schatzmeister an.

Dem steht jetzt der Angstschweiß auf der Stirn. Verflucht, der Kerl hat ihn tatsächlich furchtbar in der Zange. Jetzt bloß keinen Fehler machen. „Wie viel würde denn für mich jetzt bei der Lottoaktion persönlich übrig bleiben?", fragt er nach einer kleinen Weile mit unsicherer Stimme.

„Na, sagen wir mal, eine halbe Million können wir zusätzlich schon mal locker machen. *Old Big Boss* ist da nicht kleinlich. Also, wie ist es, wollen Sie jetzt unterschreiben?"

Der Schatzmeister atmet schwer, dann aber nimmt er mit einem Ruck den Kugelschreiber vom Schreibtisch und setzt seine Unterschrift unter den Vertrag. Dabei versucht er noch einmal, sich den Anschein zu geben, als käme ihm das Ganze letztlich doch auch etwas spaßig vor: „Na, dann spinnen Sie mal Gold, Herr Rumpelstilzchen!"

„Ho, ho, ho, ha, ha, ha!" - Schauerlich hallt wieder jenes fürchterliche Gelächter durch das ganze Ministerium. Urplötzlich verlöscht das Licht und der Schatzmeister fühlt, wie er Boden unter seinen Füßen absackt. Ihm ist so, als ob er von einem scharfen Luftstrom erfasst und herumgewirbelt wird. Und dann ist da nur noch ein unheimliches Rauschen und tiefe Dunkelheit ringsherum.

„Guten Morgen, Herr Doktor!" Eine freundliche Stimme erklingt direkt vor dem Schreibtisch. Erschrocken fährt der Schatzmeister hoch und schaut auf seine Sekretärin. Sie muss gerade in das Zimmer gekommen sein, denn sie steht noch da mit Hut und Mantel.

„Ach, Sie sind es, Frau Müller! Ja, guten Morgen!"

„Um Gottes Willen, haben Sie etwa die ganze Nacht hier gesessen und gearbeitet?" Besorgt schaut die Sekretärin ihren Chef an. Dann zieht sie die Vorhänge auf, so dass der helle Sonnenschein in das Zimmer flutet.

„Wie spät ist es denn?", fragt dieser jetzt ziemlich verdattert, beantwortet die Frage aber gleich selbst, indem er auf die Uhr schaut: „Was, halb acht?"

Unsicher schaut er sich um. Mein Gott, er war wohl in der Nacht über seiner Arbeit eingeschlafen, denn vor ihm lagen die gesamten Akten von gestern Abend, ferner die Ordner mit den Kontoauszügen. Wo war denn der Hausmeisterassistent abgeblieben? Oder hatte er das alles nur geträumt?

„Ich mache Ihnen erst mal einen Kaffee", sagt die Sekretärin, und indem sie auf die Ordner mit den Kontoauszügen zeigt, fährt sie fort: „Brauchen Sie auch die Konten, die im Panzerschrank liegen?"

„Mensch, Frau Müller, Sie sind ein Schatz! Den Panzerschrank hatte ich total vergessen. Darin sind ja auch noch Auszüge. Ja, natürlich, schnell, geben Sie her!" Mit zitternden Händen blättert er die Auszüge durch: Großer Gott, da ist ja die fehlende Million. Das Geld aus der Schweiz!

Er wischt sich den Schweiß von der Stirn: „Stellen Sie sich vor, ich hatte schon gedacht, es wäre Geld abhanden gekommen. Dafür hätte man mich dann ja wohl verantwortlich gemacht." Erleichtert lehnt sich der Schatzmeister im Bürosessel zurück: „Jetzt kann ich einen Kaffee gebrauchen!"

Allerhand Gedanken über seine gerade durchstandenen Ängste gehen ihm nun durch den Kopf: So etwas verrücktes! Ein Hausmeisterassistent als böser Geist, als Rumpelstilzchen! Dann die Sache mit der fehlenden Million. – Ach, alles Quatsch! - Träume sind Schäume! Oder vielleicht doch nicht?

Das Wirtshaus hinter den sieben Bergen

Rupp-rupp-rupp, baff, rupp-rupp-rupp, baff, baff ....
Heftig stotternd bleibt der Motor nach ein paar Fehlzündungen stehen.

„Ach du liebe Zeit, auch das noch!" Leise fluchend steigt der einsame Nachtfahrer, ein Mann im mittleren Alter, aus seinem etwas klapperigen Opel und schaut sich um: O je, o je! - Keine Menschenseele zu sehen. Ringsum nichts, rein gar nichts, außer ein paar alten, verkrüppelten Weidenbäumen, die auf das Vorhandensein eines Baches oder Flüsschens schließen lassen. Ansonsten nichts als Dunkelheit. Dazu dieser verdammte, eiskalte Graupelregen. Schlimmer konnte es nicht kommen!

Was tun? - Selbst versuchen, den Schaden zu beheben? - Ach, zwecklos! Der Tank ist noch fast voll, daran kann es also nicht liegen. Vom Innenleben des Motors versteht er eh nichts. Er würde nur nutzlos herumwerkeln, sich schmutzig machen und die Zeit vertrödeln, abgesehen davon, dass er sich bei dem scheußlichen Wetter zu allem Überfluss wahrscheinlich auch noch eine saftige Erkältung einhandeln würde.

Zögernd und sich noch einmal nach allen Seiten umschauend, macht er sich auf den Weg. Nicht allzu weit muss ein Dorf liegen, wie er vom Autoatlas her im Gedächtnis hat. - Gott sei Dank, der Regen lässt ein wenig nach. Na also, wenigstens etwas!

Nach ein paar hundert Metern taucht ein Straßenschild auf: Na, wer sagt's denn! Das scheint ja schon die Ortschaft zu sein. - Direkt vor ihm wächst ein großes Gebäude aus der Dunkelheit heraus, und gleich dahinter reihen sich die Häuser eines Dorfes. Freundliches, warmes Licht hinter matt blinkenden Fensterscheiben und die Klänge von etwas Musik aus dem Inneren des Hauses signalisieren dem einsamen Nachtwanderer, dass er offenbar vor dem Dorfgasthaus angekommen ist.

„Gasthof hinter den sieben Bergen", liest er auf dem etwas verbeulten Schild, das an einer Stange über dem Eingang befestigt ist. - Komischer Name!

Bellebemm, bellebemm! - Scheppernd läutet die alte Türglocke, und der Neuankömmling bleibt blinzelnd im Eingang stehen. Nach der Dunkelheit da draußen müssen sich die Augen erst an das Licht im Inneren des nicht allzu großen Schankraumes gewöhnen.

„Guten Abend!", ertönt eine sonore Stimme. Mit einem schnellen, abschätzenden Blick mustert der Wirt hinter der Theke den Fremden und lädt ihn mit einer Handbewegung ein, doch näher zu treten.

„Ja, guten Abend!", erwidert dieser und geht zögernd auf den Wirt zu. „Ich liege mit dem Auto fest, ob mir wohl jemand helfen kann?"

„Panne? - Wo steht denn der Wagen?"

„Ach, Gott sei Dank, nur etwa einen halben Kilometer von hier", antwortet der Fremde, „der Motor scheint kaputt zu sein."

„Na, dann setzen Sie sich erst einmal hin, heute kommen Sie sowieso nicht mehr von hier fort! Den Wagen lassen Sie am besten stehen, wo er ist. Morgen holen wir ihn ab, und dann sehen wir weiter. Ein Zimmer wäre wohl noch frei. Soll ich es herrichten lassen?"

„Um Gottes Willen, ich habe einen dringenden Termin, der Wagen muss unbedingt flott gemacht werden. Gibt es hier denn keine Werkstatt?"

Lächelnd taxiert der Wirt den Fremden: „Doch, doch, aber es ist immerhin schon halb neun am Abend. Da ist niemand mehr anzutreffen. Ich könnte als Einziges noch arrangieren, dass der Wagen bis auf den Hof der Werkstatt abgeschleppt wird. Einer meiner Leute kann ja mal sehen, ob es sich nur um eine Kleinigkeit handelt. Falls es etwas Größeres ist, kommt er dann morgen früh gleich dran. Das kostet aber eine Kleinigkeit."

„Ja, ja, keine Sorge, ich kann schon bezahlen. Aber wieso können Sie bestimmen, wie das alles ablaufen soll? Wem gehört denn die Werkstatt?"

„Mir!", lautet die ebenso kurze wie selbstbewusste Antwort des Wirtes. „He, Karl, komm doch mal her!"

Nun erst bemerkt der Neuankömmling einen jungen Mann, der unmittelbar neben der Theke sitzt und die Zeitung liest.

Der erhebt sich sofort und fragt dienstbeflissen: „Was gibt es denn, Chef?"

„Hör zu, Karl, geh doch mal bei Jörg vorbei, er müsste zu Hause sein, und sag ihm, er soll sich den Wagen dieses Herren sofort ansehen. Er steht etwa fünfhundert Meter von hier am Straßenrand Richtung Neudorf. Irgendetwas ist am Motor nicht in Ordnung. Am besten, du hilfst ihm. Vielleicht bekommt er ja den Wagen wieder flott. Ich glaube es zwar nicht. Aber trotzdem, er soll es versuchen. Wenn ihr den Wagen in Gang bekommen solltet, fahrt ihr ihn gleich hier auf den Hof. Wenn nicht, holt ihr den Tieflader von der Werkstatt und bringt damit den Wagen auf den Werkstatthof. Morgen müssen wir dann sehen, was zu tun ist. - Hast du alles verstanden, Karl?"

„Jawohl, Chef!", sagt der junge Mann, holt seinen grünen Lodenmantel vom Garderobenhaken und ist im Begriff, das Wirtshaus zu verlassen, dabei dreht er sich aber noch einmal um: „Ach, ich brauche noch den Autoschlüssel!"

„Ja natürlich, bitte hier!" Der Fremde überreicht dem Gehilfen des Wirtes den Schlüssel, dann wendet er sich an den Wirt: „Gut, lassen Sie vorsorglich ein Zimmer herrichten. Sollten Ihre Leute den Wagen aber heute noch flottkriegen, dann fahre ich sofort weiter."

„Ja, ja, geht in Ordnung", erwidert der Wirt. „Möchten Sie noch etwas zum Abend essen?"

„Gern, ich habe tatsächlich einen ziemlichen Hunger. Kann ich die Karte bekommen? Und bringen Sie mir ein

Bier. - Ach nein, lieber eine Flasche Mineralwasser, denn vielleicht kann ich nachher ja doch noch weiterfahren, da möchte ich besser keinen Alkohol trinken."

Mit diesen Worten setzt der Fremde sich an einen der Tische und blickt sich um. In dem Gastraum befindet sich die obligatorische Theke mit ein paar Barhockern davor. Ferner stehen in dem Raum etwa ein Dutzend Tische. Alles macht einen vorzüglichen Eindruck.

Der Nachbartisch zu seiner linken Seite, scheinbar der Stammtisch, ist besonders feierlich hergerichtet. Sieben Sessel stehen um ihn herum, alle mit leuchtend rotem Samt bezogen, wahrscheinlich die erste Garnitur des Hauses. Einer der Sessel ist etwas größer als die sechs anderen und steht erhöht. Es scheint wohl so eine Art von Präsidiumssitz zu sein.

Offensichtlich ist der Tisch gerade für ein besonderes Festmahl eingedeckt worden, denn es liegt ein mehrteiliges Gedeck aus goldrandverziertem Geschirr mit einem gediegenen Silberbesteck als Zubehör auf der schneeweißen Tischdecke. Neben dem Essgeschirr sieht man Weinpokale, schwere Kristallgläser und Zinnbecher. Als besondere Zier befindet sich in der Mitte des runden Tisches noch ein prächtiger Kerzenleuchter in Form einer Krone. Der Leuchter hat sieben Zacken, und auf jeder davon befindet sich ein Kerzenhalter, in welchem jeweils eine brennende Kerze steckt. Die Krone glänzt und funkelt im Schein der Kerzen, als wäre sie aus Gold. - Na ja, sicherlich kein echtes Gold, aber immerhin.

„Bitte sehr!" Der Wirt stellt das Mineralwasser vor den Fremden hin und reicht ihm die Speisekarte, dabei bemerkt er dessen Interesse an dem festlich gedeckten Nachbartisch, und so wird er gesprächig: „Wissen Sie, wir haben heute Abend noch ein paar besondere Gäste. Die kommen jedes Jahr einmal in mein Gasthaus und treffen sich dann immer zu einem opulenten Festessen. Sie nennen sich ,Klub der Gekrönten' und stellen so eine Art von Stammtischverein dar. Etwas wunderliche Herren, allesamt schon ziemlich alte Semester. Sie haben einen gewissen Spleen und behaupten, ehemals gekrönte Häupter gewesen zu sein, Könige, Prinzen und so weiter. Wenn man sie in ihrer altmodischen Kleidung sieht, könnte man es beinahe glauben. Wo die Brüder genau herkommen, habe ich bislang nicht herausgekriegt. Sie halten sich da etwas bedeckt. Aber sie bezahlen stets pünktlich, und das ist für mich schließlich die Hauptsache. In einem Punkt sind sie allerdings pingelig: Sie legen allergrößten Wert darauf, dass man sie standesgemäß anredet und sie als königliche Herrschaften tituliert: Majestät, Durchlaucht, Erlaucht, Hoheit, na und so weiter und so weiter."

„Kommt Ihnen das nicht ein bisschen komisch vor, wir leben doch schließlich nicht mehr im Mittelalter?"

„I wo, damit haben wir hier keine Probleme", fährt der Wirt fort. „Schauen Sie einmal, was da auf dem Schild über der Theke steht!"

„Jeder ist, was er denkt, was er wär'!", liest der fremde Gast den Text, der in großen Buchstaben auf dem Schild geschrieben steht.

„Sehen Sie, so einfach ist das. Wenn sich einer da auf den Barhocker setzt und sagt, er wäre der Kaiser von China oder der Großmogul von Hinterindien, na, dann ist er das eben! Er wird sofort mit dem ihm gebührenden Titel *‚Euer Gnaden, ‚Exzellenz'* oder so begrüßt. Was meinen Sie, wie das den Umsatz fördert. - Tja, die menschliche Eitelkeit ist eine nicht zu vernachlässigende Größe in unserem Geschäft! Und wie gesagt, Hauptsache, hinterher wird gezahlt."

„Donnerwetter, nicht schlecht, höhere Gastwirtspsychologie!", denkt der Fremde bei sich und will noch etwas fragen, doch just in diesem Augenblick ertönt die Türglocke und ein großer, breitschultriger Mann betritt den Gastraum. Er trägt einen langen schwarzen Umhang mit einer auffälligen Goldstickerei am Kragen. Auf der Brust prangt ein großer goldener Stern und auf dem

Kopf trägt er einen ebenfalls mit goldenen Eichenblättern besticktem Zweispitz.

Der fremde Gast betrachtet interessiert den Neuankömmling. - Interessant! Derartige Hüte waren einst zur Zeit des Kaisers Napoleon Mode gewesen. Offensichtlich handelt es sich bei dem Herren um einen vom „Klub der Gekrönten". Bei näherem Hinsehen bemerkt man, dass er sich bereits in reichlich fortgeschrittenem Alter befindet. Er ist schlecht zu Fuß, hinkt sehr stark und wird von zwei Burschen in bunter Lakaien-Uniform gestützt. Offensichtlich sind die beiden seine Kammerdiener. Ein dritter Begleiter trägt dagegen einen modernen blaugrauen Chauffeuranzug und dazu eine Chauffeurmütze mit gelacktem Schirm.

Der Wirt verbeugte sich tief: „Euer Majestät untertänigster Diener heißt Sie herzlich willkommen! Ich hoffe, Sie hatten eine gute Fahrt?"

"O, vielen Dank, mein lieber Wirt! Mein neuer Rolls-Royce hat mich sicher hergebracht. - Ah, wie ich sehe, ist alles gut vorbereitet. Alles an seinem Platz. Hervorragend, hervorragend! Wie immer! - Wie pflegt mein Vetter zweiten Grades, der Herzog von Worchester, angesichts einer solchen Festtafel stets zu sagen: *All things on the right place! - Ho, ho, ho, ho, ha, ha, ha!"*

Die Diener nehmen ihm nun den schwarzen Umhang ab und geleiten ihn langsam an die Tafel. Dort nimmt er mit der Miene eines Herrschers, der es gewohnt ist, dass man ihm mit besonderer Ehrerbietung begegnet, auf dem erhöhten Sessel Platz und nickt huldvoll in die Runde, so als ob dort seine zahlreichen Untertanen versammelt wären. In Wahrheit sitzt aber nur der fremde Gast am Nebentisch.

Die drei Diener lassen sich am nächsten Tisch nieder, wobei sie den einsamen Gast missbilligend betrachten. Offensichtlich hat er ihren angestammten Platz am Tisch neben der Festtafel eingenommen, und so sitzt er nun exakt zwischen ihnen und dem Tisch ihres Herrn.

„Das ist einer vom besagten ‚Klub der Gekrönten'. Er nennt sich König Drosselbart", flüstert der Wirt dem fremden Gast leise zu, worauf dieser den König interessiert anschaut: Drosselbart? - Ach ja, das war doch der, den die Tochter des Nachbarkönigs verspottet hatte, als er um ihre Hand anhielt. Nachdem er von ihr abgewiesen worden war, hatte er sich dann hinterher in der Gestalt eines fahrenden Sängers erneut um die Prinzessin beworben und sie auf allerhöchsten väterlichen Befehl auch zur Frau bekommen, mit der Weisung, ihr den Hochmut auszutreiben. - Jedenfalls hatten die Gebrüder Grimm einst darüber berichtet. - Lächelnd blickt der Gast den auf seinem ‚Thron' sitzenden ‚König' an: So, so, das soll also König Drosselbart sein!

Der Wirt wendet sich nun mit einer tiefen Verbeugung an den König: „Majestät, wie immer vorweg einen Whisky?"

„Natürlich, mein Lieber, same procedure! Wie sagt einer meiner besten Freunde aus dem fernen Amerika doch gleich zu diesem Thema? - Für den Fall eines Schlangenbisses sollte man immer einen Whisky zur Hand haben. - Ho, ho, ho, ha, ha, ha!"

Amüsiert verfolgt der fremde Gast das Geschehen.

Bellebemm, bellebemm! – Die Türglocke läutet erneut, und zwei ebenfalls recht betagte Herren treten ein. Beide sehen aus, als kämen sie frisch vom Kostümverleih. Der erste trägt eine Ritterrüstung á la Don Quichotte, während der zweite ein prächtiges Gewand nach der Mode der Renaissance anhat. Auf seinem purpurfarbenen Barett wippt forsch eine Pfauenfeder. Zu dem weinroten Samtgewand bilden die quittegelben Kniestrümpfe jedoch ein etwas übertrieben farbliches Kontrastprogramm. Hinter den beiden betreten zwei Diener den Gastraum. Einer trägt eine schmucke grüne Jägertracht, der andere sieht dagegen eher wie ein verkleideter Bauer aus.

„Sehen Sie sich die beiden vorderen an", flüstert der Wirt erneut leise zu dem fremden Gast: „Der in der Ritterrüstung behauptet von sich, er habe Dornröschen wach geküsst, und der andere will einst Aschenputtel geheiratet haben."

„Ah, die Herren Prinzen! - Wie immer pünktlich!" Jovial begrüßt König Drosselbart die beiden Neuankömmlinge, aber er tut es übertrieben laut, so dass man es bis in den hintersten Winkel der Gaststube hören kann.

„Wie geht es denn Ihrer verehrten Frau Gemahlin, Dornröschen?", erkundigt er sich darauf bei dem Prinzen in der Ritterrüstung.

„O, vielen Dank der Nachfrage, ganz ausgezeichnet!", antwortet der Angesprochene.

„Und was macht das Aschenputtel?", fährt danach König Drosselbart fort, wobei er sich dem zweiten Prinzen zuwendet.

„Danke!", sagt dieser ziemlich schroff, und man merkt ihm eine beträchtliche Verärgerung deutlich an.

Während sich die beiden Prinzen auf den Sesseln an der Festtafel niederlassen, suchen auch ihre Diener am Tisch bei den drei Drosselbart'schen ihren Platz.

Der fremde Gast denkt bei sich: „Hervorragend, da kann ich die Gespräche zur Rechten wie zur Linken genau verfolgen. Na, mal sehen, was da kommt."

Nun, er soll nicht enttäuscht werden, denn, kaum dass er sich gesetzt hat, erregt sich der Diener in der Jägertracht: „Habt ihr das eben gehört? Dieser arrogante Kerl! Weil Dornröschen einst eine Prinzessin war, erkundigt er sich in ihrem Fall nach dem Wohlbefinden *der verehrten Frau Gemahlin.* Aschenputtel ist für ihn aber nur eine aus dem Volke: ‚*Das Aschenputtel*', hat er gesagt. Der hat wohl vergessen, dass das Volk ihn bei der großen Revolution zum Teufel gejagt hat. Einen Thron hat er jedenfalls nicht mehr. Wer ist er denn eigentlich, dass er sich derartig anmaßend aufführt?"

„Na, na, na", brummt einer von Drosselbarts Dienern und mustert den Jäger missbilligend.

„Ja, ja, schon gut", sagt darauf der Diener in der Jägertracht und macht dem Wirt ein Zeichen, dass er etwas bestellen möchte. Der kommt auch sogleich an den Tisch: „Bitte sehr, was darf es denn sein?"

„Ich hätte gern ein Bier!"

„Sehr wohl!"

Bellebemm, bellebemm! – Schon wieder läutet die Türglocke, und ‚platsch, platsch, platsch' stapft jemand auf Schwimmflossen und in einem grüngelb gestreiften Taucheranzug herein. Jetzt nimmt er seinen Taucherhelm ab. Man erkennt einen Mann, der fröhlich in die Runde grinst:

„Hallo, Freunde, da bin ich!"

„Ha, ha, ha, seid Ihr es, Froschkönig?" Drosselbart schüttelt sich vor Lachen, als er den Neuankömmling in seiner eigenwilligen Montur erkennt. „Lieber Kollege, da habt Ihr mal wieder so richtig für eine Überraschung gesorgt. Das ist ja ein toller Anzug. Kommt setzt Euch her! - Herr Wirt, bringen Sie dem Wassermann hier einen doppelten Whisky, er muss erst einmal etwas Luft schnappen! Der geht aber auf meine Rechnung! - Ha, ha, ha!"

In Begleitung des Froschkönigs ist auch noch ein Diener mit hereingekommen, der sich jetzt ebenfalls zu seinen Kollegen an den Nachbartisch setzt.

Bellebemm, bellebemm! Alles schaut erwartungsvoll zur Tür. Herein kommt ein einsamer, ziemlich gebeugter alter Mann. Er ist allein, doch trägt er als Zeichen der Königswürde einen etwas schäbigen Purpurmantel und eine verbeulte Krone auf dem Kopf. Zugleich hält er aber eine lange Stange in der Hand, so wie die Fährleute sie zum Staken über einen Fluss benutzen.

Drosselbart, der offenbar gern das große Wort führt, spricht den Neuankömmling jetzt ganz gegen seine Gewohnheit mit leiser Stimme an, in welcher deutlich Mitleid mitschwingt: „Na, Goldkönig, immer noch keinen Nachfolger?"

„Ach, lass man, es geht schon so." Mit diesen Worten setzt sich der Neue still auf einen der Sessel und nickt nur leicht in die Runde.

Der fremde Gast schaut verwundert hinüber. Dann fällt ihm plötzlich die Geschichte von dem Teufel mit den drei goldenen Haaren ein: Richtig, darin hatten doch die Gebrüder Grimm einst von einem König berichtet, der einem jungen Burschen, und zwar einem Glückskind, seine Tochter zur Frau versprochen hatte, falls der ihm drei goldene Haare vom Haupte des Teufels besorgen würde. Nachdem das geschehen war und das Glückskind außerdem auch noch reichlich Gold von der Reise mitgebracht hatte, war der geldgierige König selbst losgezogen, um ebenfalls Gold von jenseits eines sagenhaften Flusses zu holen, an dem das Gold angeblich wie Sand herumläge. So jedenfalls hatte das Glückskind bei seiner Rückkehr berichtet. An jenem Fluss hatte den König dann aber ein Fährmann erwartet und ihm nach der Überfahrt die Stange, mit welcher der Kahn über den Fluss gestakt wird, in die Hand gedrückt, worauf nun der König selbst für alle Ewigkeit das Amt des Fährmannes übernehmen musste, falls er nicht jemand anderem erneut die Stange in die Hand drücken könnte.

„Merkwürdig", denkt der fremde Gast bei sich, „der ist ja alles andere als fröhlich. Ob der seine Trauermine bloß mimt?" - Aufmerksam beobachtet er den Neuen: Nein, der schien wirklich in einer ziemlich bedrückten Stimmungslage zu sein. - Hm, komisch!

Nun kommt der Wirt an den Tisch des fremden Gastes und meldet diesem: „Mein Helfer ist gerade zurück. Ihr Auto steht auf dem Werkstatthof. Wie ich vermutete, auf die Schnelle ist es nicht zu reparieren."

„Na, nicht zu ändern", erwidert der fremde Gast, „dann können Sie mir jetzt auch ein Bier bringen, aber ein großes." - Er hat es plötzlich gar nicht mehr eilig, denn diese kuriosen Leute da an den beiden Nachbartischen rechts und links interessieren ihn sehr. Die Sache hat jedenfalls einigen Unterhaltungswert.

Bellebemm, bellebemm! Erneut treten zwei „Gekrönte" mit ihren Dienern ein. Der Kleidung nach gehören sie etwa so in die Zeit des Barock. Einer der Diener trägt jedoch die Tracht der Bergleute, nämlich einen schwarzen Bergkittel und einen grünen Schachthut. In der Hand hält er als besonderes Standeszeichen ein so genanntes Steigerhäckchen, er ist also offenbar Steiger in einem Bergwerk.

„Immer hereinspaziert!" König Drosselbart winkt sie heran. „Ah, mein Lieber, da seid Ihr ja endlich", begrüßt er einen der Neuen, „wie geht es der schönen Gemahlin, unserem lieben Schneewittchen?"

„Danke der Nachfrage, alles bestens", lautet die Antwort. Damit nehmen die zwei Königlichen an der Festtafel Platz, während ihre Diener den Tisch der Bediensteten aufsuchen, wo sie mit Hallo begrüßt werden.

Drosselbart ist nun so richtig in seinem Element: „Herr Wirt bringen Sie Whisky für alle! Erst mal ordentlich einen trinken, ehe das Essen kommt, denn wie pflegte mein Großonkel vierten Grades, der Herzog von Parma, einst zu sagen, als er vor sämtlichen Fürsten auf dem Reichstag das Wort ergriff? *Der Bauer erntet Korn und Kapps, der Kaiser trinkt hingegen Schnaps!* – Ha, ha, ha, ho, ho, ho!" Drosselbart will sich über seinen eigenen Witz halb totlachen, und die anderen lachen ein bisschen mit.

„Na, was ist das denn für ein dümmlicher Spruch? Wo bleibt denn da die Logik?" Erneut ist es der Jäger am Tisch der Bediensteten, der aus seiner Meinung über das Gedröhn des Königs Drosselbart keinen Hehl macht. Dann fährt er unvermittelt fort: „Na, hoffentlich kann das Großmaul nachher auch bezahlen!"

„Nun ist es aber gut!" Einer von Drosselbarts Dienern funkelt den Jäger mit grimmigem Blick an.

„Stimmt es etwa nicht?" Der Jäger blickt jetzt seinerseits den Drosselbart'schen herausfordernd, ja fast höhnisch, an. „Mussten vor zwei Jahren nicht die anderen die ganze Zeche zahlen, als dein großer König klamm war?"

Grimmig schweigend wendet sich der so Angesprochene ab und spült seinen Ärger mit einem großen Schluck aus dem Bierglas herunter.

Drosselbart macht jetzt eine Handbewegung in Richtung Theke und kommandiert mit lauter Stimme: „Herr Wirt, Sie können jetzt die Vorspeise bringen und bitte ein Glas Cherry dazu!"

„Sehr wohl!"

Während der Wirt nun zusammen mit der Küchenmamsell die Vorspeise aufträgt, machen es sich die Bediensteten der hohen Herrschaften an ihrem Tisch bei Essen und Trinken gleichfalls gemütlich. Interessiert lauscht der fremde Gast ihren Gesprächen.

„O, ihr solltet mal sehen, wie mein Herr tauchen kann. Hundert Meter tief sind da rein gar nichts!" Der Diener des Froschkönigs schaut mit wichtiger Miene in die Runde und setzt sich dabei ordentlich in Positur.

„Wieso macht er das denn?", erkundigt sich darauf einer der anderen Bediensteten.

„Nun ganz einfach, er bildet Sporttaucher aus. Außerdem ist er im Tourismusgeschäft engagiert. Erst neulich hat er im Mittelmeer eine Touristengruppe, die dort Tauchurlaub gemacht hat, zu einem geheimnisvollen Wrack begleitet. Das war einmal ein Linienschiff aus der Flotte Napoleons, welches in der Seeschlacht bei Abukir von den Engländern versenkt worden ist."

„Macht dein Herr denn das alles für Geld?", will einer der anderen wissen, „ist er nicht seinem Vater auf den Königsthron gefolgt?"

„Schon richtig, aber dann ist die Revolution gekommen und der Thron war weg. So muss er nun sehen, wo er bleibt."

„Ja, ja", mischt sich der Diener in der Bergmannskleidung ein, „meinem Herrn geht es ganz genau so, wenn er nicht das Bergwerk gehabt hätte, wäre er glatt zum Betteln verdammt gewesen. Aber wir haben unter Tage eine große Silberader gefunden und reichlich Silber gefördert, und so ist mein Herr wieder wohlhabend geworden."

„Ach, wie interessant! Sag mal, sind das tatsächlich echte Zwerge, die da unten im Stollen arbeiten?", will der Jäger wissen.

„Nun, man nennt sie einfach so, weil sie etwas kleinwüchsig sind. Früher hat man bekanntlich Kinder in die Gruben geschickt. Die konnten sich in den engen Stollen und Gängen besser bewegen. Das Bergwerk hat ja ursprünglich auch den sieben Zwergen gehört. Als aber mein Herr Schneewittchen zur Frau bekam, hat sie quasi auch das Bergwerk mit in die Ehe eingebracht. Die sieben Zwerge waren jedenfalls froh, dass sie einen richtigen Chef bekamen, denn sie konnten wohl prima arbeiten, aber sie hatten keine fachkundige Leitung."

„Na, mit Verlaub, dein Herr ist doch aber auch kein Bergbaufachmann."

„Siehst du, dafür hat er mich. Mich hat er nämlich als Obersteiger eingestellt, und so führe ich für meinen Herrn die Aufsicht über das Bergwerk."

„Und wo hast du die Bergbaukunst erlernt?", fragt der Jäger weiter.

Der Obersteiger reckt sich ein wenig in die Höhe und man sieht ihm an, wie er es genießt, plötzlich im Mittelpunkt zu stehen: „O, ihr habt doch sicher schon vom Erzgebirge und vom Harz gehört. Da gibt es jede Menge Silbergruben. Ich bin ziemlich herumgekommen und überall gewesen. Als mein Herr dann jemanden für die Leitung seines Bergwerks gesucht hat, habe ich mich beworben, und so bin ich zu meinem Posten gekommen."

Die anderen schauen den Obersteiger hochachtungsvoll an. Immerhin muss der ja wohl einiges auf dem Kasten haben, denn so ein Bergwerk zu führen, ist sicherlich keine Kleinigkeit.

„Und wie geht es deinem Bergwerk jetzt, sind die sieben Zwerge immer noch dabei?", will der Diener des Froschkönigs wissen.

„Ach, ihr wisst doch, mit dem Bergbau ist es nichts mehr. Meine sieben Braven sind schon alle im Vorruhestand. - Na, immer noch besser als Hartz vier."

„Ja, ja, furchtbar! Wo soll das noch hingehen!" Am Tisch der Bediensteten ist man sich jedenfalls einig, dass die Zeiten ganz schlecht sind.

An der Festtafel geht es inzwischen hoch her. Das Essen ist in vollem Gange, die Cherrygläser sind längst geleert, Rotwein funkelt in den großen Pokalen, und der Hauptgang wird aufgetragen. Drosselbart scheint dem Alkohol bereits reichlich zugesprochen zu haben. Jetzt erhebt er seinen Pokal: „Prost meine lieben Freunde, lasst uns auf einen feuchtfröhlichen Abend trinken und auch den Braten, der hier vor uns steht, nicht vergessen. Wie pflegte doch der Hofnarr am Hofe meines Urgroßvaters mütterlicherseits stets bei einer solchen Gelegenheit zu sagen? - *Glücklich ist, wer verfrisst, was nicht zu versaufen ist!* - Ha, ha, ha, ho, ho, ho!" Und wieder will er sich über seinen eigenen geistreichen Erguss totlachen. Die anderen Gekrönten lachen ebenfalls mit, allerdings mehr oder weniger verhalten.

„Ach, schon wieder dieser uralte Witz! Öl, Öl, schrieen schon die alten Babylonier an der Bartaufwickelmaschine!", murrt am Tisch der Bediensteten der Jäger halblaut vor sich hin. Er tut es aber so, dass man es an seinem Tisch auch überall gut verstehen kann, was ihm prompt die wütenden Blicke der Drosselbart'schen Dienerschaft einbringt.

„Herr Wirt, bringen Sie eine Runde Branntwein, aber vom besten!" Drosselbart ist jetzt so richtig in seinem Element und versucht irgendeinen Gesang anzustimmen, was ihm aber gründlich misslingt, so dass er ihn wieder abbricht und grinsend in die Runde schaut.

„Singe, wem Gesang gegeben", lacht daraufhin der Froschkönig und klopft dem königlichen Bruder Drosselbart fröhlich auf die Schulter, worauf dieser sein Glas erhebt, um sich erst einmal ordentlich zu stärken. Offensichtlich nimmt er dem Froschkönig dessen Flachserei nicht übel, denn er ist sich seiner musikalischen Unvollkommenheit nur allzu bewusst. Um das Manko seines Gesanges auszugleichen erhebt er deshalb erneut seine Stimme: „Kennt ihr den?"

„Ach, jetzt kommt der alte Kalauer mit dem Apfelbaum. - Wetten?" Der Jäger kann sich eine erneute Bemerkung nicht verkneifen, während Drosselbarts Diener verlegen wegschauen.

Und richtig, der Jäger hat den Satz kaum zu Ende gebracht, da fragt Drosselbart seine Freunde: „Was ist der Unterschied zwischen einem Apfelbaum?" Dabei beginnt er vor Lachen zu prusten.

„Zwischen einem Apfelbaum und was noch?", fragt darauf der Froschkönig.

„Nichts weiter. Wie ich es gesagt habe: Was ist der Unterschied zwischen einem Apfelbaum? - Ha, ha, ha!" Und ohne auf eine Antwort zu warten, gibt er diese nun gleich selbst: „Im Sommer trägt er Äpfel, und im Winter ist er kahl. - Ho, ho, ho!" Drosselbart will sich förmlich vor Lachen schütteln, und die anderen lachen pflichtschuldigst wiederum ein bisschen mit.

„Was ist denn eigentlich ein Kalauer?", fragt nun der Obersteiger den Jäger.

Der antwortet grinsend: „Nun, Kalau, was eigentlich mit ‚C' geschrieben wird, ist so eine kleine Stadt im hintersten Winkel von Brandenburg. Da haben die Leute immer solche intelligenten Sprüche drauf, wie der Drosselbart gerade einen von sich gegeben hat, Kalauer eben."

„Willst du damit sagen, mein Herr wäre nicht intelligent?" Mit kaum verhaltener Wut zischt Drosselbarts Chauffeur den Jäger an.

„Na, nun reg dich mal nicht auf, ich werde mir doch nicht erlauben, die Intelligenz eines so bedeutenden Mannes wie deines Königs in Zweifel zu ziehen", erwidert grinsend der Jäger, um dann fortzufahren: „Du und deine Freunde solltet allerdings sehen, wie ihr euern Herrn nachher nach Hause kriegt. Wenn der nämlich so weitermacht, geht es euch wie beim letzten Mal. Wenn ich mich recht erinnere, hattet ihr damals einige Mühe, ihn auf die Beine und hier aus der Wirtsstube heraus zu bekommen."

Der Chauffeur brummt etwas Unverständliches vor sich hin und wendet sich dann ab. Seine Kollegen machen ihm zugleich ein Zeichen, dass er still sein solle. Ihnen ist bei dem Gedanken an das nahende Ende des Festmahls und dem bereits bedenklichen Zustand ihres Herrn tatsächlich nicht ganz wohl.

Das Ende lässt dann auch nicht mehr allzu lange auf sich warten. Während das Dessert aufgetragen wird, befielt Drosselbart kurz und knapp: „Herr Wirt, für jeden einen Grappa!"

„O wei, o wei, auch das noch!" Unwillkürlich entfährt dem Chauffeur dieser Stoßseufzer, während der Jäger breit über das ganze Gesicht lacht.

Drosselbart erhebt sich nun mit einiger Mühe und stimmt erneut eine Art von Gesang an: "Prost, prost, meine Herren, prost, prost, meine Herrn, wir woll'n noch einen heben, prost, prost, prost!"

Bedenklich schwankend befielt er dann: „Herr Wirt - hick - zahlen!"

„Sehr wohl, Euer Majestät!"

Einer der Drosselbart'schen Lakaien eilt zur Festtafel und reicht dem König seinen Geldbeutel. Auch die anderen Teilnehmer der Tafelrunde zücken unter Schwatzen und Gelächter ihre Portemonnaies.

Die Diener König Drosselbarts stützen nun zur Rechten wie zur Linken ihren Herren. Der aber schwadroniert fröhlich drauf los: „Auf lasst uns stoßen, ins Horn brechen und auf den Weg machen! - Hick!"

Fast wäre er nach diesem Ausspruch ausgerutscht, aber der Chauffeur fängt ihn mit geübtem Griff gerade noch auf.

„Wie ist das? Erst brechen und dann auf den Weg machen oder umgekehrt?", fragt der Froschkönig lachend. Er hat ebenfalls ganz schön einen sitzen und muss gestützt werden. Während er mühsam dahin platscht, kollert sein Taucherhelm auf den Fußboden, den er nun an seinem Schlauch hinter sich her zieht.

„Ach, das ist doch total verkehrt", meldet sich einer der Prinzen zu Wort, „in Wirklichkeit heißt das: „Auf lasst uns brechen, ins Horn stoßen und auf den Weg machen!"

„Nein! Auf lasst uns stoßen, ins Horn machen und auf den Weg brechen! - Ho, ho, ho, ho!" wiederholt Drosselbart nun noch einmal seinen Spruch, wobei er sich wieder vor Lachen ausschütteln will. Dann fügt er noch hinzu: „Das pflegte mein unlängst verstorbener Großneffe dritten Grades immer zu sagen, wenn er beim Kneipen das Ziel erreicht hatte, bevor er dann nach Hause ging. - Ho, ho, ho, ha, ha, ha! - Hick!"

Die anderen Gekrönten marschieren jetzt ebenfalls lärmend und lachend hinter Drosselbart her, während ihre Diener mehr oder weniger Hilfestellungen leisten müssen, denn die hohen Herren haben bei den diversen Getränken allesamt gut zugelangt. Als letzter verlässt der Goldkönig den Schankraum, still und in sich gekehrt. Er ist als Einziger nüchtern. Traurig schaut er sich noch einmal um. Er denkt wohl bereits an die Fähre, die er nun wieder über den Fluss staken muss, und seufzend stapft er hinter den anderen her.

„Na, Gott sei Dank, das ging ja heute einigermaßen ab." Der Wirt schaut sehr zufrieden aus und nickt dem fremden Gast, der als einziger übrig geblieben ist, freundlich zu. "Mit den Brüdern habe ich schon ganz andere Sachen erlebt, aber sie werden langsam alt, und so kommt mancher von ihnen in ruhigeres Fahrwasser."

„Sagen Sie, ist das wirklich nur ein Stammtischverein?", fragt der fremde Gast den Wirt. „Also, ich habe mir die Gespräche ziemlich genau angehört, die da an den beiden Tischen geführt worden sind, ich habe aber den Eindruck, die Leute sind echt. Über diese so genannten gekrönten Häupter haben die Gebrüder Grimm doch detailliert berichtet. Und was ich da heute alles gehört habe, passt exakt dazu."

„Ach was! Die kommen doch jedes Jahr hierher und haben bloß ihren Spaß daran, einmal so richtig die ganz hohen Herren spielen zu können. Also, ich kenne mich in der Szene ganz gut aus."

„Na, ich weiß nicht." Der fremde Gast schüttelt den Kopf. „So, ich möchte dann auch zahlen!"

„Aber gern", sagt der Wirt und fügt noch hinzu: „Passen Sie auf, wenn Sie in Ihr Zimmer gehen, die Treppe ist etwas steil. Neulich ist einer auf der oberen Stufe abgerutscht und die ganze Treppe heruntergepoltert. Na, Gott sei Dank ist weiter nichts passiert. Es hätte aber auch noch schlimmer kommen können."

„Danke für den Hinweis. Gute Nacht!"

„Ja, gute Nacht!"

Während er die Treppe hinaufsteigt, gehen dem fremden Gast die Gespräche der Gekrönten und die ihrer Diener noch einmal durch den Kopf. Besonders muss er an das traurige Gesicht des Goldkönigs denken. Hatte der das wirklich nur gemimt? - Bei dem, was der Drosselbart da alles von sich gegeben hatte, mochte es ja wohl so sein. Aber der Goldkönig? - Hm, waren die Leute nun echt oder nicht? - Na, wer weiß!

Die orientalische Öllampe

„Rrrrrrrrr" – Nanu, wer klingelt denn da noch so spät an der Wohnungstür? - Etwas ungehalten über die Störung schiebt der einsame alte Herr seine Briefmarkensammlung zur Seite, erhebt sich vom Stuhl, geht zur Wohnungstür und öffnet sie. Draußen steht ein etwa zwanzigjähriger, schwarzhaariger Mann, dem Aussehen nach ein Südländer, vielleicht Syrer, Iraker oder Ägypter, der ihn aus großen, dunklen Augen flehentlich anblickt: „Guten Abend, bitteschön, möchten sie vielleicht kaufen Antiquitäten aus Irak, sehr billig, aber garantiert echt?"

„Nein danke!" Krachend fliegt die Tür wieder in das Schloss. Jedoch ehe sie noch ganz geschlossen ist, hört der alte Herr einen zutiefst kläglichen Ausruf: „Bitte, haben Sie doch Erbarmen!"

Er geht zurück in das Wohnzimmer. „Immer diese penetrante Bettelei!", denkt er und macht sich wieder mit den Briefmarken zu schaffen. Jetzt hört er, wie die Wohnungstür im oberen Stockwerk geöffnet wird, und ein paar Wortfetzen dringen zu ihm herunter. - So, so, jetzt versucht der Hausierer offenbar da oben sein Glück. Na, scheinbar mit dem gleichen Ergebnis wie bei ihm, denn auch oben fällt einen Augenblick später die Wohnungstür hörbar zu. - Gut so!

Doch die Befriedigung, die er einen kurzen Augenblick lang verspürt hat, weicht plötzlich einem anderen, schwer zu beschreibenden Gefühl. Irgendetwas in seinem Innersten schwingt in eine ganz andere Richtung. Was ist es nur? Waren es die Augen des Fremden gewesen, die ihn so flehentlich angeschaut hatten oder der klagende Ton in seiner Stimme, als er um „Erbarmen" gebeten hatte, oder was mochte es sonst sein?"

Er sieht plötzlich das Gesicht seiner verstorbenen Mutter vor sich? Mit ihren klaren Augen blickt sie ihn an, so als wollte sie ihn an etwas erinnern. In seiner Kindheit, die nicht gerade mit Reichtümern gesegnet gewesen war, hatte die Mutter, wenn ein Bettler draußen vor der Tür gestanden hatte, stets sagt: „Wer anderen in der Not hilft, wird selbst keine Not leiden!"

Urplötzlich drängt es ihn aufzustehen und zur Wohnungstür zu eilen. Er schaut durch den Spion: Gerade geht der junge, dunkelhaarige Mann auf seinem Weg nach unten an der Tür vorüber. Offensichtlich bemerkt er nicht, dass er beobachtet wird. Er trägt eine große Umhängetasche, wohl sein „Warenlager" mit den Antiquitäten, über der Schulter und geht nun langsam die Treppenstufen herab. Jetzt erhebt er ein wenig das Gesicht, und der Alte sieht von der Seite ganz deutlich, dass es tränenüberströmt ist.

O, mein Gott: „Wer anderen in der Not hilft, wird selbst keine Not leiden!" - Der Gedanke an den Spruch der Mutter schnürt ihm fast die Kehle zu.

Der Fremde ist inzwischen am unteren Ende der Treppe angekommen, als der alte Herr spontan einer inneren Stimme folgend die Tür öffnet und jenem plötzlich nachruft: „Hallo, kommen Sie doch noch einmal herauf!" Fast erschrocken über seine eigenen Worte tritt er in die Wohnungstür zurück.

Der junge Orientale hält inne und schaut nach oben. Doch dann kehrt er um und steht einen Augenblick später vor der geöffneten Wohnungstür.

„Kommen Sie herein, bitte setzen Sie sich doch!" Der Fremde folgt zögernd der Aufforderung, und nun kann der alte Herr ihn im Schein der Wohnzimmerlampe etwas näher betrachten: Ein junger Mann, hochgewachsen, schlank mit einem schmalen Gesicht und hellbräunlicher Hautfarbe, schwarzes, leicht welliges Haar. Das typische Aussehen eines Menschen aus dem Orient. Dieser schaut ihn mit großen, ängstlichen Augen an, und der alte Herr erkennt jetzt ganz deutlich: Er hat ein verweintes Gesicht.

Unvermittelt beginnt der alte Herr die Unterhaltung: „Woher kommen Sie?"

„O, bin ich aus Bagdad", antwortet der junge Fremde, der einigermaßen gut deutsch spricht, „Sie vielleicht wissen: Bagdad ist Hauptstadt von Irak. Kennen Sie Irak?"

„Nein, nicht direkt, aber wie es da unten zurzeit aussieht, ist mir natürlich bekannt. Die Zeitungen berichten ja praktisch täglich über den Irak. Leider! - Sind Sie von dort geflüchtet?"

„Ja, bin ich geflüchtet zusammen mit Frau und Baby. Wir haben kleinen Jungen, bald ein Jahr alt. War schrecklich für Baby in Bagdad. Jeden Tag Bomben und Schießen. Meine Frau und ich hatten immer große Angst um unser Baby."

„Ja, und wie sind Sie da herausgekommen?"

„Mein Onkel bei deutscher Botschaft. Er in Botschaft arbeiten. Meistens fährt mit Lastkraftwagen. Ich habe oft geholfen meinem Onkel, wenn viel zu tun. Manchmal mein Onkel fährt bis Damaskus und macht Transport für deutsche Botschaft. Da sind wir mitgefahren vor ein paar Wochen, meine Frau, Baby und ich, bis nach Damaskus. Von da zuerst nach Italien und dann Deutschland."

„So, so, bei der deutschen Botschaft haben Sie ausgeholfen. Da haben Sie wohl auch Deutsch gelernt?"

„Ja", eifrig nickt der junge Iraker, um dann fortzufahren: „Aber haben wir auch Deutschunterricht hier. In Asylantenheim, wo jetzt ist unsere Wohnung, kommt dreimal die Woche Deutschlehrerin. Ich jede Stunde in Deutschunterricht bin. - Was sollen wir machen? Nach Irak zurückgehen? - Nicht möglich! Vielleicht können wir bleiben in Deutschland. Darum Wichtigstes: Deutsch lernen! Und dann später Ausbildung vielleicht in Hotelküche oder so."

„Gut, junger Mann, das machen Sie ganz richtig. Wenn Sie eine Ausbildung im Hotel oder auch woanders machen wollen, dann müssen Sie tatsächlich erst Deutsch lernen. Weiter so! Dazu gebe ich Ihnen noch einen Tipp: Sprechen Sie auf jeden Fall auch untereinander mit Ihrer Frau und Ihren Freunden aus dem Irak,

Sie haben doch sicher welche, so viel Deutsch, wie es nur geht.

Dankbar schaut der junge Iraker den Mann an. Es kommt nicht oft vor, dass ihm jemand in dem fremden Land ein paar nette Worte sagt. Im Gegenteil! - Er denkt an seine Frau und an das Baby und hofft inständig, dass sie irgendwo eine Chance bekommen, und bei den anerkennenden Worten des freundlichen Herrn wird ihm so richtig warm.

Dieser fährt unvermittelt fort: „Sagen Sie noch, wovon leben Sie denn jetzt mit Ihrer Frau und Ihrem kleinen Jungen? Sind Sie als Asylanten anerkannt, und bekommen Sie irgendeine Unterstützung?"

„O nein, bis jetzt keine Unterstützung. Muss alles erst noch geklärt werden. Bei Ausländerbehörde sie sagen, dass bald Bescheid kommt. Bis jetzt geben uns Verwandte aus Irak etwas Geld. Verwandte schon länger in Deutschland. Reicht aber kaum das Geld.

„So, na, das klärt sich hoffentlich bald. Aber nun zu Ihren Antiquitäten. Haben Sie die aus dem Irak mitgebracht?"

„Ja, natürlich. War eigentlich nicht erlaubt. Aber in Irak keine Ordnung mehr. Alles erlaubt und zugleich alles verboten. Antiquitäten habe ich aber gekauft selber auf Basar. Darum können Sie glauben, sind wirklich echt."

Umständlich kramt der junge Mann jetzt einige Stücke aus seiner Umhängetasche hervor und reicht sie dem alten Herrn.

Hm, tatsächlich, zwischen dem üblichen Touristenschnickschnack - wohl noch aus der Zeit vor dem Krieg - ist auch einiges dabei, was dem örtlichen Handwerk entstammen dürfte. Insbesondere ist es eine alte, kupferne Öllampe, eine so genannte „Tranfunzel", die seine Aufmerksamkeit erregt. Ein schönes Stück mit einer recht dekorativen Ziselierung.

„Sagen Sie, was soll denn diese Lampe hier kosten?"

Der junge Iraker wiegt bedächtig seinen Kopf hin und her, genauso wie es die Händler auf dem Basar tun. Dann sagt er, jedoch mit eher unsicherer Stimme: „O bitte sehr, zwanzig Euro vielleicht?"

Donnerwetter, das war ein fairer Preis. Offensichtlich ist die Not in der kleinen Familie so groß, dass der junge Mann den üblichen Händleraufschlag von hundert Prozent, der im Orient stets zum Herunterhandeln vorher hinzugerechnet wird, gar nicht erst in Ansatz gebracht hat. Vielleicht nach dem Motto: Egal, jeder Euro in bar hilft erst einmal dem Baby einen Tag weiter.

„Also, junger Mann, nach den Spielregeln, wie sie auf jedem Basar in Ihrer Heimat und inzwischen teilweise auch hierzulande gelten, müsste ich jetzt theoretisch mit Ihnen kräftig feilschen, und am Ende würden Sie mir dann noch einen gewissen Rabatt gewähren. Das alles tue ich aber jetzt bewusst nicht. Ich akzeptiere Ihren Preis, denn wenn ich mir Ihre persönliche Lage vor Augen halte, muss ich schon sagen, dass ich nicht in Ihrer Haut stecken möchte. Nehmen Sie die Tatsache, dass ich jetzt nichts mehr abhandele von mir als eine kleine Spende für Ihre Notlage entgegen. - Und noch eins: Wenn Sie einmal Hilfe brauchen, beispielsweise wenn Sie Schwierigkeiten mit den Behörden bekommen sollten, klingeln Sie ruhig an meiner Tür. Wenn ich kann, will ich Ihnen dann gerne helfen, zum Beispiel um eventuelle Schwierigkeiten wieder wegzuräumen. - So, und nun viel Glück!".

Dem jungen Iraker laufen bei diesen Worten heute zum zweiten Mal die Tränen über die Wangen. Tränen des Glücks! - Das hatte er nicht erwartet: Ein Mensch ist ihm begegnet, der ihn nicht wie sonst üblich beiseite schubst, sondern der helfen möchte. Einfach so!

Um seiner Dankbarkeit Ausdruck zu geben, fasst er mit beiden Händen die ausgestreckte Hand des freundlichen alten Herrn und schüttelt sie ein paar Mal, stumm, denn er bekommt im Augenblick kein Wort heraus.

Dann begleitet der alte Herr seinen Gast bis zur Haustür, entlässt ihn mit einem freundlichen „Auf Wiedersehen" und kehrt in das Wohnzimmer zurück.

Jetzt nimmt er die Öllampe in die Hand und betrachtet sie eingehend: Ein sehr schönes, ziemlich altes Stück, handwerklich sauber gearbeitet. Tatsächlich, den Kauf braucht er nicht zu bereuen. Er schaut sich um: Wo soll er die Lampe denn nun hinstellen? - Ah ja, da in der Schrankwand ist noch ein hübscher Platz. Da würde sich die Lampe dekorativ hervorragend ausmachen. Aber zuvor will er das gute Stück erst noch einmal ein bisschen putzen. Also, Lappen her und kräftig gerieben.

Plötzlich, was ist denn das? - Praktisch aus dem „Nichts" taucht unmittelbar vor ihm im selben Augenblick eine Furcht erregende Gestalt auf: Ein dunkelhäutiger, recht finster dreinschauender Derwisch, mit einem großen, grünen Turban steht auf einmal breitbeinig vor ihm:

„Mein Herr und Gebieter, was befiehlst du?"

Nachdem er den ersten Schrecken überwunden hat, fragt der alte Herr mit gespielt forscher Stimme: „Wieso, was heißt hier Gebieter? Und was soll ich befehlen?"

„Nun, du bist der Besitzer dieser Lampe und hast mich gerufen!", lautet die prompte Antwort.

„Ich habe dich doch gar nicht gerufen!"

„Doch, doch, du bist der Besitzer der Lampe. Und wenn der Besitzer der Lampe an ihr reibt, ist das für mich der Befehl, sofort zu erscheinen und nach seinen Wünschen zu fragen, denn ich bin der Geist dieser Lampe. Also, wie lautet dein Befehl?"

„Langsam, langsam, ich kapiere noch nicht alles. Wieso musst du erscheinen, wenn der Besitzer der Lampe an ihr reibt?"

Der Geist reckt sich ein wenig: „Also gut, ich sehe, du kennst dich in unserer Welt nicht aus. Ich nehme deine Frage deshalb zunächst als Befehl, dir dieselbe zu erklären. Hör gut zu:

Vor etwa tausend Jahren lebte in Bagdad ein berühmter Zauberer. Er war Herr über alle Kräfte der Natur. Zugleich war er aber auch ein äußerst kunstfertiger Handwerker. Das war mehr so ein Hobby, denn er hatte es natürlich nicht nötig selbst zu arbeiten. Deshalb beschäftigte er in seiner Werkstatt mehrere Gold-, Silber- und Kupferschmiede, die nach seinen Anweisungen wunderbare Schmuckstücke und kostbare Gegenstände herstellten. Er selbst war dabei mehr als Designer tätig, wie ihr das heute wohl nennt. Alles was aus seiner Werkstatt kam, wurde damals im Übrigen von den höchsten Herrschaften des Landes und auch sonst aus aller Welt bei dem Zauberer bestellt. Als Gegenleistung mussten ihm die Sultane und Großwesire, und wer immer seine Kunden waren, ein Stück von ihrer Macht abtreten, denn der Zauberer hatte einen Riesenspaß daran, überall ein bisschen die Fäden zu ziehen und aus dem Hintergrund mitzuregieren. Ihr nennt so jemanden heutzutage wohl eine graue Eminenz."

Der Geist macht eine kleine Pause, um aus einem Täschchen, das er unter seinem weiten Umhang verborgen hat, eine kleine Dose hervorzuziehen und ihr eine Prise Schnupftabak zu entnehmen, die er mit sichtlichem Behagen inhaliert. Dann fährt er fort:

„In alle Schmuckstücke und Geräte wurden von dem Zauberer jeweils ganz spezielle und geheime Kräften einprogrammiert. Das war eben das Besondere an seinen Stücken. Einmal hat er einen Wunschring hergestellt. Wer den besaß, der hatte praktisch ausgesorgt. Er brauchte den Ring am Finger nur einmal umzudrehen, sich dabei etwas wünschen, und der Wunsch ging auf der Stelle in Erfüllung. Allerdings war der Ring so beschaffen, dass nur ein einziger Wunsch in ihm enthalten war. Wer den Ring hatte, musste also vorher gut überlegen, was er sich wünsche sollte. Der Ring hat seinem späteren Besitzer, der ein habgieriger Goldschmied gewesen war, tatsächlich aber kein Glück gebracht. Im Gegenteil! Als der nämlich den Ring gedreht und sich dabei alles Gold der Welt gewünscht hatte, regnete dieses prompt als gewaltiger Platzregen in Form von Goldtalern auf ihn hernieder. Das viele Gold begrub ihn unter sich, und der habgierige Mann war auf der Stelle tot. - Na ja, wenn ich mich in der Welt umschaue, so kommt so etwas ja auch heutzutage gelegentlich noch vor, jedenfalls im Prinzip. Manche ,Seifenblase' an der Börse gehorcht exakt den Spielregeln, wie seinerzeit im Falle des Goldschmiedes."

Wieder holt der Geist seine Schnupftabakdose hervor, um sich eine neue Prise zu genehmigen.

„Auch deine Lampe", fährt er fort, „hat solch ein speziell eingearbeitetes Programm. Dieses enthält die Anweisung „Wenn der Besitzer der Lampe an ihr reibt, muss der Geist der Lampe sofort erscheinen, nach den Befehlen des Besitzers fragen und diese anschließend sogleich ausführen. Eigentlich müsstest du doch schon einmal von einem gewissen „Aladin" gehört haben. Der ist einst mit der Lampe berühmt geworden. Die bekannte Märchenerzählerin Scheherazade hat ja haarklein darüber berichtet, und ihr Bericht ist sogar als Buch veröffentlicht worden. Dessen Titel -,Tausendundeine Nacht' - müsste doch allgemein bekannt sein.

„Ja richtig", dem Mann fällt es wie Schuppen von den Augen. „Natürlich kenne ich ,Tausendundeine Nacht'. Die Geschichte von Aladin und seiner Wunderlampe kenne ich auch. Mein Gott, dann ist das hier tatsächlich jene Wunderlampe!"

„Ja, genau, und du bist nun mein Herr und Gebieter."

„Großer Gott, dann habe ich dem jungen Mann vorhin, der mir die Lampe verkauft hat, viel zu wenig Geld gegeben, denn diese Lampe ist ja eine Rarität ersten Ranges!"

„Jawohl", sagt der Geist, „das hier ist Aladins Lampe. Der junge Mann hat keine Ahnung, was er da auf dem Basar in Bagdad eingekauft hat.

Nach einem Augenblick des Nachdenkens setzt der Mann die Unterhaltung mit dem nun gar nicht mehr so unheimlichen Geist fort: „Wenn ich alles richtig verstanden habe, darf ich dir also nun Befehle erteilen. Wirst du diese dann auch ausführen?"

„Im Prinzip ja!", lautet kurz und knapp die Antwortet des Geistes.

„Na schön, dann befehle ich dir, dass die Kriege im Nahen Osten und im Irak sofort beendet werden, und zwar nachhaltig. Es müsste dir doch ein Vergnügen sein, gerade diesen Befehl auszuführen, denn du stammst doch von dort."

Verlegen kratzt sich der Geist am Kopf, wobei sein Turban leicht verrutscht: „O, mein Herr und Gebieter, tatsächlich würde ich gerade diesen Befehl liebend gerne ausführen und zwar sofort und auf der Stelle. Aber es geht nicht, in diesem Falle sind mir leider die Hände gebunden."

„Ach ja, wieso denn das?"

„Nun, zu der Zeit, als die Lampe geschaffen und das besagte Programm eingearbeitet wurde, wonach der zugehörige Geist die Befehle des Besitzers auszuführen hat, da sah die Welt noch anders aus. Es gab Spielregeln, die von jedermann akzeptiert und respektiert wurden. Damals hätte ich die Macht gehabt, sofort für Frieden zu sorgen."

Dann fährt er fort: „Aber wie sieht das heute aus? Gesetzt den Fall, ich wollte den Krieg im Nahen Osten tatsächlich mit einem Machtwort beenden, da müsste ich ja auf jeden Fall zunächst die UNO einschalten. Na, und was dabei dann heraus käme, das könnten wir vermutlich gleich wieder vergessen, weil nämlich, und darin stimmen die meisten maßgeblichen und ernst zu nehmenden Leute in aller Welt überein, die UNO bedauerlicherweise ziemlich heruntergekommen ist und nur noch eine Organisation der organisierten Inkompetenz darstellt. - Leider!"

Wieder schweigt er einen Augeblick, um dann fortzu-
setzen: „Und was speziell den Irak betrifft, da brauche
ich doch ebenfalls nicht viel zu erklären. Nimm die so
genannten Terroristen, die sich infolge des Krieges jetzt
tatsächlich in großer Zahl dort befinden. Ob diese, sofern
sie überhaupt irgendeiner politischen Richtung zuzuord-
nen sind, ansprechbar sind, ist doch mehr als zweifelhaft. Glaubst du, dass die sich von mir etwas sagen lassen würden? Denen ist doch das Chaos gerade recht.
Oder nimm die Amerikaner, die müsste ich ja sicherlich
ebenfalls überzeugen. Ich will mich zu der amerikani-
schen Politik, die zu dem Krieg geführt hat, gar nicht
weiter äußern. Selbst in den obersten politischen Rängen
der USA ist das Urteil darüber längst gefällt. Aber ob der
derzeitige oder ein künftiger anderer Präsident in der
Lage sind, das Chaos, das die Amerikaner mit ihrem
leichtfertigen Krieg selbst zum größten Teil erst angerichtet haben, zu beenden, ist ebenfalls mehr als zweifelhaft. Ich fürchte sogar, der derzeitige Präsident würde
mich gar nicht erst empfangen".
  Nach einer erneuten Prise fährt der Geist fort:
  „Tut mir leid, aber um es auf den Punkt zu bringen: In
der heutigen Welt ist genau genommen gar kein Platz
mehr für mich. Niemand würde das Spiel noch mitmachen. Oder anders und in aller Offenheit ausgedrückt:
Ich habe keine Macht mehr. Mein Auftritt ist also jetzt
nur mehr symbolischer Natur. Deshalb habe ich vorhin,
als du fragtest, ob ich deine Befehle ausführen würde,
auch geantwortet: ‚im Prinzip ja!' Aber du weißt doch
selbst, was eine solche Antwort in Wahrheit bedeutet."
  „Dann ist also alle deine Macht futsch?" fragt der alte
Herr ehrlich betrübt.
  „Na ja, nicht ganz. Immerhin ist mir noch ein Teil
meiner alten Kompetenz verblieben, und zwar als Berater. Es ist auch im Reich der Geister genau so wie bei
euern Politikern. Wer nichts mehr zu sagen hat, bekommt wenigstens noch einen Beratervertrag. - Also,

mein Herr und Gebieter, wenn du mich rufst, weil du eine Beratung brauchst: Gerne jederzeit!"

„Interessant, und auf welche Gebiete erstreckt sich deine Beratertätigkeit?"

„Ach, auf alles Mögliche, vorzugsweise aber auf den Bereich Geldanlagen. Es war ja auch in der guten, alten Zeit schon immer ein Teil meiner Tätigkeit, Gold zu beschaffen. Na, und da liegt es natürlich nahe, auch das Anlagengeschäft mit einzubeziehen. - Übrigens Gold ist wieder sehr im Kommen. Je undurchsichtiger die politische Situation, desto mehr ist Gold gefragt. Und was die heutige politische Situation weltweit angeht, muss ich dir ja nicht viel erzählen."

„So, du meinst, ich sollte Gold kaufen?"

„Unbedingt! Natürlich nicht nur. Am besten teilst du dein Vermögen wie folgt auf: Ein Drittel Gold, ein Drittel Aktien oder Fonds, einschl. eines gewissen Anteils an schlichtem Geld, und für das verbleibende Drittel nimmst du Immobilien. Aber bei den letzteren muss man heutzutage höllisch aufpassen, dass man nicht die falsche Gegend erwischt. - Also, das mal so auf die Schnelle. Aber um einen fundierten Rat erteilen zu können, müsste ich mir deine Vermögensverhältnisse erst noch etwas genauer ansehen."

„Mann, Lampengeist, du bist ja schwer in Ordnung! Darauf komme ich noch einmal zurück."

„Ja, klar, Du brauchst nur zu befehlen."

„Sag mal", setzt der alte Herr noch einmal nach, „bist du eigentlich immer noch der Geist von damals, also aus der Zeit, als die Lampe angefertigt worden ist, sozusagen Lampengeist Nummer eins?"

Nun reckt sich der Geist ein wenig und holt scheinbar zu einer längeren Rede aus, doch im gleichen Augenblick zerfließt er vor den Augen des alten Herrn, und weg ist er!

Na, so etwas Verrücktes! Wo ist der Kerl denn plötzlich hin? - Der Mann schaut sich verdattert um. Er hat das alles doch nicht geträumt, denn die Lampe und der Lappen in seiner Hand, mit dem er sie geputzt hat, sind ja reale Dinge. Auch der junge Iraker kann kein Phantasieprodukt gewesen sein, denn von dem hatte er die Lampe ja schließlich erst vor etwa einer halben Stunde gekauft. Andererseits, wie kann sich jemand einfach in Luft auflösen? So etwas gibt es ja gar nicht! - Hatte er doch alles nur geträumt?

Schon will er mit dem Putzlappen erneut an der Lampe reiben, um den Geist noch einmal herbeizuzitieren, doch dann hält er inne und überlegt: Wenn er jetzt mittels der Lampe nach dem Geist riefe, so gäbe es zwei Möglichkeiten: Entweder der Geist käme oder er käme nicht. Im ersteren Falle wäre alles klar. Im zweiten Falle wäre aber auf einen Schlag der schöne Traum zu Ende. Er müsste dann zur Kenntnis nehmen, dass er tatsächlich vielleicht so etwas wie einen Tagtraum gehabt hätte und die Wunderlampe dann eben nur eine ganz profane Tranfunzel wäre.

„Warum also", überlegt er, „die Dinge überstürzen?" Wenn er den Geist jetzt Geist sein ließe, also ihn nicht riefe, so könnte er sich doch eine wunderbare Option für die Zukunft offen halten, denn dann war er auf jeden Fall bis auf weiteres Besitzer einer Wunderlampe. „Schließlich", so dachte er, „kann man ja nie wissen, was alles noch kommt". Immerhin hatte der Geist davon gesprochen, dass er ihm jederzeit als Berater zur Verfügung stünde. Nun, vielleicht brauchte er irgendwann tatsächlich einmal seinen Rat, und dann wäre es ja immer noch an der Zeit, festzustellen, ob es den Lampengeist nun gibt oder nicht. Falls ja, wäre das natürlich prima. Falls nein, na, dann könnte er es auch nicht ändern, und er müsste sich anderweitig um Rat bemühen. Aber bis dahin hätte er eben eine Wunderlampe.

Ihm wird plötzlich klar, dass allein dieses Wissen schon einen enormen Wert an sich darstellt. Weil der Glaube bekanntlich Berge versetzt, würde ihm nämlich der Lampengeist allein durch die Möglichkeit seiner Existenz bei allen Unternehmungen und Aktionen stets unsichtbar mit seiner Kraft zur Seite stehen. Das ging aber nur, solange seine Lampe eben eine Wunderlampe war. Und das war sie, solange er nicht die Negativprobe aufs Exempel gemacht hatte.

Und so stellt er das kostbare Stück jetzt ganz behutsam in die Schrankwand. Leise murmelt er dabei: „Danke, Lampengeist, ich komme sicherlich auf dich noch einmal zurück!"

Tischgespräch mit Frau Holle

Im Altenheim „Abendsonne gGmbH" herrscht große Aufregung. Es heißt, eine „Neue" sei angekommen und so etwas kommt ja nicht alle Tage vor. Das von einer gemeinnützigen Gesellschaft betriebene Heim zählt mit seinen dreißig Plätzen nicht gerade zu den großen Institutionen im Lande. Es ist auch keine von den heutigen supermodernen Wohnanlagen, sondern ein Heim im alten Stil, was die Insassen aber nicht weiter stört. Im Gegenteil: Der Betrieb ist überschaubar, und es herrscht ein guter Geist im Hause. Das Leben geht hier seinen geordneten Gang, gemächlich, friedlich und ohne die Unzulänglichkeiten, welche sich bei Überschreiten einer gewissen Größe leicht einstellen können. Die Heiminsassen sind sich jedenfalls darin einig, dass es im Haus „Abendsonne" gerade so ist, wie man sich das für den Lebensabend wünscht, vor allem auch, weil die Heimleitung sehr bemüht ist, auf individuelle Wünsche einzugehen.

Der Neuzugang bringt für einen kleinen Augenblick etwas Abwechslung in den gleichförmigen Tagesablauf des Altenheims. Für die Heimbewohner ist es jedenfalls eine willkommene Gelegenheit sich über das Leben im Allgemeinen, über das Essen im Besonderen und die neue Heimbewohnerin im Speziellen zu unterhalten, obwohl über letztere zunächst natürlich nur einige Mutmaßungen angestellt werden können.

Inzwischen ist es Mittagszeit. Die Tische im Speisesaal sind rasch besetzt. Alles blickt erwartungsvoll auf die Eingangstür: Gleich muss die Neue kommen.

Ja, und dann ist sie einfach da. Die Heimleiterin geleitet sie persönlich bis zu ihrem Tisch. Dort sitzen bereits fünf „alteingesessene" Heimbewohner. Die Oberin macht bekannt: „Das ist Frau Holle. - Bitte, meine Damen und Herren, helfen Sie ihr ein bisschen, sich bei uns einzuleben. Ich denke, es wird Ihnen nicht allzu schwer fallen."

Dann nickt sie nach rechts und links, spricht noch kurz mit der aufsichtführenden Schwester und geht wieder in ihr Büro.

Die Mitglieder der Tischrunde stellen sich nun ihrerseits der neuen Heimbewohnerin vor. Da sind die zwei achtzigjährigen Zwillingsschwestern Selma und Friederike von Mackenstätt, sodann das Ehepaar Heinrich und Anna Schulte-Röcking aus Westfalen, beide zweiundsiebzig Jahre alt, und schließlich Oberstudienrat i. R. Friedrich Karl Untermeier, mit fünfundsechzig Jahren der „Benjamin" in der Runde.

Am Tisch herrscht zunächst eine etwas förmlich-steife Atmosphäre. Jeder ist bemüht, sich vor der Neuen von seiner besten Seite zu zeigen: „Ach, würden Sie mir freundlicherweise das Salzfässchen reichen?" - „Gerne, bitte sehr!" - „O, vielen Dank!" - „Hätten Sie wohl die Liebenswürdigkeit ....."

In diesem Stil geht es eine Weile so weiter, bis schließlich dem Oberstudienrat die etwas geistlosen Formalitäten zu viel werden, so dass er unvermittelt fragt: „Sagen Sie, Frau Holle, sind Sie mit der berühmten Frau Holle verwandt, die einst die Betten schütteln musste, damit es im Winter schneit?" - Das sollte nur ein Scherz sein, aber Frau Holle antwort, als wenn es die natürlichste Sache der Welt wäre: „Ja, ja, schon recht, ich bin es selbst!"

„Upps!!" - Heinrich Schulte-Röcking hätte sich beinahe verschluckt: „Wie bitte?"

„Nun, wie ich es eben sagte, ich bin die Frau Holle. Ich war tatsächlich einst für den Winterdienst zuständig."

Alle blicken jetzt erstaunt Frau Holle an. Niemand isst mehr und für etwa eine Minute herrscht gespanntes Schweigen.

„Hm", der Oberstudienrat ist der erste, der das Schweigen durchbricht, „also, mit Verlaub, aber das ist doch nur ein Märchen."

„O, das ist die eine Seite, es dürfte Ihnen aber sicherlich bekannt sein, dass Märchen in aller Regel irgendeinen realen Hintergrund haben". In Frau Holles Blick mischen sich zurückhaltende Bescheidenheit und überlegenes Wissen.

Ungläubig starren alle anderen sie jetzt an, und wieder ist es der Oberstudienrat, der das Gespräch fortsetzt: „Na schön, ich nehme Ihre Auskunft einmal so hin. Sie sagen, sie wären einst für den Winterdienst zuständig gewesen, fand das denn nun regional oder global statt? Die Gebrüder Grimm, die darüber berichtet haben, vermitteln jedenfalls den Eindruck, als ob Ihr Winterdienst, wie Sie das nennen, eigentlich nur eine örtliche Angelegenheit gewesen wäre, ich erinnere mich z. B. daran, dass der Weg zu Ihnen durch einen Brunnen führte".

„O, das hat damit nichts zu tun, aber ich war tatsächlich für das gesamte Winterwetter zuständig und zwar gleichzeitig und überall auf der ganzen Welt.

Oberstudienrat Untermeier und Heinrich Schulte-Röcking, die sich am Tisch genau gegenüber sitzen, schauen sich mit einem vielsagenden Blick an. Beide scheinen wohl das Gleiche zu denken.

Der Oberstudienrat setzt hartnäckig nach: „Also gut, sei es so, dann ist mir aber nicht ganz klar, wie das mit dem Wetter insgesamt funktioniert hat, denn Wetter findet ja nicht nur im Winter statt?"

„Richtig, aber ich war ja auch nicht allein. Für den Regen war zum Beispiel die Regentrude zuständig."

„Die Regentrude, ja, ja, ja, die Regentrude!" - Friederike von Mackenstätt, eine der beiden Zwillingsschwestern ist ganz aufgeregt, denn sie erinnert sich an die spannende Geschichte, die Theodor Storm einst darüber erzählt hat. „Und da war doch auch noch der Feuermann", fährt sie eifrig fort.

„Ganz recht", antwortet Frau Holle, „die Regentrude war zu meiner Zeit, wie der Name schon sagt, für den Regen zuständig, und der Feuermann als ihr Gegenspieler für Sonnenschein, Trockenheit, Hitze und so weiter. Ja, und dann gab es noch ein paar weitere Kollegen, der eine für dies, der andere für das."

Wieder wechseln der Oberstudienrat und Heinrich Schulte-Röcking einige bedeutsame Blicke, wobei der Oberstudienrat sich krampfhaft bemüht, ein ernstes Gesicht zu machen.

Jetzt kommt die Schwester, um das Geschirr abzuräumen, wobei sie in die Runde fragt: „Möchte noch jemand eine Tasse Kaffee haben?"

„O ja, bitte!" - Alle möchten sie noch einen Kaffee.

Wieder herrscht für einen Augenblick Schweigen, wobei jeder so seinen Gedanken nachhängt. Dieses Mal ist es Heinrich Schulte-Röcking, der den Faden wieder aufnimmt: „Sagen Sie, warum machen Sie denn jetzt den Winterdienst nicht mehr?"

„Na, ich bin in Rente gegangen", lautet kurz und bündig die Antwort, „irgendwann ist ja überall mal Schluss."

Um Friedrich Karl Untermeiers Mundwinkel zuckt es verdächtig, aber er gibt sich ganz ernsthaft: „Also, Ihre Geschichte klingt ja recht „phantas...", äh pardon, sehr interessant. Aber dann müssten Sie eigentlich eine große Expertin in Klimafragen sein. Dieses Thema hat ja, nicht zuletzt wegen der vielen Wetterkapriolen, derzeit Hochkonjunktur. Was sagen Sie denn zum Klimawandel, gibt es ihn oder gibt es ihn nicht, und ist die Menschheit selbst daran Schuld oder hat der Klimawandel natürliche Ursachen?"

Frau Holle überlegt einen Augenblick, um dann zu einem kleinen Vortrag auszuholen: „O, das alles ist sehr komplex. Klimaänderungen hat es schon zu allen Zeiten gegeben. Denken Sie an die Eiszeiten. Die kommen bekanntlich in gewissen Zyklen immer wieder vor. Aber wir brauchen gar nicht so weit zurückzugehen, wenn wir uns vor Augen führen, dass es zum Beispiel vor rund tausend Jahren eine Warmzeit gegeben hat. Damals war Grönland, wie der Name ja unmissverständlich sagt, noch ein

„grünes Land". Das weiß man aus den Berichten über die Wikinger-Fahrten, und die Wikinger sind es ja auch gewesen, die dem damals tatsächlich grünen Land im Norden den Namen ‚Grönland' gegeben haben".

Frau Holle trinkt einen Schluck Kaffee, um dann fortzufahren: „Vom 15. bis zum 18. Jahrhundert hat es sozusagen im Gegenzug dazu wieder eine kältere Periode gegeben. Man hat diesen Abschnitt auch die „kleine Eiszeit" genannt. Die Menschen waren leider nicht sehr gut darauf vorbereitet, so dass es viele Opfer infolge der Kälte gab. Also, lange Rede kurzer Sinn: Das Klima war und ist lang- wie auch mittelfristig ständig periodischen Schwankungen unterworfen. Irgendwann in der Zukunft wird es sicherlich auch wieder eine Eiszeit geben, selbst wenn es heute eher nach dem Gegenteil aussieht."

Friedrich Karl Untermeier und Heinrich Schulte-Röcking schauen sich erneut an. Ihre Gesichter spiegeln zugleich Skepsis und Erstaunen wider. Beide denken sie wohl auch das Gleiche: Donnerwetter, die hat tatsächlich ein bisschen Ahnung. Dann setzt der Oberstudienrat aber noch einmal gezielt nach: „Ja, was sagen Sie denn nun zu den Ursachen des jetzigen Klimawandels, von einer Eiszeit in ferner Zukunft einmal abgesehen, liegt ihm eine natürliche Ursache zugrunde oder ist die Menschheit Schuld daran?"

„Nun, Ihre Frage ist nicht ganz einfach zu beantworten. Es wirken da verschiedene Einflüsse zusammen. Zum einen sind es die Langzeit-Schwankungen, von denen ich sprach, zum anderen kommen aber auch unvorhersehbare, kurzfristige Einflüsse hinzu. Dass die Menschheit zu letzteren mit beiträgt, ist sicherlich nicht zu leugnen Man kann es durch CO_2-Messungen belegen. Aufgrund des festgestellten CO_2-Anstiegs entsteht bekanntlich ein Treibhauseffekt, welcher nach Ansicht vieler Wissenschaftler zu einer stetig steigenden globalen Erwärmung führt. Wahrscheinlich gehen auch die diversen Wetterkapriolen, die derzeit vermehrt auftreten, auf das Konto des CO_2-Anstiegs. Mal ist es ein ‚Jahrhundertorkan', mal eine ‚Jahrhundertdürre', mal ein ‚Jahrhunderthochwasser' und so weiter. Es hat durchaus auch den Anschein, als wenn die Regenmengen in unseren Breiten jetzt sehr viel höher ausfallen, als das in früheren Zeiten der Fall war. Ob der „hausgemachte" CO_2-Anstieg aber für sich allein ausreicht, um einen regulären Klimawandel zu verursachen, ist allerdings eine andere Frage. Denken Sie einmal an die vulkanischen Aktivitäten, die in der Regel ja auch unvorhersehbar sind. Der Ausbruch des St. Helens in Nordamerika, vor ein paar Jahren, hat beispielsweise mehr CO_2 freigesetzt, als es die Menschheit in ein bis zwei Jahrzehnten schafft".

„Meinen Sie damit, dass der von den Menschen verursachte CO_2-Ausstoß gar keine Bedeutung hat und dass alles nur hysterisches Geschrei ist?" Oberstudienrat Untermeier blickt Frau Holle fragend an.

„Um Himmels Willen, nein!", antwortet diese, „das will ich damit nicht sagen. Im Gegenteil! - Leider geht die Menschheit mit der Umwelt und speziell auch mit allem, was das Klima betrifft, zurzeit sehr leichtfertig um. Wenn man bedenkt, dass das bereits 1997 beschlossene Kyoto-Protokoll gerade mal den kleinsten gemeinsamen Nenner darstellt und man es bis heute auf allen möglichen Gipfeltreffen nicht geschafft hat, die zugehörigen konkreten Maßnahmen zu verabschieden, so bleibt nur die traurige Feststellung, dass in erster Linie die Unvernunft regiert. Vor allem auch das wenig konstruktive Verhalten einiger Länder, die in besonderem Maße am CO_2-Ausstoß beteiligt sind, lässt in naher Zukunft wohl kaum einen Fortschritt erwarten. - Also, um Ihre Frage zu beantworten: Selbst wenn betreffs der Klima-Faktoren die letzte Klarheit fehlen sollte, so wäre es sicherlich leichtsinnig, einfach so weiter zu machen wie bisher. Die Devise sollte jedenfalls lauten: im Zweifel für mehr Klimaschutz! Andererseits hilft es nicht weiter, wenn ständig neue Schreckensszenarien verbreitet wer-

den. Die Medien sind ja vorzugsweise gerade damit beschäftigt. Mit Hysterie ist auch niemandem gedient".

Oberstudienrat Untermeier schaut Frau Holle mit einer Mischung aus Hochachtung und Skepsis an. Er ist
davon überzeugt, dass sie tatsächlich irgendwie vom
Fach sein muss, aber sicherlich nicht als Betten schüt-
telnde Märchenfee. Doch er will sie auf die Probe stellen
und so fährt er nach einer kurzen Pause fort: „Was hat es
denn mit jenen zwei Mädchen auf sich, die einmal bei
Ihnen gedient haben sollen, ich meine die Goldmarie
und die Pechmarie, oder ist das nur so ein Schnickschnack für das Märchenbuch, den sich die Gebrüder
Grimm ausgedacht haben?"

„O ja, ich kann mich gut an die beiden erinnern. Ich
hatte während meiner Zeit im Wetterdienst immer mal
Praktikantinnen oder sonstige Helferinnen. Die beiden
Mädel gehörten jedenfalls dazu. Nun, die eine war fleißig
und hat sich redlich bemüht, die andere aber war ziemlich träge und interessierte sich für alles Mögliche nur
nicht für die Arbeit. Sie war wohl auch schlecht in der
Schule gewesen, jedenfalls konnte sie kaum richtig mit-
denken und hatte sogar große Mühe, sich die Tageszeiten
zu merken. Na ja, in dieser Hinsicht hat sich wohl bis
heute auch nicht sehr viel geändert. Ich habe da neulich
etwas von einer so genannten „PISA-Studie" gehört. Danach ist die Situation in Sachen Bildung und so weiter
wohl eher noch schlechter geworden. Nun, und was die
beiden Mädel angeht, ja, es stimmt schon, ich habe sie
belohnt, wie sie es verdienten."

In diesem Augenblick kommt die Heimleiterin herein:
„Ach bitte, Frau Holle, könnten Sie noch einmal zu mir
in das Büro kommen, ich brauche noch ein paar Angaben
für ihre Personalakte."

„O ja, gern!" Frau Holle erhebt sich und verlässt zusammen mit der Heimleiterin den Speisesaal, während
die fünf anderen Heimbewohner der Tischrunde den
beiden etwas verdutzt nachschauen.

„Na, was soll man denn dazu noch sagen!" Oberstudienrat Friedrich Karl Untermeier blickt in die Runde,
um dann sogleich fortzufahren: „Vorhin hat sie klipp und
klar gesagt, sie wäre die echte Frau Holle und nun hat sie
es noch einmal bestätigt, indem sie erzählt, dass die beiden Mädchen, die Goldmarie und die Pechmarie, bei ihr
gewesen wären. Also, nichts für ungut, aber ich glaube,
die ist im Kopf nicht ganz klar."

„Nein, warum das denn?" Wieder ist es Friederike von
Mackenstätt, die eine der beiden Zwillingsschwestern,
die sich in das Gespräch einschaltet und zwar energisch:
„Sie sieht doch so ehrlich aus. Ich habe zwar nicht alles
verstanden, aber was sie da über das Wetter gesagt hat,
es ist doch wirklich toll, wie sie darüber Bescheid weiß.
Warum soll sie denn dann nicht die richtige Frau Holle
sein?"

Auch ihre Schwester Selma scheint der gleichen Meinung zu sein, denn sie nickt eifrig zu Friederikes Ausführungen, wobei ihr Gesichtsausdruck ein bisschen einfäl-
tig wirkt.

„O wei, o wei", brummelt Heinrich Schulte-Röcking
halblaut vor sich hin, „dass das hier bloß nicht noch an-
steckt".

Oberstudienrat Untermeier schüttelt den Kopf und
schaut die beiden Schwestern mitleidig an:

„Na, glauben Sie denn tatsächlich, dass sich das Märchen von der Frau Holle so zugetragen hat, wonach diese
einst für die Schneeflocken zuständig gewesen sein soll?"

„Ja, warum denn nicht? Und was heißt hier Märchen?
Jedenfalls ist das, was jeden Tag in der Zeitung steht
oder was das Fernsehen so alles bringt, auch nicht viel
besser. Glauben Sie denn, dass das alles stimmt?" erwidert Friederike von Mackenstätt, und dabei schwingt
unüberhörbar eine gewisse Portion Trotz in ihrer Stimme mit. „Was uns da nicht alles zugemutet wird, das ist
ja wohl das Letzte!", vollendet sie den Satz.

„Jawohl, genau so ist es", assistiert ihre Schwester.

„Aha, so, so! Na denn man Mahlzeit!" Mit diesen Worten erhebt sich Friedrich Karl Untermeier, blickt mit einem spöttischen Lächeln in die Runde und verlässt den Speisesaal.

Verdutzt schauen sich die anderen an. „Nanu, was hat er denn plötzlich?" fragt Anna Schulte-Röcking ihren Mann, „ist er beleidigt?"

„Ach was", beruhigt dieser sie. Aber unwillkürlich kommt ihm das alte Sprichwort in den Sinn, wonach Kinder und Narren oft eher im Besitz der Wahrheit sind als alle Gelehrten dieser Welt. Jedenfalls hat die etwas einfältige Friederike von Mackenstätt mit ihrem drastischen Urteil über Presse und Fernsehen exakt den Nagel auf den Kopf getroffen. Waren demgegenüber die alten Märchen tatsächlich nicht sehr viel harmloser? - Und was diese Frau Holle betrifft: Einerseits hat sie ein ungewöhnliches Maß an Sachverstand gezeigt, andererseits, was soll dieser merkwürdige Anspruch, die echte Frau Holle sein zu wollen. - Und überhaupt, was heißt hier „echt" und wo genau liegt die Grenze zwischen Dichtung und Wahrheit? - Also, wahr oder nicht wahr? - Hm, ja, wer ist diese Frau Holle nun wirklich? - Ach, wer weiß!

Ein Picknick im Walde

Lachend und fröhlich durcheinander schwatzend taucht die kleine Gesellschaft in den großen Buchenwald ein. Zehn Wanderer, jung und alt, waren eben noch durch das helle Licht der Morgensonne über bunte Wiesen marschiert, und nun umgibt sie plötzlich die Dämmerung des Waldes. Hoch wölbt sich das grüne Blätterdach über ihnen, während das Zwitschern der Vögel und der Warnruf eines Eichelhähers sie auf ihrem Weg begleiten.

Sechs Erwachsene und vier Kinder bilden das kleine Trüppchen, zwei von ihnen, ein Mann und eine Frau im mittleren Alter, marschieren vorneweg. Man erkennt leicht, dass sie Geschwister sind. Nun denn, sie heißen Hans und Grete. In ihrer Kindheit, die sie im nahe gelegenen Dorf verbracht haben, wurden sie einst „Hänsel" und „Gretel" genannt.

Schon seit längerer Zeit geplant, aber aus Termingründen immer wieder verschoben, findet das Familientreffen aus einem ganz besonderen Anlass statt: Hans ist in diesem Jahr Fünfzig geworden, und der runde Geburtstag soll nun im „Waldhaus", wie die Geschwister das Elternhaus liebevoll nennen, gefeiert werden. Die beiden noch recht rüstigen Eltern haben deshalb die Großfamilie in das Haus, in dem die Geschwister einst die Kindheit verlebten, eingeladen. Ein besonderer Programmpunkt des Familienfestes ist das heutige „Picknick im Walde". Hans hatte sich das so gewünscht, und sein Vorschlag war auf allgemeine Zustimmung gestoßen.

Gut ist es Hans seit damals gegangen, als er, der kleine „Hänsel", zusammen mit „Gretel" tagtäglich in den Wald hinaus gemusst hatte, um Holz zu lesen und Beeren zu sammeln. - Ja, in ihrer Kindheit hatten sie harte Zeiten erlebt, denn im Dorf gab es nur wenige Verdienstmöglichkeiten. Der Vater hatte deshalb als Waldarbeiter bei der staatlichen Forstverwaltung gearbeitet.

Aber auch bei der „Forst" hatte es allenfalls für die Hälfte des Jahres Arbeit gegeben, und so war ihre Kindheit recht entbehrungsreich gewesen.

Wie lange lag das alles nun schon zurück! - Gott sei Dank waren jene mageren Jahre vorüber, und längst war aus dem schmalen, kleinen Hänsel der große kräftige Hans geworden. Ja, er hatte es zu etwas gebracht, hatte sich emporgearbeitet vom einstigen Waldbuben bis zum erfolgreichen Unternehmer.

Nach der Schule war er zunächst bei einem tüchtigen Schlossermeister in die Lehre gegangen und hatte sich durch Fleiß und Geschick hervorgetan, so dass er bei der Abschlussprüfung eine Auszeichnung bekommen hatte. Als Geselle war er dann in dem großen Steinbruch, welcher in der Nähe des heimatlichen Dorfes lag, höchst willkommen gewesen, denn wegen der zunehmenden Mechanisierung brauchten sie vielseitig ausgebildete Handwerker.

Weil er sich besonders gut mit den modernen, schweren Maschinen auskannte, wurde er auf diesem Gebiet bald ein unentbehrlicher Spezialist und so hatten sie ihn zum Aufseher ernannt. Schließlich avancierte er gar zum Betriebsleiter, als der alte in Pension gegangen war.

Aber damit war seine Karriere noch nicht zu Ende gewesen, denn das Glück hatte sich an seine Fersen geheftet. Bald konnte er aufgrund günstiger Umstände den ganzen Betrieb selbst übernehmen. Nachdem er auch noch ein paar Kiesgruben billig erworben hatte, war er mit dem lange anhaltenden Bauboom nach dem Krieg einer der größten Baustoffhändler des Landes geworden. Der Schwiegervater, selbst ein ehemals erfolgreicher Unternehmer und als cleverer Politiker mit den Herren in den Ministerien der fernen Hauptstadt „auf Du und Du", hatte dank seiner Beziehungen dafür gesorgt, dass das Unternehmen über die Landesgrenzen hinaus operieren konnte. Nun ja, Beziehungen waren im Geschäftsleben schon immer das „A und O" gewesen und brachten jedenfalls eine Menge mehr ein als noch soviel Arbeit. So war mit den Jahren aus dem armen Hänsel der „millionenschwere" Hans geworden.

Mit tiefer innerer Befriedigung denkt Hans jetzt an die vergangene Zeit zurück und schaut sich versonnen um, als sie da so den Waldweg entlang stapfen.

„Du, Hans", spricht plötzlich die Schwester den Bruder an und bleibt abrupt stehen, „weißt Du noch, wie wir uns früher immer so gefürchtet haben, wenn wir zum Beerensammeln diesen Weg entlang gegangen sind?"

„Stimmt", erwidert Hans und blickt sich um. Dann fährt er fort: „Nun, da war ja auch die Sache mit der Hexe!"

Dabei erinnert er sich daran, wie die Leute im Dorf damals immer von der bösen Hexe fabuliert hatten, die angeblich just hier im Wald herumgespukt haben soll. Oft hatten sie die beiden Geschwister mit der Hexe gefoppt. Sie hatten sie dann jedes Mal „Hänsel und Gretel" genannt und gemeint, die beiden sollten sich vor der bösen Hexe nur ja in Acht nehmen, denn die hätte es gerade auf sie abgesehen, nämlich weil sie Hänsel und Gretel hießen. Danach wollten sie sich dann jedes Mal über die erschrockenen Gesichter der beiden totlachen. - Ach Gott, warum mussten sie auch ausgerechnet Hans und Grete heißen? - Die Eltern hatten dazu gesagt, dass das wegen der Familientradition so sei. - Na ja!

Bei dem Gedanken an die damaligen „Hänseleien", die sie in ihrer Kindheit hatten ertragen müssen, verspürt Hans plötzlich ein leichtes Frösteln. Ein beklemmendes Gefühl steigt in ihm auf, während die beiden Geschwister jetzt nebeneinander hergehen.

Wieder kommen Hans allerlei Erinnerungen in den Sinn: Ja, besonders zartfühlend waren sie in dem Dorf damals gerade nicht gewesen, und so hatte er jenes Gerede noch in sehr unangenehmer Erinnerung, zumal seinerzeit dazu gemunkelt worden war, jene beiden Geschwister namens Hänsel und Gretel, die nach dem Märchen einst tatsächlich der Hexe in die Fänge geraten sein sollen, wären just ihre Vorfahren gewesen. Deswegen hätte es die Hexe ja auch ganz besonders auf sie, die beiden Ururenkel, abgesehen. Na und so weiter, und so weiter!

Ach, alles Schnickschnack und dummes Zeug! Aber so war das seinerzeit auf dem Dorf gewesen. Nur als sehr spaßig hatte er das alles nicht empfunden, und Hans erinnert sich dabei deutlich an den Augenblick, als er in die Schule gekommen war. Da hatte die „Hänselei" so richtig ihren Höhepunkt erreicht.

Das war seinerzeit schließlich so schlimm geworden, dass er eines Nachts aus einem fürchterlichen Albtraum hoch geschreckt war: *Er und Gretel waren in den Wald gegangen und plötzlich von einem großen schwarzen Vogel umkreist worden. Dann hatte ein Feuersalamander mitten auf dem Weg gesessen, vor dem sie sich schrecklich gefürchtet hatten. Schließlich hatten sie vor einem mit bunten Lebkuchen behangenen Knusperhaus gestanden, aus dem eine alte Frau in einem verknitterten schwarzen Kleid mit einer langen etwas schmuddeligen Schürze und einem knallroten Kopftuch herausgekommen war. Die Alte hatte ihn kurzerhand in einen eisernen Käfig eingesperrt. Um aus dem Käfig wieder herauszukommen, hatte er wie ein Wahnsinniger versucht das Gitter aufzubiegen und ein Loch in den Boden zu schaben. Dann war er aber, Gott sei Dank, schweißgebadet aufgewacht. Die Mutter hatte anschließend große Mühe gehabt, um ihn wieder zu beruhigen.*

Na ja, das war schließlich nur ein Albtraum gewesen, den er damals in der Kindheit gehabt hatte. Aber der hatte sich tief in sein Gedächtnis eingeprägt, und während er jetzt durch den Wald marschiert, steigen jene Bilder in ihm wieder hoch, so dass es ihn schaudert. - Ach, Schluss damit: Alles dummes Zeug und Schnickschnack!

In diesem Augenblick stürzen sich Klaus und Peter, die beiden Ältesten aus Gretels Sippe mit einem Mords-Hallo auf einen Haufen Streusplitt am Wegesrand, stopfen dem verdutzten Onkel einen ziemlichen Packen davon in die Hosentasche und feuern ihn an, den Split auszustreuen. Sie hatten aus den Erzählungen der Erwachsenen mitbekommen, dass ihr Onkel als kleiner Bub Hänsel geheißen hatte. Na, und da gab es ja das bekannte Märchen von Hänsel und Gretel, in welchem jener Hänsel aus Grimms Märchenbuch Kieselsteine ausstreuen musste, damit er und Gretel den Weg aus dem Wald wieder herausfinden konnten. Nun soll der Onkel Hans den Hänsel spielen und anstelle von Kieselsteinen, die gerade nicht zu finden sind, eben Split ausstreuen.

Ärgerlich schaut Sibylla, Hans' elegante und stets auf Distanz zum Rest der Großfamilie bedachte Frau, dieser für ihren Geschmack reichlich unpassenden Szene zu und hätte den beiden pausbäckigen Neffen ihres Mannes, diesen Dorftrampeln, am liebsten deutlich die Meinung gesagt. Aber sie schluckt es hinunter und blickt nur ein wenig indigniert zu Gretels Mann, ihrem Herrn „Schwippschwager", hinüber. - Na ja, was konnte man von den Gören eines Dorfbäckermeisters schon Großes erwarten. Hoffentlich hatte die Waldpartie bald ein Ende. So schnell würde sie jedenfalls keiner wieder hierher locken.

„Komm zu mir, John!", herrscht sie ihren Sohn energisch an, und der zwölfjährige, etwas blassgesichtige Bub gehorcht widerstrebend, indem er sich stumm bei der Mutter einhakt. - Eigentlich hatte er ja Hans heißen sollen wie der Vater, aber Sibylla war bei seiner Geburt der Meinung gewesen, dass solch ein schlichter Name im Hinblick auf die gehobene gesellschaftliche Stellung denn wohl doch nicht das Passende sei, und so war er auf den Namen „John" getauft worden. Denn „John" klang, anders als „Hans", nach großer weiter Welt, vor allem nach Bildung.

Um ein bisschen Abstand von den übrigen zu gewinnen, gehen Sibylla und John jetzt ein paar Schritte hinter den anderen her. Hans, der Sibyllas Unmut bemerkt, lacht bloß über die beiden munteren Neffen.

„Na, ein bisschen Spaß muss doch mit dabei sein, Billchen", nickt er seiner Frau besänftigend zu; doch diese trippelt auf ihren eleganten Stöckelschuhen neben ihrem Sohn dahin, ohne auch nur eine Miene zu verziehen.

Die Asphaltierung ist urplötzlich zu Ende und der befestigte Weg geht in einen mit Schotter bestreuten Waldweg über, auf dem es sich nicht mehr so gut marschieren lässt, worauf „Greti", Bäckermeisters Jüngste, wie der Großvater die kleine Enkeltochter scherzhaft nennt, ihre Arme nach der Oma ausstreckt. Prompt nimmt diese das Kind auf den Arm, worauf Gretel etwas vorwurfsvoll zu ihrem Töchterchen sagt: „Na, Greti, du bist doch schon bald vier Jahre alt, willst du denn nun den ganzen Weg von der Oma getragen werden?"

„Ach, lass nur", meint diese, „wann hab ich das Kind schon einmal für mich allein. Aber du solltest Vater den Picknickkorb abnehmen, er schafft das nicht mehr so gut wie früher."

„O, kein Problem, ich mach' das schon! Auf, auf, ihr müden Bäcker!" Mit diesen Worten nimmt Gretels Mann seinem Schwiegervater den Korb ab und marschiert munter pfeifend der Gesellschaft voran.

„Fritz, pass auf, dass du nichts verlierst!" ruft Gretel ihm noch zu, aber das ist eigentlich höchst überflüssig, denn in dem Korb befindet sich allerlei Essbares, wozu insbesondere auch eine Flasche mit Spezial-Doppelkorn, Marke „Waldgeist", gehört. Und wenn der liebe Fritz auf etwas Acht geben würde, dann waren es alle ess- und trinkbaren Dinge. In seiner aktiven Zeit bei der Armee war er einst Hauptfeldwebel gewesen. Als „Mutter der Kompanie" hatte er im Krieg für die Verpflegung seiner Soldaten zu sorgen gehabt, was damals nicht immer ganz einfach gewesen war. Aber seitdem hatte sich in ihm die

Überzeugung festgesetzt, dass vor allen anderen Dingen im Leben zuallererst „Essen und Trinken" kommt. Diese etwas schlichte Lebensphilosophie konnte man im Übrigen auch an seinem Körperumfang ablesen.

Nun wohl, aber Fritz bekommt auch nichts geschenkt, denn in seinem nicht gerade einfachen Beruf heißt es wie eh und je: Arbeiten, arbeiten und noch einmal arbeiten! - Immerhin, die Geschäfte gehen nicht mehr so gut wie früher. Die Supermärkte, Großbäckereien und so weiter machen den kleinen Bäckereien selbst hier auf dem Lande ganz schön zu schaffen. Modernisieren müsste man den alten Laden einmal gründlich, mal etwas investieren! Seit er die Bäckerei von seinem Vater übernommen hat, ist in dieser Hinsicht nicht viel geschehen, denn Geld war zu allen Zeiten knapp gewesen und die Zinsen lagen meistens recht hoch. Deshalb hatte er sich auch ein Herz gefasst und am Abend zuvor den reichen Herrn Schwager wegen eines Darlehens angesprochen. Natürlich nicht umsonst, aber vielleicht ein bisschen zinsgünstiger als bei der Bank. Das etwa waren seine Gedanken gewesen, die er in aller Bescheidenheit geäußert hatte. Hans hatte zunächst ausweichend geantwortet und etwas von Liquiditätsengpässen in der Firma gemurmelt. Ein klares Nein hatte er aber dann doch nicht aussprechen wollen, und so war das Gespräch erst einmal aufgeschoben worden.

Eine Weile marschiert die bunte Gesellschaft schwatzend und lachend in den immer dichter werdenden Wald hinein, als urplötzlich mit lautem „Krah, Krah" ein mächtiger, schwarzer Vogel aus dem Dickicht herausgeflattert kommt, einen großen Bogen um sie schlägt und wieder im Wald verschwindet.

Erstaunt und zugleich erschrocken schaut Hans auf. Ein unangenehmes Frösteln überfällt ihn. Wieder wird die Erinnerung an den bösen Albtraum in ihm wach. Da war ja auch solch ein Vogel gekommen. - Ach Quatsch, das ist ein Rabe, das Natürlichste von der Welt in dem großen Wald, und von denen wird es hier wohl noch ein paar mehr geben. Und überhaupt: Träume sind Schäume!

„Ein Kolkrabe, ein echter Kolkrabe! Hast du das gesehen, Papa?" Der dreizehnjährige Peter ist ganz aufgeregt, denn er hat gerade in der Schule im Biologieunterricht gelernt, dass der Kolkrabe in der engeren Heimat fast ausgestorben sei. - Hier nistete er also noch!

„Hm, so, so", brummt der Vater. In der Backstube kamen solche Fragen nicht vor. Aber wenn es nach ihm ginge, könnte man jetzt eine kleine Pause einlegen, schließlich war man ja nicht mehr der Jüngste, und ein Schluck aus der bewussten Flasche Marke „Waldgeist" wäre sicherlich nicht die schlechteste Idee.

„Das Ganze halt!" ruft Hans, der seinem Schwager die Gedanken vom Gesicht abgelesen hat, und setzt sich auf einen Baumstumpf.

Die Großmutter nimmt Greti, behutsam vom Arm und schaut sich nach einem geeigneten Sitz um, während der Großvater den drei Enkelsöhnen vormacht, wie nach alter Holzfällersitte ein ordnungsgemäßer Lagerplatz eingerichtet wird, schön aus Steinen, trockenen Buchscheiten, Ästen und etwas Reisig. Als Krönung des Ganzen kommt dann noch ein Feuerplatz in der Mitte des Platzes hinzu. Eifrig sammeln Klaus und Peter Reisig, schleppen Äste und Steine herbei und bemühen sich, den Platz genau nach den Anweisungen des Großvaters herzurichten.

Auch John macht anfangs mit, verliert jedoch bald die Lust und setzt sich zu seiner Mutter, die auf ihrem in dem spärlich vorhandenen Gras ausgebreiteten Mantel hockt und mit zusammengekniffenen Lippen das Treiben ringsherum beobachtet. - „So ein albernes Getue", denkt sie bei sich. Was der Hans bloß an solch einer Tour Interessantes finden mochte. Für sie steht jedenfalls fest: Keine zehn Pferde würden sie je wieder hierher bekommen!

„Nein danke, ich habe keinen Hunger", lehnt sie Butterbrot und Thermosflasche ab, um stattdessen aus ihrem eleganten Handtäschchen eine Zigarette hervorzukramen und diese mit einem zierlichen, goldenen Feuerzeug anzuzünden. John, der wohl gerne etwas gegessen hätte, glaubt nach einem Seitenblick auf die Mutter plötzlich auch keinen Hunger zu haben und trinkt nur einen kleinen Schluck aus der Thermosflasche.

„Na, so kannst du aber nicht groß und stark werden", neckt ihn der Onkel, der von der richtigen Ernährung der Menschheit eine sehr klare Vorstellung hat.

„O, ein Feuersalamander, kommt schnell!", ruft plötzlich Peter, der beim Holzsuchen etwas abseits in einen verfallenen Graben geraten war.

„Was ist da?" - Hans ist total perplex. Er spürt, wie sich sein Nackenhaar sträubt. Das gibt des doch nicht! - Der Feuersalamander! - Wiederholt sich jetzt der Traum von damals?

Doch nun laufen sie alle zu Peter, selbst Sibylla mag nicht zurückbleiben, und so umstehen sie den Graben, auf dessen Grund ein Prachtexemplar von einem Feuersalamander sitzt, der es sich dort offensichtlich wohl sein lässt.

Hans gibt sich einen Ruck: Ach Quatsch! Feuersalamander gibt es viele, und was kann ihm solch ein harmloses Geschöpf schon antun.

So geht er nun ebenfalls zu dem Graben hinüber.

„Ist der giftig?", will Klaus jetzt wissen und tritt vorsichtshalber einen Schritt zurück, als sich der Salamander leicht bewegt.

„Ja, ja", pass nur auf, „der beißt vor allem ungezogene Kinder", stichelt sein Vater und tippt das Tier mit einem Stock an, worauf der Salamander davonkrabbelt und im Moos verschwindet.

Missbilligend schaut Hans den Schwager an, verkneift es sich jedoch, etwas zu sagen. Sibylla hat mit ihrer Meinung über ihn wohl doch nicht so ganz unrecht, obschon sie ihn natürlich mehr aus standesgemäßen Gründen bewertet und sich im Falle des Salamanders möglicherweise mit ihm sogar einig wusste, denn sie kann „alles Viehzeug dieser Welt auf den Tod nicht leiden", wie sie des Öfteren zu betonen pflegt. Ein bisschen schlicht ist er zweifellos schon, der Fritz. - Na, was soll's, schließlich ist nicht er, der Hans, sondern die Gretel mit ihm verheiratet, und die beiden passen denn ja wohl auch ganz gut zueinander. Nur dass ihm der Schwager ausgerechnet jetzt, da man gerade einmal „in Familie machte", mit dem Darlehen kommen musste, liegt ihm denn doch etwas quer im Magen. Großer Gott, war man etwa dazu da, die arme Verwandtschaft mit durchzubringen? Na, mal sehen, vielleicht kann er ihn in dieser Sache wieder loswerden. Schließlich hat er sein Geld ja auch nicht auf der Straße gefunden, sondern ganz schön dafür schuften müssen.

„Wollen wir weiter gehen?", fragt unvermittelt die Schwester den vor sich hin brütenden Hans.

„Ja, okay!" Sofort steht dieser von seinem Baumstumpf auf, wobei er sich nach Sibylla umschaut.

„Ich habe keinen Bock mehr, ich will Auto fahren!", muckt Klaus, der Neunjährige, urplötzlich auf und bleibt auf seinem Platz am Holzfällerlager sitzen.

„Na, da hört sich doch alles auf!" Empört fährt Gretel ihn an: „Wo soll denn hier ein Auto herkommen? Unser neues steht zu Hause in der Garage und das wäre für den Waldweg hier mit all den spitzen Schottersteinen darauf wohl auch ein bisschen zu schade! Los komm!"

Leicht maulend setzt Klaus sich in Bewegung, nachdem er von Gretel einen nicht ganz sanften Schubs erhalten hat.

„Was für ein Auto habt ihr denn?", will John jetzt wissen und macht sich von seiner Mutter frei, um neben Klaus weiterzumarschieren, denn wenn es ein Thema gibt, das ihn interessiert, dann sind es Autos.

„Opel Vectra", ist die prompte Auskunft.

„Ach so!" Geringschätzig lächelt John bei der Vorstellung, was Bäckermeisters doch für ein armseliges Gefährt haben und blickt zur Mutter hinüber, die ihm jedoch ein Zeichen macht, dass er schweigen solle. Er kann es sich aber dennoch nicht verkneifen, dem Vetter mit wichtiger Miene zu verkünden, dass sie aber einen großen Mercedes hätten: „S-Klasse, mit Fahrer!"

„Nimmst du mich in deinem Mercedes einmal mit, Onkel Hans?", fragt Peter, und der so angesprochene schreckt aus seinen Gedanken auf: „Klar, wird gemacht!"

„Krah, krah!" - Sakra, da war er wieder, der unheimliche Vogel. Tatsächlich, der Junge hat Recht gehabt: Ein mächtiger Kolkrabe ist das, der da mit langen Flügelschlägen die Gesellschaft umkreist, um dann erneut zwischen den Bäumen zu verschwinden.

Wieder verspürt Hans das beklemmende Gefühl von vorhin. Doch dann stimmt Gretel ein Lied an. Dankbar nimmt Hans die Gelegenheit wahr, um sich von seiner Melancholie zu befreien, und so versucht er in die Melodie von Gretels Lied hineinzukommen, doch es gelingt ihm nur höchst mangelhaft, denn er ist ein notorischer „Schrägsänger". Sibylla zieht denn auch ob seiner vergeblichen musikalischen Bemühungen ein wenig die Augenbrauen in die Höhe, wobei sie bemerkt, dass der wahre Kunstgenuss hierzulande doch recht selten angeboten werde.

Hans, der sich seiner musikalischen Unvollkommenheit nur allzu bewusst ist, verstummt daraufhin und wieder steigt die Erinnerung an den düsteren Traum in ihm auf.

„Ist was?", fragt Gretel, die den Bruder eine Weile lang beobachtet hat und nun ein etwas besorgtes Gesicht macht.

„Nein, nein", antwortet Hans, „nur so! - Weißt du, man muss ganz schön aufpassen heutzutage im Geschäftsleben, wenn man sich nicht unterbuttern lassen will."

„Ach geh, kannst du denn gar nicht einmal abschalten?"

„Hast Recht, Gretel! Kommt, Kinder, wir wollen um die Wette laufen!" ist seine prompte Reaktion.

„Au ja, au ja!" Alle vier Kinder sind sofort mit dabei, selbst Greti möchte mitmachen.

„Onkel Hans, du musst vorne am Ziel stehen und die Zeit stoppen!", ruft Klaus, der so richtig in seinem Element ist, denn Sport ist sein Lieblingsfach in der Schule.

„Okay! - Wird gemacht!" Mit diesen Worten setzt Hans sich in Bewegung, wobei er einen mäßigen Dauerlauf vorlegt. Heißa; da kommt er aber ganz schön ins Schwitzen und muss nach Luft schnappen. Verdammt, das hatte er jetzt davon, dass er sich nie sportlich betätigte!

„Mensch, sei kein Frosch, du willst dich doch nicht vor den Kindern blamieren", reißt er sich zusammen. Mann, o Mann, ganz schummerig ist ihm mit einem Mal zumute, und er verspürt plötzlich diese unangenehmen Herzstiche. Schon seit geraumer Zeit plagen sie ihn, insbesondere, wenn er sich aufregt. Nun, er müsste wohl doch einmal damit zum Doktor gehen. Bisher hatte er, was diesen Punkt betrifft, stets den Kopf in den Sand gesteckt, nach dem Motto, dass nicht sein kann, was nicht sein darf.

Himmel, ihm wird ganz übel. Der Wald ringsherum fängt an, sich zu drehen.

„Ach, mal ein bisschen langsamer", denkt er bei sich. - „Na, Gott sei Dank, es geht ja schon wieder."

Also, der Abstand dürfte reichen. - Er hält an, wobei er immer noch heftig schnaufen muss und blickt sich um: Ja, um Himmels Willen, wo sind sie denn alle? Verdattert steht er urplötzlich ganz allein zwischen den Bäumen und schaut in alle Himmelsrichtungen.

„He, was ist denn los?", ruft er laut, aber niemand antwortet.

„Das gibt's doch nicht", denkt er bei sich, laut aber ruft er: „Lasst doch den Quatsch!"

Aber wieder herrscht ringsum tiefes Schweigen. Nur das Gekrächze eines Eichelhähers ist zu hören.

„Bitte, wollen Sie nicht näher treten?", fragt auf einmal jemand hinter ihm. Hans fährt beim Klang dieser ihm irgendwie bekannt vorkommenden Stimme wie von der Tarantel gestochen herum: Mein Gott, das darf doch nicht wahr sein! - Da steht sie ja wieder, die Alte von damals! – Ja, sie ist es: dasselbe verknitterte schwarze Kleid, die lange etwas schmuddelige Schürze und das knallrote Kopftuch.

„Unmöglich!", denkt Hans. Er steht da wie gelähmt und fasst sich an die Stirn. Dann schaut er der Alten ins Gesicht: Zwei listige aber nicht unbedingt unfreundliche Augen blicken ihn an und er atmet ein wenig erleichtert auf.

„Wollen Sie nicht näher treten?", fragt sie noch einmal und zeigt mit der Hand hinter sich.

Jetzt sieht Hans alles: Das Knusperhaus mit buntem Lebkuchengebäck behangen, mitten im Wald, genau wie damals in seinem Traum und gerade so, wie es wohl auch im Märchen der Gebrüder Grimm beschrieben steht.

Ach, und nun fällt es ihm wieder ein: Da hatte doch Gretel ihm erst kürzlich erzählt, dass die Fremdenverkehrsgesellschaft der Gemeinde zusammen mit dem Geschichtsverein die „Märchenwald GmbH" als Initiativgruppe ins Leben gerufen hatte, mit dem Auftrag, die alte Märchengeschichte von der Hexe und dem Knusperhaus einnahmeträchtig für den Fremdenverkehr zu erschließen. - Nun ja, warum nicht? Schließlich war nach irgendeiner, allerdings nicht nachprüfbaren Überlieferung, die ganze Sache mit den beiden Kindern, Hänsel und Gretel inklusive Knusperhexe, so wie es die Gebrüder Grimm geschrieben hatten, in grauer Vorzeit angeblich hier im Wald passiert. So wurde es jedenfalls erzählt, und darauf war ja auch das Gerede damals in seiner Kindheit zurückzuführen gewesen.

„Fremdenverkehr!" - Das war seither das Zauberwort in allen Ratsdebatten gewesen, und selbst sein etwas bedächtiger Schwager hatte begriffen, dass es hier etwas zu verdienen gab.

Ein Knusperhaus als Märchen-Museum sollte gebaut werden, so hatte Fritz noch ergänzend berichtet, mit einer Extra-Zufahrtstraße für Busse. Eine rüstige Rentnerin, die sich gerne etwas hinzuzuverdienen mochte, wollten sie anheuern. Mit entsprechendem Kostüm als Hexe ausstaffiert, sollte diese dann die Museums-Führungen im Hexenhaus übernehmen. Ja, genau so hatten sie das alles im Gemeinderat beschlossen, wobei Fritz, der als Ratsherr mit dabei gewesen war, das Alleinvertriebsrecht für die Lebkuchen, Marke „Hexenhaus", in dem Kiosk am neuen Waldmuseum bekommen sollte. Auch der Bürgermeister, der ein kleines Busunternehmen betrieb, würde sicherlich nicht zu kurz kommen, ganz abgesehen von den zu erwartenden Pensionsgästen und den Steuereinnahmen für die Gemeinde.

„So, so, wie interessant! Da haben sie das also alles schon in die Tat umgesetzt", denkt Hans. Merkwürdig, dass ihm Fritz davon gar nichts gesagt, sondern das Ganze noch für Zukunftsmusik erklärt hatte. Vielleicht hatte er aber auch nicht richtig zugehört. Na, egal!

Aha, dann ist die Alte, die da vor ihm steht, also jene bewusste Rentnerin, die im Knusperhaus, beziehungsweise im Museum der „Märchenwald GmbH", die Hexe mimen soll. - Da schau her!

Belustigt, zugleich aber auch echt erleichtert, schaut Hans sie von der Seite an: So ein richtiges braves Mütterchen vom Lande! - Du liebe Zeit, da hatte er doch tatsächlich einen Augenblick lang an Spuk geglaubt und war in ihm der Zweifel aufgestiegen, ob denn das hier alles mit rechten Dingen zugehen könne.

„Was kostet denn der Eintritt?", fragt er, indem er mit der Alten zusammen auf das Haus zugeht.

„Erwachsene zehn Euro, Kinder die Hälfte, Schüler und Studenten mit Ausweis dito", lautet die Auskunft.

Donnerwetter, die hatten ja ganz schöne Preise! Na, das würde bestimmt nicht lange gut gehen! Typisch Dorf! Sie können mal wieder nicht abschätzen, was am Markt durchsetzbar ist. - „Na, mir kann es egal sein", denkt Hans und zückte sein Portemonnaie.

Als er das Haus aus der Nähe anschaut, muss er dann aber doch laut lachen: Diese Schlitzohren! Von wegen Knusperhaus! Alles Styropor! Die ganze Fassade besteht aus farbigen Styroporplatten, welche aus der Ferne wie Lebkuchen mit buntem Zuckerguss aussehen, und allesamt sind sie einfach auf eine Bretterbude genagelt.

Nun, wenigstens die Lebkuchen am Verkaufsstand sind ja wohl echt: Lebkuchen mit Zuckerguss. - Klasse! - Hans kauft sich einen.

Neugierig betrachtet er die in dem Kiosk angebotenen Souvenirs. Du liebe Zeit, was für ein Kitsch: Alte Hexen, junge Hexen, Hexen mit und ohne Besen, Schwarze Katzen, schwarze Raben, Backofen mit und ohne Hexe darin und so weiter, und so weiter. Alles ganz nach Wunsch des „hoch verehrten Publikums". Und dann: Großer Gott, die beiden Figuren da, das sollen ja wohl Hänsel und Gretel sein. - Hänsel und Gretel als Souvenirs zum Mitnehmen! - Als er die Figuren näher betrachtet, erstarrt er plötzlich wie vom Donner gerührt: Das sind ja Gretel und er selbst! - Unverkennbar tragen sie die Gesichtszüge von seiner Schwester und ihm. - Mein Gott! - Wieder verspürt er dieses unangenehme Frösteln. Unwillkürlich muss er an das Rollenspiel in der eigenen Kindheit denken, er als Hänsel und die Schwester als Gretel. - Was hatte das jetzt zu bedeuten? - Ach, Quatsch: Zufall!

Schnell geht er auf die andere Seite des Kiosks. - O, da gibt es ja Tonband-Kassetten und CDs! - Eine davon ist in ein Wiedergabegerät eingelegt worden und schnurrt nun fortwährend: „Knusper, knusper, knäuschen, wer knuspert an meinem Häuschen?"

„O je, o je", seufzt er leise.

Doch jetzt entsteht eine plötzliche Unruhe. Auf dem großen Parkplatz hinter dem Haus scheint ein Bus angekommen zu sein. Man hört allerhand Lärmen und Schwatzen.

Ach, da kommen sie auch schon, eine ziemlich bunte Gesellschaft. Fast alle tragen sie Strohhüte auf dem Kopf. „Wahrscheinlich irgendein geselliger Verein", denkt Hans. Doch dann schließt er sich der Gruppe an, denn die Führung beginnt.

„Dieses, meine Herrschaften, ist das weltberühmte Knusperhaus, in welchem vor vielen, vielen Jahren zwei Kinder, mit Namen Hänsel und Gretel, von einer bösen Hexe gefangen gehalten wurden", doziert die Rentnerin, „aber es gelang den beiden zu entkommen, und die böse Hexe bekam zuletzt ihren wohlverdienten Lohn....."

„Na, und so weiter", murmelt Hans vor sich hin, indem er zur Seite geht, um sich ein wenig im Hexenhaus-Museum umzuschauen. „Eigentlich ganz schön geräumig", denkt er. Dann liest er an einer der Türen: „Stündlich Videofilm-Vorführung!"

Donnerwetter, was mochte sich dahinter wohl verbergen? - Schnell entschlossen betritt er den Raum. Drinnen läuft auf einem großen Monitor ein Videofilm. Gerade ist die Szene zu sehen, wie die Hexe den großen Kessel anfeuert und das Messer wetzt, denn nun soll es dem armen Hänsel an den Kragen gehen.

„Mann, o Mann, wo haben sie denn diesen Gruselstreifen her?", denkt Hans und bemerkt ein paar Kinder, die in der ersten Reihe sitzen und begierig zuschauen.

Wie? - Gibt es hier gar keine Aufsicht? Können die Kinder alles ansehen, was sie wollen? Einfach so? - Immerhin scheint da nach den Ankündigungsplakaten noch allerhand fällig zu sein. - Na, da müsste denn aber wohl doch einmal eingegriffen werden. - Also, das machen sie sich ja wohl ein bisschen zu einfach! - Empört verlässt Hans den Raum.

Inzwischen ist die Alte mit der Gruppe weiter gezogen und Hans muss sich beeilen, um wieder Anschluss zu bekommen.

„Hier sehen Sie das Freigelände", hört er die Alte gerade dozieren. „Dort hinten steht der Backofen. Sie wissen doch, darin ist die böse Hexe seinerzeit verbrannt worden."

Kichernd fügt sie hinzu, dass die Kinder nur ja immer schön artig sein sollten, „denn, wer weiß, wer weiß ... !?", beendet sie ihre Erläuterungen.

Das sollte wohl ein Scherz sein, aber Hans fühlt sich plötzlich wieder auf eine höchst unangenehme Weise berührt.

„Mami, ich habe Angst", fängt ein kleines Mädchen an zu weinen, und die Mutter hat einige Mühe, das Kind zu beruhigen.

„Beehren Sie uns bald wieder!", sagt daraufhin die Führerin und stellt sich dabei wie zufällig einen halben Schritt in den Ausgangsbereich der Pforte, so dass der eine oder andere automatisch in die Tasche greift, um ihr ein Trinkgeld in die Hand zu drücken.

„Sagen Sie", fragt Hans die Alte, welche einen kleinen Moment Pause zu haben scheint, weil eben keine neue Gruppe in Sicht ist, „finden Sie es eigentlich richtig, dass den Kindern beim Besuch des Museums Angst gemacht wird? Und überhaupt, wie ist das mit der Video-Schau, dürfen die Kinder da einfach so hinein und alles ansehen, was sie wollen?"

„Das müssen Sie die Gemeinde fragen, damit habe ich nichts zu tun", ist die prompte nicht eben freundliche Antwort. „Was geht Sie das überhaupt etwas an?", setzt sie hinzu, wobei sie ihn plötzlich mit einem merkwürdig lauernden Blick beobachtet.

Wieder verspürt Hans dieses unangenehme Frösteln, und so zieht er es vor, das Gespräch zu beenden. Dabei denkt er: „Wie doch die Menschen immer gleich aus dem Häuschen geraten, wenn es um ihr Portemonnaie geht". Offenbar glaubt die Alte, ihrer Rolle als Führerin am besten mit der Masche einer Gruselstory gerecht werden zu können. Wahrscheinlich hat sie inzwischen auch die Erfahrung gemacht, dass die Trinkgelder im direkten Verhältnis zum Grad des Gruselns stehen.

„Krah, krah!" - Erschrocken zuckt Hans zusammen: Schon wieder dieses Teufelsvieh!

Direkt vor ihm sitzt der Rabe auf einem eisernen Käfig.

Mein Gott, das darf doch nicht wahr sein! - Sein Albtraum von damals! - Das ist ja der Käfig, der Käfig, in welchem er im Traum gefangen gewesen war! - Deutlich erkennt er jede Einzelheit: Da, die Stelle an der Rückwand, wo er versucht hatte, das Gitter aufzubiegen! Da, das Loch im hölzernen Boden, welches er mit einem scharfkantigen Kieselstein hineingeschabt hatte in der vergeblichen Hoffnung hinauszukommen! Kein Zweifel, das ist der Käfig aus seinem Traum! Wie gebannt starrt er den Teufelskasten an, unfähig, auch nur ein Glied zu rühren.

„Hab' ich dich doch noch erwischt!" - Gellendes Gelächter erfüllt urplötzlich das Haus, den Hof und den ganzen Wald. Hans fühlt sich von eisernen Klauen gepackt, krachend fällt die schwere Tür in das Schloss und ehe er sich's versieht sitzt er im Käfig.

Voller Entsetzen schießen ihm die Gedanken durch den Kopf: „Also war das nicht nur irgendein Traum damals gewesen, es gibt sie tatsächlich, die Hexe!"

„Dieses Mal entkommst du mir nicht!", schreit die Alte, die jetzt ihre Maske fallen lässt und ihn mit glühenden Augen zu verschlingen scheint. - „Krah, krah, krah!"

lärmt auch der Rabe, so als hätte er jedes ihrer Worte verstanden.

Völlig gelähmt sitzt Hans in seinem Käfig und starrt auf das Satansweib. Die Gedanken überschlagen sich in seinem Gehirn. Wie war das alles nur möglich gewesen? Wie konnte er sich so überrumpeln lassen?

Wie von Sinnen rüttelt er an der Tür des Käfigs, aber vergeblich, die Eisenstäbe sind aus einem besonderen Stahl gemacht.

Ja, und was ist denn das? - Eine neue Besuchergruppe scheint angekommen zu sein. Mitten unter den Menschen sieht er Sibylla, John, Gretel, die beiden Eltern und alle anderen.

„Hilfe!", schreit Hans, aber niemand schaut zu ihm herüber.

„Bitte gehen Sie erst zur Kasse!", hört er die Alte mit sanfter Stimme sagen. Sie sieht völlig harmlos aus, gerade so wie auch vorhin, als er angekommen war.

„Hilfe!" - Hans schreit, so laut er kann. Aber wieder beachtet ihn niemand. - „Sibylla, um Gottes Willen, lauft schnell weg!"

Hans ist völlig außer sich und gerät in Panik. Mit voller Wucht wirft er sich gegen die Käfigtür. Vergebens! Noch einmal versucht er es, hämmerte mit den Fäusten gegen die Stäbe, dann fällt er der Länge nach hin.

„Gott sei Dank", hört er Sibylla direkt über seinem Gesicht sagen, „er schlägt die Augen auf."

„Hans, Mensch, alter Junge, du kannst einem aber einen Schrecken einjagen!" Das ist die Stimme von Fritz, und da sind ja auch die anderen alle.

Er liegt auf dem Waldboden. Jetzt fühlt er deutlich das feuchte Laub unter sich. Mein Gott, wie lange hatte er da auf dem Waldboden gelegen? Offensichtlich war er ohnmächtig gewesen und direkt neben dem Weg hingestürzt. Und nun kommt ihm bruchstückhaft die Erinnerung: der Wettlauf, die Herzstiche und schließlich die

Übelkeit. Um Himmels Willen, hatte er etwa einen Herzinfarkt?

Langsam versucht er hochzukommen. - Ja, es geht. Ziemlich benommen steht er nun mit etwas wackeligen Beinen auf dem Waldboden. Sibylla und Gretel stützen ihn zu beiden Seiten.

„Lasst nur, es geht schon", vorsichtig setzt er einen Fuß vor den anderen. Tatsächlich, er kommt wieder in Gang. - Gott sei Dank, es war wohl nur ein Schwindelanfall gewesen. - Na so etwas!

Schemenhaft steigt die Erinnerung an das soeben im Traum Erlebte in ihm auf und er sieht die Szene wieder vor sich: die Alte, das Knusperhaus mit dem Käfig! Wie hatte er nur so etwas Verrücktes träumen können? - Es war doch ein Traum gewesen, oder?

Heimlich kneift Hans sich in das Bein: Er fühlt einen leichten Schmerz. Gott sei Dank, er befindet sich in der realen Welt.

„Warum hast du denn bloß um Hilfe gerufen?", fragt ihn jetzt Gretel und schaut den Bruder immer noch ein bisschen besorgt an.

„Weiß ich nicht", antwortet dieser, „hab' ich das?"

Also so etwas! Langsam legt sich der soeben durchstandene Schrecken. Nach einer kleinen Rast brechen sie alle auf, um den möglichst kürzesten Heimweg einzuschlagen.

„Besser zu Hause ein kräftiges zweites Frühstück abhalten, als hier im Wald verhungern müssen!", meint Fritz, der trotz des ersten Frühstücks von vorhin bereits wieder so ein gewisses Gefühl in der Magengegend verspürt.

„Bitte, lauft nicht zu schnell!", sagt jetzt Sibylla. Sie blickt ehrlich besorgt auf ihren Hans und weicht nicht von seiner Seite.

„Nun, nun, alles okay", sagt dieser, dabei lächelt er schon wieder. Die Lebensgeister sind offensichtlich zurückgekehrt.

Doch er grübelt: Merkwürdig, wie hatte er das alles nur so plastisch erleben können? Aus welcher unergründlichen Tiefe seines Unterbewusstseins waren jene Bilder da vorhin in ihm aufgestiegen?

Nun, offensichtlich haben sich in der Kindheit tief sitzende Ängste in ihm gebildet. Ausgangspunkt dafür dürften wohl, sozusagen im wahrsten Sinne des Wortes, die „Hänseleien" der lieben Dorfbewohner gewesen sein: er als Hänsel und seine Schwester als Gretel in den Klauen einer bösen Hexe, die es exakt auf sie beide abgesehen hatte. Ach, und all der andere Blödsinn dazu. Aber jener furchtbare Albtraum, der ihn damals so sehr geängstigt hatte, saß offenbar immer noch tief im Unterbewusstsein. Denn was er da vorhin „erlebt" hatte, war ja gewissermaßen nur die Fortsetzung der alten Traumgeschichte gewesen. - Donnerwetter, was es nicht alles gibt! Das wäre direkt Stoff für einen Psychotherapeuten.

Aber da war ja auch noch dieses entsetzliche Gefühl von Verlorensein gewesen, als er sich in dem Käfig befunden hatte! Niemand, der ihn dort trotz seiner Hilferufe bemerkt hatte. Was lag da bloß drin? War das nur eine Folge der Herzstiche? Oder wollte sein „Ich" ihm etwas signalisieren?

Ja, das ist es! - Ihm fällt es plötzlich wie „Schuppen von den Augen". Er denkt daran, wie ihn in letzter Zeit zunehmend Einsamkeit befallen hat und er sich oft wie in einem riesigen, leeren Raum vorgekommen war.

Er denkt an den Betrieb: Ein allseits beliebter Chef ist er dort sicherlich nicht, war es wohl auch nie gewesen. - Aber wo gibt es das schon! Und dann immer dieser ewige Stress! Keine Zeit, sich einmal richtig in eine Sache hineinknien zu können. Nie hatte sich die Gelegenheit ergeben, im Gespräch den Dingen auf den Grund zu gehen, geschweige denn, sich um die Menschen im Betrieb zu kümmern.

Was weiß er schon von ihnen, was davon, wie sie denken. Oft hatte er das Gefühl gehabt, dass sie ihn in

Wahrheit ablehnten, wenn sie auch noch so beflissen taten. O ja, das hatten sie allesamt gut drauf! Und wie hervorragend es einige verstanden, ihm nach dem Munde zu reden. - Aber so ist es eben!

Er denkt daran, wie es gewesen war, als er den Betrieb übernommen hatte. Wie ein König hatte er sich damals gefühlt. Oft hatte er in den Jahren zuvor davon geträumt, wie es sein würde, wenn er selbst einmal auf der Kommandobrücke stehen könnte, um den Betrieb nach dem eigenen Willen zu formen. Ein neuer Wind würde wehen, und alle sollten sie sehen, was er, der Hans, aus dem alten Laden machen würde. - O ja, und er wollte ihnen zeigen, wie heutige Führungsmethoden funktionierten, so ein richtig modernes Management. Und auch das hatte er sich damals vorgenommen: Ein gerechter Chef würde er sein!

Aber ach, was war aus all diesen guten Vorsätzen geworden? Wenn er es richtig besah, wollten die Menschen das alles gar nicht. Genau genommen war es ihnen egal. Besonders Veränderungen, die hassten sie wie die Pest. Ihre Ruhe wollen sie haben, weiter gar nichts!

Nun, und die Seinen? - Liebten sie ihn eigentlich? - Wieder fühlt Hans bei diesem Gedanken eine beklemmende Leere. - Ja, das ist es! - So war es auch im Traum vorhin gewesen, als er da mutterseelenallein im Käfig gesessen hatte. Niemand von ihnen hatte ihn gehört, niemand sich nach ihm umgeschaut!

Wie stand er eigentlich zu Sibylla? - Sicher, sie war immer ein bisschen extravagant gewesen und hatte so ihre Mucken. - Nun, wer hatte keine, er selbst nicht ausgenommen. - Aber gut: In all' den Jahren hatte sie dennoch stets zu ihm gehalten, hatte Anteil an seinen Sorgen genommen und ihn oft sogar mit einigem Geschick von dieser oder jener Fehlentscheidung abgehalten. Ja, genau genommen hatte sie ihn bei vielen seiner Unternehmungen auf stille Weise gelenkt. Eigentlich war sie ein prächtiger Kumpel. Warum hatte er sich auch ihr gegenüber so oft verschlossen?

Und John? – Nie hatte er sich einmal richtig Zeit für seinen Sohn genommen, so dass dieser sich instinktiv zur Mutter hingezogen fühlen musste. Ein richtiges Familienleben konnte man das wohl nicht nennen. Woher sollte so etwas wie ein Familienleben auch kommen, wenn sie sich fast nie zu Gesicht bekamen.

Und warum war ihm eigentlich die Bitte von Fritz gestern Abend so unangenehm gewesen? Einen zinsgünstigen Kredit könnte er ihm doch leicht gewähren.

Ja, deutlich verspürt Hans, dass er völlig zu Recht vorhin in jenem Käfig gesessen hatte, und dass der grässliche Traum sehr viel mehr Bedeutung für ihn hat als nur die Rückerinnerung an jenen Albtraum aus der Kindheit.

Vielleicht wollte das Schicksal ihm einen Wink geben und er selbst ist es jetzt, er ganz allein, der es in der Hand hat, wie sein weiteres Leben verlaufen würde. Umkehren muss er! Jawohl, umkehren! Heraus aus dem Käfig, weg mit dem Misstrauen und dem Abkapseln! Gleich sofort will er damit anfangen.

„Sag mal, Fritz, du hast mir doch etwas von euren Plänen im Gemeinderat erzählt", wendet Hans sich unvermittelt an seinen Schwager, der ein paar Schritte vor ihm hergeht, „ich meine die Märchenwald GmbH, wann soll denn die Sache eigentlich steigen?"

„Ach, weißt du, das ist wie immer eine Frage des Geldes", ist die lakonische Antwort", so ein Märchen-Museum ist doch ein ziemlicher Brocken für uns, ganz schön teuer; das dauert sicher noch ein paar Jährchen."

„Und wenn ich euch das Geld vorschießen würde?"

Überrascht bleibt der Schwager stehen: „Das würdest du tun?"

„Na klar, warum denn nicht? Wer weiß, vielleicht macht ihr ja ein Mordsgeschäft mit dem Märchen-

Museum, Nostalgie ist schließlich heutzutage überall „in". Und dann bin ich natürlich am Gewinn beteiligt."

"Mensch, Hans, du bist richtig klasse!" - Fritz haut dem Schwager voller Begeisterung seine Bäckerpranke auf die Schulter, so dass der unter der Wucht des Schlages ein wenig einknickt.

„Na, lass nur", fügt Hans noch hinzu, „und mit deinem Darlehen, weißt du, das geht auch klar. Komm, reich mir mal die Flasche mit dem Waldgeist! Du weißt doch, bei den Alten ging früher kein Geschäft ohne einen ordentlichen Schluck darauf."

Während die beiden mit einem gegenseitigen Prosit den Handel beschließen, ist die ganze Picknickgesellschaft unterdessen schon wieder am Waldrand angekommen. Vor ihnen steht das freundliche alte Haus, lacht die Sonne vom blauen Himmel herab und kräuselt der Rauch aus den Schornsteinen im nahen Dorf.

Beim Anblick dieser friedlichen Szene wird es Hans plötzlich ganz leicht um das Herz. Er erinnert sich an glückliche, unbeschwerte Jahre, die er trotz der entbehrungsreichen Zeiten zusammen mit der Schwester hier im „Waldhaus" und in dem Heimatdörfchen einst verbracht hat, als sie noch Kinder waren. Ihm ist auf einmal so, als wenn die böse Spukgeschichte nun keine Macht mehr über ihn haben kann. Zugleich geht ihm durch den Sinn, dass jener Hänsel aus dem Märchen wohl ein ähnliches Gefühl der Erleichterung gehabt haben muss, als er zusammen mit Gretel wieder am Waldrand angekommen war und das Elternhaus vor sich sah. - Merkwürdig, wie sich gerade diese Geschichte in ihm festgesetzt hat, so dass er mit fünfzig Jahren noch solch einen Traum erleben kann. - Ob das Märchen, so wie es die Gebrüder Grimm überliefert haben, wohl irgendeinen realen Kern hat? - Ach was: Träume sind Schäume! Oder doch nicht?

Zechenschließung

Auf der Betriebsversammlung der Zeche „Alter Kaiser" herrscht gedrückte Stimmung. Es geht um die Schließung der Grube. Schon seit einiger Zeit hatte es Gerüchte gegeben, dass auch „Alter Kaiser" auf der schwarzen Liste stünde, aber natürlich hat das niemand so richtig wahrhaben wollen und man hatte sich mit allerhand positiven Nachrichten gegenseitig Mut gemacht. Immerhin war der Erdölpreis in letzter Zeit kräftig gestiegen. Ein ermutigendes Zeichen, denn damit musste ja auch die heimische Kohle wieder wettbewerbsfähig werden. Nun ist aber ganz plötzlich zu einer außerordentlichen Betriebsversammlung eingeladen worden. Das hat sicherlich nichts Gutes zu bedeuten!

Der Betriebsratsvorsitzende, der Arbeitsdirektor und auch ein Vertreter der Gewerkschaft haben inzwischen in der Werkshalle vorn auf dem Podium Platz genommen. Gespannte Stille breitet sich in der Belegschaft aus. Man hat die außerplanmäßige Betriebsversammlung kurzfristig auf den Schichtwechsel von der Früh- zur Mittagsschicht gelegt und so sind die Kumpel beider Schichten anwesend. Auch die Mitarbeiter und Mitarbeiterinnen aus den Werkstätten, den Betriebsbüros und der Zechenverwaltung sind nahezu vollständig erschienen. Ringsum herrscht betretenes Schweigen und man kann die berühmte Stecknadel fallen hören.

Nun erhebt sich der Betriebsratsvorsitzende und beginnt:

„Glückauf, liebe Kolleginnen und Kollegen, ich begrüße euch zu unserer heutigen außerordentlichen Betriebsversammlung. Wir haben sie aus besonderem Grund kurzfristig angesetzt, denn es gibt leider schlechte Nachrichten. Um es kurz zu machen: Unsere Zeche wird geschlossen! - Wir hatten es ja bereits seit einiger Zeit befürchtet. Deshalb haben Werksleitung und Betriebsrat in der letzten Zeit in gemeinsamen Aktionen auch alles Erdenkliche unternommen, um die Schließung abzuwenden. Nun aber sind unsere schlimmsten Befürchtungen Wirklichkeit geworden. Der Konzernvorstand hat vorgestern den Beschluss gefasst, dass ‚Alter Kaiser' zum Jahresende den Betrieb einstellen soll."

Niemand sagt etwas, nur ein leises Schluchzen ist aus der Mitte der Werkshalle zu vernehmen. Schweigend hört die Versammlung zu. Nach einer kurzen Pause fährt der Betriebsratsvorsitzende fort:

„Immerhin gibt es auch eine gute Nachricht, nämlich dass es keine betriebsbedingten Kündigungen geben wird. Der Vorstand hat ausdrücklich bestätigt, die Schließung sozialverträglich abzuwickeln. Wer bereits die entsprechenden Bedingungen erfüllt, kann also in den Vorruhestand gehen. Ein Teil der Belegschaft wird auf die noch laufenden Zechen innerhalb des Konzerns verlegt. Ein weiterer Teil soll in verschiedenen anderen Tochtergesellschaften Beschäftigung finden. Und schließlich, wer von der Möglichkeit Gebrauch machen will, den Konzern zu verlassen, erhält entsprechend seiner Betriebszugehörigkeit eine Abfindung. Alles in allem glauben wir, dass damit die sozialen Verhältnisse einigermaßen gewahrt worden sind."

Wieder macht der Betriebsratsvorsitzende eine kleine Pause, um dann seinen Ausführungen noch hinzuzufügen: „Selbstverständlich ist auch ein Sozialplan aufgestellt worden, der alles Wesentliche enthält. Ich übergebe jetzt das Wort an den Arbeitsdirektor, der die Grundsätze des Sozialplans erläutern wird. Danach können dann Fragen gestellt und Einzelheiten besprochen werden."

In diesem Augenblick erhebt sich in der Werkshalle einer der Teilnehmer von seinem Platz und geht leise zur Ausgangstür. Es ist der Wettersteiger Fred Jankowski, ein noch ziemlich junger Mann, der jetzt die Versammlung verlässt. Er hat für heute die Festlegung einiger Messpunkte in der Hauptförderstrecke auf der fünften Sohle in seinem Tagesprogramm stehen. Die Angelegenheit duldet keinen Aufschub, denn es waren in letzter Zeit erhöhte Methanwerte in der Grube festgestellt worden. Egal, wie lange die Zeche noch laufen würde, aber Schlagwetter wären ja nun das Letzte was, sie auf „Alter Kaiser" gebrauchen könnten.

Mit raschen Schritten geht er zur Schachthalle hinüber. In der Kaue zieht er sich um. Als er sie wieder verlässt, trifft er auf eine Gruppe von Betriebsschlossern, die sich gerade zur Seilfahrt anschickt. Die Männer haben offensichtlich ebenfalls eine unaufschiebbare Arbeit unter Tage zu erledigen.

Man begrüßt sich kurz gegenseitig:

„Glückauf!" - „Glückauf!"

Als die Betriebsschlosser den Wettersteiger erkennen, fragen sie ihn sofort: „Warst du in der Betriebsversammlung?"

„Ja!"

„Und was haben sie dort gesagt?"

„Ach, es gibt schlechte Nachrichten, die Zeche schließt zum Jahresende."

„Was?" - Fassungslos schauen die Betriebsschlosser Fred Jankowski an. Einer von ihnen ringt mühsam nach Luft: „Oh Mann! Was soll denn nun aus uns werden?"

„Tja Leute, wir werden allesamt bald den Gürtel enger schnallen müssen." Man merkt dem Wettersteiger seinen Verdruss darüber an, dass er nun den Unglückspropheten spielen muss. So gibt er sich wortkarg, verlässt die Gruppe und geht zur Lampenstube hinüber, um dort Kopflampe, Akku und den Filterselbstretter in Empfang zu nehmen. Dann schaut er kurz in die Grubenwarte hinein. Auch dort wird er von dem einzigen Diensthabenden sofort mit Fragen überschüttet: „Was ist los, Fred, hast du Nachrichten von der Betriebsversammlung? Was ist dran an den Gerüchten?"

Wieder kann der Wettersteiger nur die gleiche Antwort geben: „Die Zeche wird geschlossen!"

Der Mann in der Grubenwarte ist zutiefst getroffen: „Verdammte Schweinerei!" - Nach einer Weile fügt er hinzu. „Mensch, Fred, was treiben wir hier einen Aufwand für die Sicherheit der Kumpel. Allein die Überwachung der Methanwerte! Was für eine Supertechnik! Na, dazu brauche ich dir ja nichts weiter zu sagen, das ist ja schließlich deine ureigenste Domäne. Aber im Fernen Osten haben sie Jahr für Jahr Tausende von Toten allein durch Schlagwetter. Da wird keine müde Mark in die Sicherheit gesteckt. Kein Wunder, dass deren Kohle billiger ist als unsere hier! Aber das interessiert natürlich niemanden! Auch unsere Politiker nicht. Die machen nur Staatsbesuche und lassen sich auf der großen Mauer fotografieren. - Ist das etwa in Ordnung?"

„Ach, über viele Dinge denkt man am besten nicht nach!", sagt Fred Jankowski kurz und verlässt die Grubenwarte.

Auf der Hängebank trifft er die Betriebsschlosser wieder. Sie sind allesamt offenbar von der soeben gehörten Hiobsbotschaft zutiefst geschockt, denn niemand sagt irgendetwas. - Was gibt es da auch noch zu sagen!

Schweigend steigen sie nun alle auf den Förderkorb. Fred Jankowski gibt das Signal und schon geht die Fahrt in den Schacht hinunter.

Auf der dritten Sohle verlassen die Betriebsschlosser den Förderkorb. Dann geht die Fahrt weiter abwärts bis zur fünften Sohle, wo Fred Jankowski ebenfalls den Förderkorb verlässt. Jetzt marschiert er zügig in die Hauptförderstrecke hinein. Es ist dort ungewöhnlich still. Na klar, der Betrieb ruht. Die Förderbänder, die sonst die Kohle zum Schacht transportieren, sind abgeschaltet. Nur das Geräusch des Grubenlüfters ist aus der Ferne zu hören. Nun, der muss ja auch laufen, sonst wäre rasch Gefahr im Verzuge. Das Methangas kümmert sich um keine Betriebsversammlungen und kennt auch ansonsten keine Pausenzeiten.

Während er so dahinmarschiert, gehen ihm allerlei Gedanken durch den Kopf: Vor ein paar Tagen hatte er gerade seinen dreißigsten Geburtstag gefeiert. Der Vorruhestand kommt für ihn also nicht infrage. - Und eine Abfindung? - Ach, eine höchst unsichere Sache. Er hat einen Spezialberuf, der nur im Bergbau gefragt ist. Wo soll er sich damit bewerben. - Wie wird es also jetzt für ihn weitergehen? Kommt er auf eine andere Zeche oder wer wird sein künftiger Arbeitgeber sein? Welche Tochtergesellschaften des Konzerns mag der Betriebsratsvorsitzende vorhin gemeint haben? Da stecken doch hoffentlich keine von diesen ominösen Auffanggesellschaften dahinter, die allenthalben wie Pilze aus der Erde schießen und sich meistens nach kurzer Zeit wieder in Luft auflösen oder bloß das unsoziale Geschäft von Zeitarbeitsfirmen betreiben.

Vor kurzem hatte er gerade zusammen mit seiner Frau überlegt, ob sie ein Grundstück, das ihm günstig angeboten worden war, kaufen sollten. Über Jahr und Tag könnten sie dann vielleicht ein Eigenheim bauen, was auch sehr erwünscht wäre, denn es hatte sich zu ihrer großen Freude bei ihnen Nachwuchs angemeldet. Bald werden sie also eine richtige Familie sein. Aber nach der heutigen Hiobsbotschaft so ins Ungewisse hinein einen Hausbau zu planen, das dürfte wohl vorerst wenig Sinn machen.

Um sich besser orientieren zu können, bleibt er einen Augenblick stehen. Die Beleuchtung in der Strecke ist schlecht. Er überlegt: Eigentlich müsste er den Bereich für die neuen Messpunkte ungefähr schon erreicht haben, aber er findet die Markierung nicht, die er am Tag zuvor angebracht hat. Auf einmal kommt er sich in der Förderstrecke sehr einsam vor. Seit über zehn Jahren fährt er nun Tag für Tag in die Grube ein und es hat ihm nie etwas ausgemacht. Aber so wie in diesem Augenblick hat er die Einsamkeit noch nie empfunden. - Na klar, sonst pulsiert das Leben im Betrieb, laufen die Förderbänder und sind überall Kumpel mit irgendwelchen Arbeiten beschäftigt. Aber nun sind sie alle auf der Betriebsversammlung und diskutieren den Sozialplan. Nur er steht ganz allein hier mitten in der Hauptförderstrecke auf der fünften Sohle

Plötzlich muss er an die Bergleute früherer Jahrhunderte denken. Wie mag denen zumute gewesen sein, wenn sie mit ihrem Öllämpchen, das sie wegen der speziellen Form Frosch nannten, den Weg in der Finsternis der Grube mehr schlecht als recht suchen mussten. Dagegen ist seine Kopfleuchte tatsächlich ein „helles Licht bei der Nacht", wie es im Steigerlied so freundlich heißt.

„Da, was ist denn das? Wer läuft denn dahinten in der Strecke herum?" - Deutlich ist in etwa hundert Meter Entfernung ein Licht zu sehen. Jetzt bewegt es sich hin und her. - Tatsächlich, da ist jemand! - Na, das gibt es doch nicht! - Der Betrieb ruht und die Seilfahrt hat nicht stattgefunden. Wie kommt denn jemand in die Grube hinein? - Die Betriebsschlosser können es ja nicht sein, denn die befinden sich etwa zweihundert Meter höher auf der dritten Sohle.

„Hallo!" ruft der Wettersteiger mit lauter Stimme in Richtung des ominösen Lichtes, doch nun ist es wieder verschwunden. So sehr er auch seine Augen anstrengt, es ist nichts mehr zu sehen. – Komisch, er muss sich wohl getäuscht haben.

Kopfschüttelnd macht er sich erneut auf die Suche nach den Markierungen. Er geht ein paar Schritte weiter, als das geheimnisvolle Licht erneut auftaucht. Dieses Mal ist es sehr viel näher und er erkennt schemenhaft eine Gestalt.

„Hallo, Kumpel!"

Langsam kommt das Licht näher und nun wird ein Mann sichtbar, der mit jedem Schritt zu wachsen scheint. - Um Gottes Willen, wer ist denn das? - Fred Jankowski ist kein ängstlicher Mensch, aber nun befällt ihn Furcht, denn vor ihm steht plötzlich ein riesiger

Mann, der ihn schweigend und mit großen Augen anschaut. Merkwürdig, er ist in eine altmodische Mönchs-
kutte gekleidet. In der Hand hält er eine Wetterlampe. Es
ist ein älteres Modell. Solche Wetterlampen waren früher
als Sicherheitslampen gebräuchlich gewesen, mit denen
man rechtzeitig die Anwesenheit von Methangas erkennen konnte.

Nachdem er den ersten Schrecken überwunden hat,
spricht der Wettersteiger den Fremden an: „Glückauf! -
Na, was machen Sie denn hier?"

„Glückauf!" antwortet der Fremde mit einer außerge-
wöhnlich tiefen Stimme, um dann sogleich fortzufahren:
„Was ich hier mache? - Nun, ich kümmere mich um eure
Sicherheit, denn euch droht Gefahr!"

Fred Jankowski schaut den Fremden ziemlich perplex
an: „Gefahr? Wieso denn das?"

„Na, mein Lieber, ich muss dir doch nicht erst erzählen, dass eure Grube zum Jahresende geschlossen wird.
Das hat euch doch euer Betriebsratsvorsitzender vorhin
gerade erst verkündet. Du warst doch selbst dabei. Nun,
da schaue ich eben sicherheitshalber einmal nach, ob
hier jetzt nicht etwa Nachlässigkeit um sich greift. Mit
Schlagwetter ist bekanntlich nicht zu spaßen, aber das
weißt du ja selbst am besten."

Entgeistert schaut der Wettersteiger den Fremden an.
Dann fragt er ihn: "Sagen Sie mal, woher wissen Sie
denn, dass die Grube demnächst geschlossen werden soll
und überhaupt, wer sind Sie eigentlich?"

„Wer ich bin? – Ach, mein Lieber, vor lauter Hektik
habt ihr Menschen ganz vergessen, dass es auch uns, die
guten Geister, noch gibt. Wir kümmern uns in aller Stille
um euer Wohlergehen, insbesondere immer dann, wenn
Gefahr droht. In diesem Sinne habe ich persönlich seit
eh und je den Bergleuten beigestanden, habe sie gewarnt, wenn Gebirgsschlag, Wassereinbrüche oder
Schlagwetter drohten. Na und so weiter. Man nennt
mich den ‚Bergmönch'. Ich stamme ursprünglich aus

dem Harz, wo ich früher den Bergleuten in den dortigen Silbererzgruben aus mancherlei Gefahr geholfen habe. Aber ich fühle mich nicht nur für den Harz zuständig, sondern ebenso für alle Bergreviere in der Welt."

Er macht eine kleine Pause, dann fügt er noch hinzu: "Du fragst, woher ich weiß, dass die Zeche ,Alter Kaiser' geschlossen wird. - Nun, ich weiß es eben! Ich weiß sowieso alles, zum Beispiel, dass du dich ebenfalls um die Sicherheit der Grube sorgst und jetzt neue Messpunkte einrichten willst, damit ihr die Schlagwettergefahr besser erkennen könnt. Das ist außerordentlich lobenswert und ich danke dir dafür!"

„Gute Geister? Bergmönch?" - Der Wettersteiger erinnert sich jetzt: Richtig, in seiner Kindheit hatte ihm der Großvater, der einst als Bergmann in der Bergstadt Sankt Andreasberg im Oberharz tätig gewesen war, die Geschichte vom Bergmönch erzählt. O ja, der Großvater war ein hervorragender Erzähler gewesen und hatte damals recht anschaulich berichtet, wie der Bergmönch die fleißigen Bergleute belohnte, die faulen aber bestrafte. Insbesondere war eine tief beeindruckende Geschichte dabei gewesen, wie nämlich der Bergmönch einmal zwei Bergleuten eine Silberader gezeigt hatte, vor deren gleißenden Anblick diese aber ihre Augen geschlossen und sich abgewendet hatten. Als sie dann aber wieder hingeschaut hatten, war alles verschwunden gewesen. Hätten sie ihre Keilhaue oder sonst irgendetwas in die Strecke hineingeworfen, wäre sie offen geblieben und sie wären reiche Leute gewesen.

„So, so, das ist der Bergmönch", denkt der Wettersteiger bei sich, „den gibt es also tatsächlich!"

„Sagen Sie", spricht er nun den Fremden an und wundert sich auf einmal gar nicht darüber, dass er sich mit dem Bergmönch so von Mann zu Mann unterhalten kann, „Sie haben doch einen hervorragenden Überblick über den Bergbau in aller Welt, ist das denn nun so in Ordnung, dass wir hier schließen müssen, während an-

derweitig Bergwerke laufen, die den Namen ‚Bergwerk'
überhaupt nicht verdienen?"

„Ehe ich etwas dazu sage", antwortet der Bergmönch,
„möchte ich dich bitten, mich nicht weiter mit ‚Sie' anzu-
reden. Ich bin für dich ‚Bruder Montanus'. Sag' einfach
‚Du' zu mir, so wie das unter Bergleuten üblich ist.

Und nun etwas zu deiner Frage: So auf den ersten
Blick ist es natürlich nicht in Ordnung, dass ihr hier
schließen müsst, während in anderen Teilen der Welt
unter der Bezeichnung ‚Bergwerk' manche Bruchbude
betrieben wird, in der viele arme Kumpel zu Tode kommen, weil sich dort niemand um die Sicherheit kümmert.
- Ja, das ist leider wahr! - Aber du musst dich davor hü-
ten, die berühmten Äpfel und Birnen durcheinander zu
werfen. Euer Problem besteht hauptsächlich darin, dass
sich die Kohle hier in Teufen von etwa 1.500 Metern befindet und die Flözmächtigkeit zugleich nur so um die
zwei Meter beträgt. Bei einem Vergleich mit Bergwerken
zum Beispiel in den USA oder in Australien, wo die Kohle teilweise im Tagebaubetrieb mit Flözmächtigkeiten
von dreißig Metern und mehr abgebaut wird, dürfte sofort klar sein, dass Ihr mit derartigen Betrieben wirt-
schaftlich einfach nicht mithalten könnt. Die höheren
Sicherheitsstandards sind also nicht das Hauptproblem.
Wenn in einigen Ländern in dieser Hinsicht weniger
getan wird, ist das zwar bedauerlich und zu verurteilen,
aber das ist nur die eine Seite. Die besseren Lagerstätten
kann man den anderen sicherlich nicht zum Vorwurf
machen."

Jetzt zieht der Bergmönch aus seiner Kutte eine kleine
silberne Dose hervor. Bedächtig öffnet er sie und nimmt
eine Prise Schnupftabak heraus. Dann fährt er fort:
„Vergiss auch nicht die gesellschaftliche Akzeptanz der
Kohle. In der Vergangenheit hat man versucht, mit Sub-
ventionen über die Runden zu kommen. Die werden aber
nicht mehr akzeptiert. Die Politik spielt da trotz aller
früheren vollmundig gegebenen Zusagen nicht mehr mit.

Und dann kommt da zunehmend die Umweltproblematik mit hinein. An der derzeitigen Klimadebatte ist manches vielleicht überzogen. Man kann andererseits aber auch nicht einfach sagen: Augen zu und durch! Mit der Zukunft zu experimentieren, verbietet sich denn ja wohl doch."

„Ja, schön und gut, Bruder Montanus", wirft Fred Jankowski vehement ein, „aber es gibt bekanntlich Staaten in dieser Welt - und das sind noch nicht einmal irgendwelche unbedeutenden - die exakt so denken und handeln. ‚Nach uns die Sintflut' heißt dort das Motto. Die machen einfach, was sie wollen, und wir haben dabei dann das Nachsehen."

„Leider hast du Recht. Die Frage lautet dann aber: Sollen sich die Guten an den Schlechten orientieren und es ihnen gar nachmachen? - Die Antwort dürfte wohl ‚Nein' heißen. Man kann sich schließlich nicht auf das Unrecht anderer berufen, um selber Unrecht zu tun. Aber zugegeben, hier ist derzeit eine gefährliche Tendenz zu beobachten, die dem Zusammenleben der Staaten schweren Schaden zufügen kann. Ich muss auch gestehen, dass ich kein Rezept weiß, wie man das kurzfristig in den Griff bekommen soll. Langfristig kann man nur auf Einsicht hoffen."

Fred Jankowski schaut den Bergmönch einen Augenblick lang schweigend an, dann sagt er mit leiser Stimme: "Ja, ich weiß, wir haben schlechte Karten und müssen uns mit der Schließung wohl oder übel abfinden. Nur, was mich an der ganzen Sache stört, sind die Begleitumstände. Diejenigen von uns, die in den Vorruhestand gehen oder auf eine andere Zeche kommen, haben ja noch einigermaßen Glück im Unglück. Aber einigen droht möglicherweise ein ungewisses Schicksal. Da ist zum Beispiel die Rede von ‚anderweitiger Verwendung' in Tochtergesellschaften des Konzerns. Wenn ich das höre, dann habe ich ein ganz ungutes Gefühl. Bei mir in der Nachbarschaft wohnt ein ehemaliger Magazinverwalter einer einst namhaften hiesigen Firma. Diese wurde von einem ausländischen Konzern aufgekauft, und zwar im Rahmen einer so genannten ‚feindlichen Übernahme', wie das heutzutage so schön heißt. Wie man hinterher erfuhr, haben der alte Vorstand und der Aufsichtsrat dabei kräftig mitgeholfen. Mit allerhand Tricks wurden die Aktienkurse hochgejubelt, so dass auch die Aktionäre dem Verkauf schließlich zustimmten. Dann kam die Übernahme und zum Dank für die tatkräftige Unterstützung bekamen die früheren Vorstandsmitglieder von den neuen Herren Prämien und Abfindungen in Millionenhöhe."

„Ich weiß", fügt der Bergmönch hinzu, „die Sache hat ja wochenlang in der Presse gestanden."

„Richtig", setzt Fred Janowski nach, „aber Fakt ist doch: Die feinen Herren haben sich mit ihren Millionen aus dem Staub gemacht. Was aber aus den ehemaligen Mitarbeitern der Firma - also aus den ‚kleinen Leuten' - geworden ist, das hat niemanden interessiert. Wie das Spiel letztlich für diese ausgegangen ist, weiß ich von meinem Nachbarn, dem ehemaligen Magazinverwalter. Mit fünfundvierzig Jahren war er angeblich zu alt für den normalen Arbeitsmarkt und so kam er in einen der so genannten Service-Betriebe, so heißen ja diese ominösen Auffang- oder Beschäftigungsgesellschaften, die heutzutage bei der Zerschlagung von Firmen extra gegründet werden, um sich der ehemaligen Mitarbeiter ‚sozial' entledigen zu können. Na, und was ist das für ein Laden, in dem mein Nachbar jetzt arbeiten muss? – Eine Leiharbeitsfirma! – Jetzt darf der Kollege gerade einmal für etwa sechzig Prozent seines früheren Lohnes arbeiten. Natürlich bei gleichzeitig längerer Arbeitszeit - versteht sich! Dabei hat er stets die Drohung im Nacken, dass es auch ohne ihn geht, wenn er nicht spurt. - Ich habe große Angst, dass mir ein ähnliches Schicksal droht, denn Wettersteiger gibt es auf den anderen Zechen zur Genüge. Was wird also, wenn ich demnächst vielleicht auch in

solch eine ‚feine Gesellschaft' wie mein Nachbar hinein-
gerate? – Ach, was ist das für eine Welt, Bruder Montanus? Wo bleibt die Gerechtigkeit?"

„Ja, mit Gerechtigkeit hat das alles nichts zu tun!",
bestätigt der Bergmönch und zuckt mit den Schultern.
„Aber so ist das: Die Welt ist zusammengeschrumpft und
die Ware ‚Arbeit' wird weltweit äußerst billig angeboten.
Das ist unter anderem auch euer Problem hier. Was aber
willst du dagegen machen? Man kann ja den Menschen
in den unterentwickelten Regionen der Welt nicht gut
verdenken, dass auch sie etwas von dem Wohlstand ab-
bekommen möchten, den es bei euch hier gibt und über
den sie sich tagtäglich per Fernsehen in ihren armseligen
Behausungen unterrichten können. So sind sie nun
ebenfalls in der globalisierten Welt grenzüberschreitend
und länderübergreifend – also im wahrsten Sinne des
Wortes ‚global' - auf dem Arbeitsmarkt präsent. Dort
drücken sie das Lohnniveau herunter und merken gar
nicht, dass sie dabei meistens schamlos ausgebeutet
werden. Wie sollen sie das auch merken, denn was ihr
hier ‚Dumpinglöhne' nennt, ist für sie ein bisher unge-
ahnter Reichtum."

Wieder nimmt der Bergmönch aus seiner silbernen
Dose eine Prise und fährt dann fort: „Du forderst mehr
Gerechtigkeit. - Sehr gut! - Aber was ist gerecht in einer
Welt, in der von Haus aus Ungleichheit herrscht. Gegen
die Ungleichheit kommst du aber kaum an. Wer es versucht, findet sich bald in der Rolle des Don Quichotte
wieder und darf gegen Windmühlenflügel kämpfen. An
dieser Situation wird sich wohl kaum etwas ändern lassen. Was ich mir wünschte, wäre mehr Weisheit bei den-
jenigen, die an den Schalthebeln der Macht sitzen. Leider
mangelt es aber gerade daran, und zwar bei einigen von
den Mächtigen ganz erheblich."

„Weisheit? - Das ist doch etwas für Pastoren und ähnliche Leute", wirft Fred Jankowski ein, „in dieser Welt
geht es doch immer nur um die eine Frage: Wer hat das

Sagen? - Nun, und wer das Sagen hat, nach dessen Wünschen richtet sich dann alles."

„O nein!", widerspricht der Bergmönch energisch, „Weisheit gibt es in dieser Welt sehr wohl. Schau einmal in die Natur! Die Natur besitzt Weisheit. Dort wachsen die Bäume nicht in den Himmel, bremst sich das Wachstum von selbst. Aber wenn du bei den Menschen diejenigen ansprichst, die das Sagen haben, ist es tatsächlich leider so, dass einige von ihnen meinen, sie könnten sich über die Gesetze der Natur erheben. In der heutigen Weltwirtschaft sei das eben ganz anders, behaupten sie nassforsch und dirigieren das Geld als Motor des wirtschaftlichen Wachstums fröhlich überall hin, wo es ihnen gerade gefällt."

Nach einem Moment des Nachdenkens fährt der Bergmönch fort:

„Wenn diese ‚Manager des schnellen Geldes' glauben, es gäbe ein ewiges Wachstum, so irren sie sich! Wie sehr sich zum Beispiel die Natur zur Wehr setzt, wenn die Schraube überdreht wird, erleben wir ja gerade, denn die Menschheit hat die Grenzen des Wachstums langsam erreicht. Darüber haben sich übrigens bereits vor etwa vierzig Jahren einige kluge Köpfe allerhand Gedanken gemacht. Vielleicht hast du einmal etwas vom ‚Club of Rome' gehört. Zu dieser bedeutenden Vereinigung gehörten seinerzeit einige hervorragende Wissenschaftler, die bereits sehr früh vor den Folgen eines hemmungslosen Wachstums gewarnt haben."

„Ach, das klingt mir ein bisschen zu akademisch", wirft Fred Jankowski ein. „Wo bleibt der einzelne Mensch? Was wird hier aus uns, wenn wir unsern Job verlieren? Wer von den hohen Leuten interessiert sich überhaupt für uns? - Wie nennst du sie gleich? - ‚Manager des schnellen Geldes'?"

„Gut, kommen wir auf den Ausgangspunkt zurück", antwortet der Bergmönch. „Ich gebe zu, dass ich dir keine befriedigende Antwort auf die Frage geben kann, die euch verständlicherweise auf den Nägeln brennt. Nur soviel dazu: Ja, es gibt sie leider die ‚Manager des schnellen Geldes', die da meinen, Menschen seien lediglich eine Art von Verfügungsmasse, aus der es gilt, bei geringstem Kapitaleinsatz einen möglichst hohen Profit herauszuschlagen. Aber auch in diesem Punkt irren sie sich!"

"Sehr richtig!", ruft Fred Jankowski mit Nachdruck, „so ist es! Der Mensch ist auf keinen Fall nur irgendeine Art von Verfügungsmasse! - Aber das solltest du einmal den hohen Leuten erzählen.

„Nun, da muss man Unterschiede machen", antwortet der Bergmönch". Es gibt durchaus Unternehmer - gerade hierzulande - die sehr wohl wissen, was ihnen ihre Mitarbeiter wert sind und die sich auch der Gesellschaft gegenüber in hohem Maße verantwortlich fühlen. Diese handeln sowieso meistens richtig. Aber es gibt eben leider auch die anderen, von denen wir gerade sprachen. Für die geht es allein um Gewinnmaximierung, egal, was dabei aus den Menschen wird. Um die sozialen Dinge mögen sich andere kümmern, meinen sie. Dass auch sie irgendeine gesellschaftliche Verantwortung haben, bestreiten sie schlichtweg. Aber wenn diese ‚Manager des schnellen Geldes' glauben ausloten zu müssen, wie weit die Leidensfähigkeit der Menschen geht, möchte ich bezweifeln, dass das sehr klug ist. Ein Blick in das Geschichtsbuch lehrt, dass es auch hier Grenzen gibt."

„Du denkst an Revolution?"

„Nun, man muss dabei nicht unbedingt an Revolutionen im klassischen Sinne denken. Es gab aber im alten Rom einmal ein Sprichwort, das da lautete: ‚Wo es mir gut geht, da ist mein Vaterland!' - Auf den ersten Blick klingt das ein bisschen platt. Aber im Umkehrschluss heißt das: Wenn die Menschen das Gefühl bekommen, in ihrem Vaterland unterdrückt oder gar ausgebeutet zu werden - von wem auch immer - dann wenden sie sich eben von ihrem Vaterland ab, also von der Gesellschaft. Wer kann, wandert aus - in der Regel tun das immer die

Tüchtigsten - oder man geht nicht mehr zur Wahl und versagt sich auf alle erdenkliche Weise der Gesellschaft. Wenn es ganz schlimm kommt, laufen die Massen irgendeinem Rattenfänger nach, der ihnen das Blaue vom Himmel herunter verspricht. - Das hatten wir ja schon mal! - Schließlich können Länder und irgendwann vielleicht ganze Kontinente unregierbar werden, weil die Menschen, denen die ‚Manager des schnellen Geldes' jeglichen Glauben an ein würdiges Leben abtrainiert haben, orientierungslos geworden sind und sich als Folge davon die Ordnung auflöst. So kann es dazu kommen, dass sich am Ende ein paar wenige Leute hinter gewaltigen Mauern verbergen müssen, um ungestört wie bisher weiterleben zu können. Wie lange diese Mauern dann halten, bleibt allerdings abzuwarten, abgesehen einmal von der Frage, was denn das noch für eine Restwelt ist. Schön ist die sicherlich nicht mehr."

Plötzlich verfärbt sich das Licht in Bruder Montanus' Wetterlampe auf eine ganz eigenartige Weise. Es erscheint auf einmal in tiefem Rot, um dann rasch in Violett umzuschlagen.

„Ach, was machen die denn da schon wieder?", murmelt der Bergmönch. Hastig greift er in seine Kutte und zieht einen handgroßen Bergkristall hervor. Angestrengt schaut er in denselben hinein. Dann bricht es aus ihm heraus: „Es ist doch nicht zu fassen, sie wollen es einfach nicht lernen! - Also nichts für ungut, ich muss ganz schnell weg!"

„Was ist denn los?", fragt der Wettersteiger besorgt.

„Ein Grubenunglück droht!"

„Was? - Hier bei uns?"

„Ach nein, an die zehntausend Kilometer von hier entfernt. Ich muss sofort hin und sehen, ob es noch zu verhindern ist."

Der Bergmönch reicht Fred Jankowski die Hand: „Also, alles Gute! - Glückauf!"

Weg ist er, einfach verschwunden! Verdattert steht Fred Jankowski nun mutterseelenallein in der Hauptförderstrecke und blickt sich nach allen Seiten um. Dann sagt er halblaut vor sich hin: „Habe ich das alles nur geträumt oder war das eben tatsächlich der Bergmönch? - Mann, o Mann, das darf ich den anderen gar nicht erzählen, die lachen mich bloß aus!"

Der Geist aus der Flasche

Im Zentrallabor der „Wackerland-Chemie GmbH" herrscht Feierabendstimmung. Nach und nach verlassen die Assistentinnen, Doktoren und Laboranten den Laborraum, um nach einem anstrengenden Arbeitstag die Freizeit zu genießen. Einer von ihnen bleibt jedoch an seinem Arbeitsplatz zurück. An einer Reihe von Glaskolben, -zylindern, Messgeräten und Apparaten, die er offensichtlich für einen größeren Versuch installiert hat, experimentiert er weiter. Aufmerksam beobachtet er die Temperatur- und Druckanzeigen.

„Tschüss Sebastian! - Willst du noch nicht Feierabend machen?", ruft ihm einer der Kollegen zu.

„Nein, ich muss noch eine Versuchsserie zu Ende bringen und habe mich schon auf eine verschärfte Nachtschicht eingerichtet", lautet die Antwort.

„Na dann, viel Erfolg!"

„Ja, danke, mach's gut!"

Sebastian Kleinecker, Doktor der Chemie und Abteilungsleiter des Bereichs Forschung und Entwicklung, arbeitet seit Wochen mit Hochdruck an einem besonderen Projekt. „Wackerland" will unbedingt ein neues Präparat auf den Pharma-Markt bringen. Zwar hat die Geschäftsleitung keinen Termin gesetzt, was bei einer wissenschaftlichen Tätigkeit auch etwas problematisch wäre, aber aus den mehrfachen Anfragen nach dem Stand des Projektes in letzter Zeit kann Sebastian Kleinecker unschwer erkennen, dass man höheren Ortes die Angelegenheit für äußerst dringlich hält. Nun, immerhin könnte das neue Präparat den medizinischen Fortschritt revolutionieren, vielleicht so ähnlich wie es einst beim Penicillin der Fall war. - O ja, wenn es ihm gelänge, das Projekt rasch zum Abschluss zu bringen, wäre das eine feine Sache. Vielleicht würde sich ihm dadurch die Tür in die Chefetage öffnen. Die Aussichten dafür stehen nicht schlecht, denn einer der beiden Geschäftsführer geht demnächst in den Ruhestand.

Stunden vergehen. Die Versuchanlage arbeitet einwandfrei. Ab und zu liest Sebastian Kleinecker die Messgeräte ab und trägt die Werte in das Protokoll ein. Längst ist Mitternacht vorüber. Er kämpft mit der Müdigkeit, aber die Aussicht auf den erfolgreichen Abschluss hält ihn wach. Der Versuch befindet sich jetzt auch in seiner entscheidenden Phase. So kocht er sich in der Kaffeemaschine einen starken Kaffee und weiter geht's.

Der Signalgeber summt: Es ist so weit! - Sebastian Kleinecker schaltet die Energiezufuhr ab. Nun heißt es warten, bis sich die in der Versuchsanlage neu gebildete Substanz so weit abgekühlt hat, dass er eine Schnellanalyse durchführen kann. Nach einer halben Stunde entnimmt er der Apparatur eine erste Probe und führt sie vorsichtig in das Analysengerät ein. Gespannt wartet er auf das Ergebnis: Jetzt muss sich zeigen, ob das Präparat die gewünschte Zusammensetzung hat.

Jawohl, es stimmt! - Großartig, er hat es geschafft!

Sorgfältig trägt er die Uhrzeit ein: Fünf Uhr dreißig - halb sechs! - Ihm ist in diesem Augenblick ganz feierlich zumute. In seiner Jugend hatte er einst ein Buch über die Geschichte der bedeutenden Erfindungen besessen. Darin war beschrieben, wie Otto Hahn, nachdem er die Spaltung des Uranatoms entdeckt hatte, das Datum und die Uhrzeit in das Versuchsprotokoll extra mit einem Rotstift eingetragen hätte. - Na ja, das war sicherlich eine etwas romanhafte Ausschmückung in dem Bericht gewesen, um das Thema für jugendliche Leser spannend zu machen. Die Tatsache dass es sich seinerzeit um eine Kernspaltung gehandelt hat, war ja selbst für Hahn nicht einmal sofort erkennbar gewesen. - Aber nun denn! - In Erinnerung an jene Passage in dem Buch nimmt Sebastian Kleinecker jetzt einen orangefarbigen Marker und markiert damit die Uhrzeit in seinem Protokoll.

Er schließt die Augen, um den Augenblick zu genießen, vor allem aber auch um ein wenig auszuruhen. Doch schon einen Moment später ist er wieder hellwach. Eine euphorische Stimmung hat ihn erfasst. Ihm ist zumute, als ob er Bäume ausreißen könnte. Die Müdigkeit ist trotz der durchwachten Nacht verflogen. Er überlegt, dass es wohl am besten wäre, jetzt gleich einen Bericht an die Geschäftsleitung aufzusetzen. So hätte er die Chance, diesen nachher persönlich dem Chef zu übergeben und zu erläutern.

„Ha, Sebastian, auf, auf! Die Chefetage rückt näher!"

Er geht in sein Büro hinüber, schaltet den Laptop ein und ist schon einen Augenblick später mit der Abfassung des Berichts beschäftigt.

Gerade ist er mit dem Exposé fertig geworden, da erscheint seine Sekretärin zum Dienst. Sie ist natürlich überrascht, ihren Chef schon im Büro anzutreffen: „O, guten Morgen, Herr Doktor, Sie sind heute aber früh dran!"

„Nein im Gegenteil, genau genommen spät!", erwidert Sebastian Kleinecker. Dann fährt er fort: „Ich habe in der letzten Nacht meine Versuche in einem Zug zu Ende gebracht. Sie wissen doch, dass man höheren Ortes bereits auf das Ergebnis wartet."

„Was, Sie waren noch gar nicht zu Hause? - Ja, so etwas! - Also, ich mache Ihnen schnell erst mal einen Kaffee."

„Hervorragende Idee!"

Während die Sekretärin den Schnellkocher im Nebenraum einschaltet und die Kaffeetasse aus dem Schrank nimmt, ruft Sebastian Kleinecker ihr noch zu: „Sobald der Chef ankommt, sagen Sie mir bitte Bescheid! Ich muss ihn dann gleich sprechen und ihm meinen Bericht übergeben. - Ach, noch etwas: Seien Sie doch bitte so gut und schauen Sie sich den Bericht einmal kritisch an. Sie finden ihn auf meinem Laptop. Sicherlich sind noch ein paar Schreib- und Kommafehler darin. Drucken Sie den Bericht anschließend dann auch gleich aus.

„Wird gemacht, Herr Doktor!"

Sebastian Kleinecker schaut inzwischen im Labor noch einmal nach der Versuchsapparatur. - Besser ist besser! - Vielleicht will ja der Chef nachher die Anlage sehen.

Zurück im Büro steht der Kaffee bereits auf seinem Schreibtisch und dazu auch etwas Gebäck. - Prima!

Während er sein etwas spartanisches Frühstück einnimmt, klopft es an der Tür.

„Ja, bitte!"

Die Sekretärin kommt herein: „Da ist ein Besucher für Sie, Herr Doktor!"

„Was, so früh? - Wer ist es denn?"

„Ich weiß es nicht, er hat seinen Namen nicht genannt."

Die Sekretärin hat den Satz kaum zu Ende gebracht, da betritt der Besucher bereits das Büro. Er drängt sich einfach an der Sekretärin vorbei, geht auf Sebastian Kleinecker zu und begrüßt diesen übertrieben freundlich: „Hallo, guten Morgen, Herr Doktor Kleinecker, entschuldigen Sie bitte, wenn ich unangemeldet komme, aber es ist mir ein tiefes Bedürfnis, Ihnen zu gratulieren und mich zugleich bei Ihnen zu bedanken."

„Wie bitte?" - Sebastian Kleinecker ist einigermaßen perplex: „Gratulieren? Bedanken? – Wofür?"

„Darf ich mich setzen?" fragt der fremde Besucher.

„Ja, bitte!"

„Ich möchte mich Ihnen zunächst vorstellen: „Daniel MacGuiness". - Er verbeugt sich und überreicht seine Visitenkarte.

Sebastian Kleinecker schaut auf die Karte und liest dort:

Department of Bioorganic Chemistry
Daniel MacGuiness – Salesmanager.

"Ah, ja! – Sie sind Pharmaberater?"

„Jawohl!"

„So, hm, nun ja! - Jetzt müssen Sie mir aber erst einmal erklären, was Sie vorhin meinten, als Sie mir gratulieren und sich zugleich bedanken wollten."

„Es geht um Ihr neues Präparat. Ich gratuliere Ihnen
zu dem glänzenden Erfolg."

„Was? - Wie bitte?" Sebastian Kleinecker ist total geschockt. War da Werksspionage im Spiel? - Unmöglich! -
Er ganz allein kennt bis dato das neue Präparat. Seinem
Gehirn ist es entsprungen, seinem Erfindergeist ver-
dankt es seine Existenz, und zwar gerade mal seit ein
paar Stunden.

Seine Stimme verrät Unbehagen und Misstrauen:
„Ein neues Pharmazeutikum in unserem Hause? – Nicht
dass ich wüsste!"

„Na, Sie haben es doch letzte Nacht in Ihrer Versuchsanlage erzeugt, es ist gewissermaßen taufrisch „aus
der Flasche heraus"."

Sebastian Kleinecker sitzt stocksteif auf seinem Stuhl
und verspürt ein unangenehmes Frösteln. Der fremde
Besucher wird ihm unheimlich. Am liebsten würde er
das Gespräch abbrechen und Daniel MacGuiness hin-
auskomplimentieren. Aber das wäre vielleicht nicht klug.
So knüpft er an dessen Worte an und fragt ganz ruhig:
„Was soll das denn heißen: ,Es ist aus der Flasche heraus'? Und weiter: Selbst wenn es so wäre, dass wir in
unserem Hause ein neues Präparat entwickelt hätten,
woher wollen Sie das denn wissen? Sind Sie etwa ein
Hellseher?"

„Das nicht", erwidert Daniel MacGuiness, "tatsächlich
bin ich mehr als nur ein Hellseher: Ich bin der Geist aus
der Flasche!"

„Der was?"

„Nun, wie ich es sagte: Ich bin der Geist aus der Flasche. Genauer gesagt: Ich bin einer von ihnen. Wir sind
nämlich eine große Familie."

Sebastian Kleinecker schüttelt ungläubig den Kopf: „Also, das verstehe ich jetzt nicht. Was soll das denn sein, ein ‚Geist aus der Flasche‘?“

„Na, Herr Doktor, kennen Sie denn die Geschichte nicht, welche die Gebrüder Grimm darüber einst veröffentlich haben? – Nicht mehr so genau? - Also gut, ich erzähle Sie Ihnen in aller Kürze: Da hat vor langer Zeit ein junger Bursche irgendwo hier im Lande gelebt. Der hatte beim Holzfällen im Wurzelwerk einer alten Eiche eine Flasche gefunden. In dieser Flasche war aber ein Geist gefangen gewesen. Als der junge Mann den Stöpsel aus der Flasche zog, kam der Geist heraus, blähte sich zu einer riesigen Gestalt auf und verkündete, seinen Befreier auf der Stelle umbringen zu wollen. Der junge Bursche war aber nicht auf den Kopf gefallen und verwickelte den Geist in eine Diskussion, wobei er bezweifelte, dass jener tatsächlich in der Flasche gesessen habe. Das wollte der Geist nicht auf sich sitzen lassen, weshalb er sich demonstrativ wieder in die Flasche zurückzog. Natürlich verschloss der junge Bursche die Flasche sogleich wieder mit dem Stöpsel. Als der Geist nun jammerte und versprach, ihn reich belohnen zu wollen, wenn er ihn nur wieder herausließe, ging der junge Mann schließlich das Risiko ein und wurde am Ende von dem Geist tatsächlich reich belohnt. Na, und so weiter. - Als Fazit aus der Geschichte bleibt festzuhalten, dass der Flaschengeist sich seit damals in Freiheit befindet und bis heute allen ähnlichen Geistern als Vorbild gedient hat beziehungsweise dient.“

Daniel MacGuiness macht eine kleine Pause, um dann aber fortzufahren: „Jener Geist aus der Flasche damals war also der Erste von uns, der Erste aus einer inzwischen weltweit auf viele tausend Mitglieder angewachsenen Familie von Flaschengeistern. Zwar kommen wir heute nicht mehr leibhaftig aus irgendeiner Flasche heraus, aber im Prinzip handelt es sich immer noch um den gleichen Vorgang. Es geht jedes Mal um die Befreiung aus der Enge eines Gefängnisses. - Sehen Sie, und genau dafür möchte ich mich bei Ihnen bedanken, denn Sie haben mich mit Ihrer Erfindung aus meinem Gefängnis befreit."

Sebastian Kleinecker schüttelt ungläubig den Kopf, dann fragt er: „Aus welchem Gefängnis habe ich Sie denn befreit? Ich weiß von nichts!"

„Doch, doch, passen Sie gut auf, ich erzähle Ihnen ein paar Beispiele aus der Vergangenheit, dann werden Sie alles verstehen:

Erstes Beispiel: Berthold Schwarz! – Als der Franziskanermönch Berthold Schwarz aus Freiburg im 14. Jahrhundert 75 Prozent Salpeter, 15 Prozent Holzkohle und 10 Prozent Schwefel miteinander vermischte, hatte er damit das gleichnamige ‚Schwarzpulver' erfunden. Als er das Gemisch entzündete, explodierte es. Im selben Augenblick wurde der zugehörige Flaschengeist aus seinem Gefängnis - im übertragenen Sinne also ‚aus der Flasche' - befreit. Berthold Schwarz hat das damals allerdings gar nicht bemerkt. Der aus seinem Gefängnis befreite Geist geriet bei jener ersten Explosion des neuen Sprengstoffs aber sofort derartig in Verzückung, dass er wie ein Wilder zu tanzen begann. In der Folgezeit hat er dann mit seinen wilden Tänzen überall in der Welt auf die Wirkung des neuen Pulvers aufmerksam gemacht, so dass sich die Erfindung rasend schnell verbreitete. Im Prinzip hat sich daran bis heute nichts geändert, denn der Flaschengeist des Schwarzpulvers tanzt immer noch in alter Frische, wenn man ihn nur lässt. Das können Sie ja bei jedem x-beliebigen Feuerwerk erleben."

Sebastian Kleinecker hat aufmerksam zugehört. Jetzt unterbricht er jedoch die Erzählung des Besuchers: „Aha, so war das also! - Na ja, ob das aber ein Segen für die Menschheit war, muss allerdings bezweifelt werden. Wenn ich es nämlich richtig sehe, hat die Erfindung des Schwarzpulvers in erster Linie dem Kriegshandwerk gedient, also der Tötung von Menschen".

„Das ist leider wahr", erwidert MacGuiness, „aber das hat nicht der Flaschengeist zu verantworten. Was die Menschen aus einer Erfindung machen und wie sie damit umgehen, ist einzig ihre Sache. Denken Sie aber einmal an die Bergleute, die seit der Erfindung des Schwarzpulvers in den Bergwerken sehr zum Segen der Menschheit mit dem neuen Sprengstoff umgegangen sind. Vor der Anwendung des Pulvers war die Arbeit unter Tage eine fürchterliche Schinderei und Knochenarbeit gewesen. Erst mit der Sprengtechnik wurde die Gewinnung des Erzes und anderer Rohstoffe für die Bergleute einigermaßen erträglich.

Nehmen wir aber ein anderes Beispiel: Als vor 75 Jahren der Engländer Alexander Fleming bemerkte, dass ein Schimmelpilz mit dem Namen Penicillium notatum ein Gift produziert, welches Bakterien tötet, war ihm nicht bewusst, dass er damit einen von uns aus dem Gefängnis befreit hat. Aber genau das hat er getan, denn seine Entdeckung war die Geburtsstunde des Penicillins, das von da an seinen Siegeszug rund um den Globus angetreten hat. Als Fleming seine Ergebnisse im British Journal of Experimental Pathology veröffentlichte, nahm allerdings zunächst kaum jemand Notiz davon. Erst während des zweiten Weltkriegs erkannte man, welch eine bedeutende Erfindung Fleming gelungen war. Sie können daraus ersehen, dass ein Faschengeist heutzutage nicht mehr unbedingt spektakulär an das Tageslicht treten oder gar tanzen muss. Im Falle des Penicillins hat er sich sogar erst mit einer gewissen Verspätung gezeigt."

„Na, dieses Beispiel passt aber nicht so richtig", wirft Sebastian Kleinecker ein, „denn es fehlt ja sozusagen das Gefängnis. Im Falle des jungen Burschen kann ich das gut nachvollziehen. Da war es ja tatsächlich die Flasche gewesen. Folgerichtig kann man jenen Geist dann auch als echten Flaschengeist bezeichnen. Selbst beim Schwarzpulver gab es so etwas wie ein Gefängnis, wenn auch nur im übertragenen Sinne. So war wohl die erste chemische Reaktion eine Art von Befreiung. Für sich allein betrachtet, sind die beteiligten Substanzen Salpeter, Holzkohle und Schwefel ja nur tote Materie, sie sind sozusagen das Gefängnis. Erst mit der Explosion des Schwarzpulvers hatte sich das Gefängnis geöffnet und der zugehörige Flaschengeist, wie Sie ihn nennen, konnte heraus. Also, auch das lasse ich gelten. - Wie ist das aber beim Penicillin? Da stimmt das alles gar nicht, denn als Schimmelpilz war das Penicillin mit allen seinen Eigenschaften ja längst vorhanden. Alexander Fleming hat also gar nichts erfunden."

„So darf man das nicht sehen", erwidert Daniel MacGuiness, „das wichtigste Merkmal einer Erfindung ist das Erkennen der Zusammenhänge. Und in Bezug auf den Flaschengeist kommt es auf die Wirkung an, die er entfalten kann. Es geht also darum, ob eine Erfindung die Welt verändert. Die vornehmste Aufgabe des Flaschengeistes ist dabei, für die Verbreitung der Erfindung zu sorgen. Wie das beim Schwarzpulver gelaufen ist, dürfte sicherlich klar sein. Aber auch beim Penicillin hat sich das ganz genau so abgespielt. Als der Geist aus der Flasche heraus war, gab es nach der kurzen Verzögerung eine rasante Entwicklung. - Na, und wo stünde denn die Menschheit heute ohne die vielen Antibiotika, die ja letztlich alle auf die Entdeckung des Penicillins zurückzuführen sind?"

Sebastian Kleinecker nickt: „Na schön, so kann man es vielleicht sehen."

„Gut", sagt Daniel MacGuiness, „lassen Sie mich anhand eines dritten Beispiels den wohl spektakulärsten Fall eines in Freiheit gesetzten Flaschengeistes ansprechen. Ich denke dabei an die Spaltung des Atomkerns. Bekanntlich hat Otto Hahn im Jahre 1938 die Kernspaltung des Urans entdeckt. Schon kurze Zeit danach war allen Fachleuten klar, dass es sich dabei um eine Entdeckung von ungeheurer Tragweite handelt. Die Überle-

gungen zielten rasch sowohl auf den Bau von Kernkraft-
werken als auch auf den der Atombombe ab. Nun, und
was daraus geworden ist, wissen wir ja nur allzu gut.
Genau wie damals bei dem jungen Burschen ist der Geist
auch in diesem Fall im wahrsten Sinne des Wortes ‚aus
der Flasche heraus'. Aber anders als damals kann ihn
niemand je wieder in die Flasche zurückschicken, und
die Menschheit muss nun sehen, wie sie damit klar
kommt. Immerhin hat sie auch hier die Wahl: Entweder
baut man Kernkraftwerke oder Bomben!"

„Das ist ja alles ganz interessant", unterbricht Sebastian Kleinecker den Redefluss es Besuchers, „aber kommen wir doch einmal auf den Anfang unserer Unterhaltung zurück. Nehmen wir einmal an, ich hätte tatsächlich
ein neues Präparat entwickelt und unterstellen wir einmal, dass Sie als der zugehörige Flaschengeist nun aktiv
werden wollen, wie soll ich mir denn Ihr Wirken vorstellen?"

„Ganz einfach, ich sorge, wie das der jeweils zuständige Flaschengeist in den geschilderten Fällen ja auch getan hat, für die Verbreitung des neuen Präparats. Deshalb komme ich auch in der Gestalt eines Pharmabera-
ters zu Ihnen. Ich habe beste Beziehungen zu allen großen Pharma-Verbänden und Krankenkassen."

„Na, nun mal langsam!", fällt Sebastian Kleinecker
ihm ins Wort. „Für eine baldige Verbreitung des neuen
Präparates dürfte es ja wohl noch ein bisschen zu früh
sein. Da müssen erst noch weitere Tests erfolgen, um
festzustellen, ob die gewünschten Eigenschaften repro-
duzierbar sind und somit tatsächlich als gesichert gelten
können. Ferner sind sicherlich Tierversuche unerläss-
lich. Und dann gibt es da einen eisernen Grundsatz: Ehe
ein Produkt unser Haus verlässt, wird es von unserer
Qualitätssicherung geprüft, und zwar im Hinblick auf die
jeweils aktuellen Unbedenklichkeits-, Qualitäts- und
Wirksamkeitsstandards. Dafür haben wir eigens ein
Qualitätssicherungslabor mit qualifizierten Mitarbeitern.

– Also, bis wir an eine Marktanalyse oder gar an den Vertrieb denken können, hat es noch gute Weile."

„Ach je! Jetzt verlässt Sie wohl der Mut. - Nun mal nicht so bange!", erwidert Daniel MacGuiness. Also, nach meinen Erfahrungen lässt sich so etwas durchaus beschleunigen. Sie wissen doch, der Markt ist gnadenlos. Wer da mithalten will, muss sich sputen. Zumindest könnte man die Vertriebsorganisation für das neue Produkt schon mal vorbereiten. Und ob zeitaufwendige Tierversuche erforderlich sind, ist noch die Frage. Neuerdings sind Tierversuche ja in die Kritik geraten."

Sebastian Kleinecker reagiert jetzt ziemlich scharf: „Na, Sie sind ja gut! – Haben Sie den Contergan-Skandal vergessen? Wollen Sie mich etwa auch in eine derartige Falle locken? - Also, das kommt gar nicht infrage!"

Noch ehe Daniel MacGuiness etwas erwidern kann, kommt die Sekretärin herein und meldet nur kurz: „Der Chef ist jetzt da!"

„O ja, danke!"

Sebastian Kleinecker erhebt sich. „Leider müssen wir das Gespräch beenden", sagt er kurz, „ich werde von der Geschäftsleitung erwartet."

„Ja natürlich! - Ich möchte mich aber auf jeden Fall noch einmal bei Ihnen bedanken", antwortet Daniel MacGuiness und fügt dann rasch hinzu: „Ich werde mir erlauben, Sie in Kürze noch einmal aufzusuchen." Mit diesen Worten verlässt er den Raum.

„Es eilt nicht!" ruft Sebastian Kleinecker ihm noch hinterher, während er die paar Schritte zum Geschäftsführer-Büro hinüber geht.

Professor Dr. Egmont Prüßner empfängt seinen engsten Mitarbeiter Sebastian Kleinecker betont herzlich: „Na, mein Lieber, was führt Sie schon so früh zu mir? Ich hoffe, Sie haben gute Nachrichten!"

„Ich denke schon", erwidert Sebastian Kleinecker, um sogleich fortzufahren: „Sie wissen ja, dass ich eine Versuchsreihe laufen hatte mit dem Ziel, unser neues Präparat zu gewinnen. Nun, heute früh konnte ich den Versuch beenden. Um es kurz zu machen: Wir haben das neue Präparat!"

„Was? - Das ist ja großartig!" Der Hauptgeschäftsführer Professor Prüßner ist ehrlich erfreut.

„Bitte, hier ist der Versuchsbericht", ergänzt Sebastian Kleinecker noch seine Meldung und überreicht dem Chef die von der Sekretärin zusammengehefteten Blätter.

Während Professor Prüßner den Bericht liest, überlegt Sebastian Kleinecker, ob er etwas von dem merkwürdigen Besucher erzählen soll. - „Wenn ich dem Chef erzähle, dass Daniel MacGuiness sich als Flaschengeist vorgestellt hat, dann hält er mich sicherlich für verrückt", denkt er bei sich, „ach, es ist wohl besser, ich erzähle nichts von der Sache!"

„Gut, gut! - Sehr gut!", sagt Professor Prüßner, indem er den Bericht auf seinen Schreibtisch legt. - „Also heute Morgen um halb sechs! Das ist sozusagen jetzt unsere Stunde Null. - Großartig! - Meine Anerkennung! - Das sieht nach einer Erfolgsgeschichte aus."

Jetzt nimmt Professor Prüßner noch einmal den Versuchsbericht zur Hand, blättert darin und sagt schließlich: „Ich möchte mir nachher die Versuchsanordnung ansehen. Vorweg aber die Frage: Was sind jetzt die nächsten Schritte?"

„Nun, wir müssen zunächst erst einmal die Versuchsergebnisse auf Reproduzierbarkeit überprüfen. Danach sollten wir untersuchen, ob Tierversuche erforderlich sind. Ich selbst bin der Meinung, dass dies im vorliegenden Fall unumgänglich ist. Aber Sie wissen ja selbst, wie allergisch die öffentliche Meinung heutzutage darauf reagiert."

„Ja, sicherlich", stimmt der Chef ihm zu. Wenn es soweit ist, müssen wir diese Frage noch sorgfältig prüfen. Setzen Sie also die weiteren Laborarbeiten zügig fort! - Und noch eins: Sie wissen ja, wie schnell sich so manches herumspricht. Was also das neue Präparat angeht, sollten wir sehr vorsichtig sein. Die Konkurrenz schläft nicht! Deshalb ist zunächst alles, was mit dem Projekt zusammenhängt, sozusagen ‚topsecret'!"

„Ja, selbstverständlich!", antwortet Sebastian Kleinecker, wobei er sich etwas unwohl fühlt, denn ihm fällt bei den mahnenden Worten des Chefs natürlich sogleich Daniel MacGuiness ein. So fährt er nach einigem Zögern fort: „Ich muss Ihnen da noch etwas berichten, was mich etwas beunruhigt. Heute früh hatte ich bereits einen Besucher, der sich für unser neues Präparat interessiert."

Professor Prüßner blickt erstaunt auf: „Wie bitte?"

„Ja, stellen Sie sich vor, da kam ein gewisser Daniel MacGuiness vom *Department of Bioorganic Chemistry* recht dreist und zudem auch unangemeldet in mein Zimmer herein und sprach mich auf meine Versuche an. Er bot an, unser neues Präparat bekannt machen zu wollen. Dabei erzählte er etwas von guten Beziehungen zu den Pharma-Verbänden und Krankenkassen und so weiter.

„Wie sagten Sie? Er kam vom *Department of Bioorganic Chemistry?*"

„Ja, hier bitte! - Das ist seine Visitenkarte." Sebastian Kleinecker überreicht dem Chef die Karte, die er von MacGuiness bekommen hatte.

Nach einem kurzen Blick auf die Visitenkarte atmet Professor Prüßner erleichtert auf: „Ach so, der Verein ist das! - Na, machen Sie sich deswegen weiter keine Gedanken. Dieses so genannte *Department of Bioorganic Chemistry* kenne ich. Das sind nur Wichtigtuer, keine ernst zu nehmenden Leute. Die reisen überall herum und bieten ihre Dienste an. Aber da steckt nichts dahinter! - Vergessen Sie es!"

„Aber dieser MacGuiness hat ganz exakt von unserm neuen Präparat gesprochen. Also, ich muss Ihnen sagen, ich war total geschockt. Meine Versuchsapparatur war gewissermaßen noch warm und das Präparat taufrisch. Woher hat der denn seine Informationen?"

„Na ja, dass in einem Unternehmen wie dem unsrigen ständig an irgendwelchen neuen Produkten gearbeitet wird, kann sich jeder Laie an fünf Fingern abzählen. Und dass Sie als der zuständige Abteilungsleiter des Bereichs Forschung und Entwicklung damit zu tun haben müssen, dürfte für die Leute des *Department of Bioorganic Chemistry* auch klar sein. Nun, so klopfen sie einfach mal auf den Busch und tun dabei möglichst geheimnisvoll. Damit bluffen sie aber bloß. Bei den meisten Menschen erwecken sie auf diese Weise den Eindruck, als ob sie ganz besonders clevere Leute wären. So ähnlich machen es ja auch die Geheimdienste, wenn sie jemanden überrumpeln wollen."

Sebastian Kleinecker fühlt sich bei diesen Worten des Chefs ein wenig erleichtert und sagt: „Na gut, hoffen wir mal, dass da wirklich nichts weiter dahinter steckt. – Wollen Sie die Versuchseinrichtung jetzt sehen?"

„Ach, ich habe gleich noch einen anderen Termin. Ich rufe Sie nachher an."

„Ja gut!" Sebastian Kleinecker verlässt das Zimmer und geht langsam zu seinem Büro hinüber. Ganz klar ist ihm die Sache nicht. Deutlich sieht er den obskuren Daniel MacGuiness vor seinem geistigen Auge. – Ein Flaschengeist? – Ach Quatsch! So etwas gibt es doch gar nicht! – Wahrscheinlich hat der Chef Recht, und die Leute vom *Department of Bioorganic Chemistry* sind tatsächlich nur Aufschneider.

Wieder in seinem Büro angekommen, nimmt er noch einmal die Protokollblätter zur Hand und geht die Werte durch. Er will gut vorbereitet sein, wenn ihn der Chef nachher zur Besichtigung der Versuchsanlage ruft. – „Hoffentlich lässt er mich nicht zu lange warten", denkt er bei sich, wobei er den dringenden Wunsch verspürt möglichst bald nach Hause zu gehen, um sich gründlich auszuschlafen. Die durchwachte Nacht lastet bleiern auf ihm, während er mechanisch in dem Protokoll blättert.

Es klopft. - „Ja bitte!"

„Besuch für Sie", meldet die Sekretärin nur kurz.

„Jetzt nicht!", sagt Sebastian Kleinecker. Doch er hat die Worte kaum ausgesprochen, da steht Daniel MacGuiness schon wieder mitten in seinem Zimmer. Genau wie vorhin hat er sich einfach an der Sekretärin vorbei gedrängt und lässt sogleich einen ziemlichen Redeschwall los: „Also, wie ist es, verehrter Herr Doktor, können wir jetzt unsere vorhin unterbrochene Besprechung fortsetzen? Ich denke mir, dass es von größter Wichtigkeit ist, die Vertriebsorganisation für das neue Produkt möglichst rasch vorzubereiten. Ich sagte es ja vorhin schon und meine, dass hier größte Eile geboten ist."

„Also, jetzt ist es aber gut!" Sebastian Kleinecker kann sich kaum beherrschen und lässt seinem Zorn über diesen unverschämten Kerl freien Lauf: „Ich denke doch, dass ich mich vorhin klar ausgedrückt habe. Da Sie offensichtlich begriffsstutzig sind, wiederhole ich: Überstürzte Aktionen kommen nicht infrage! - So, und nun will ich nichts mehr davon hören!"

„Aber mein lieber, lieber Herr Doktor", mit süßlich säuselnder Stimme redet MacGuniess jetzt auf Sebastian Kleinecker ein, „ich meine es doch nur gut! - Haben Sie vergessen, was ich Ihnen vorhin sagte? - Die Konkurrenz schläft nicht! - Wirklich, Sie können mir glauben, ich kenne mich in dieser Sache bestens aus. - Nun schlagen Sie schon ein!"

„Nein, es bleibt dabei!", antwortet Sebastian Kleinecker schroff.

„Soo?" Die Stimme von MacGuiness bekommt plötzlich einen unangenehmen Klang. Er redet jetzt sozusagen ohne Punkt und Komma: „Nun, dann will ich Ihnen nicht verhehlen, dass ich mit der ‚Vereinigten Chemiewerke AG' ebenfalls in Kontakt stehe. Um es kurz zu machen: Dort arbeiten sie praktisch an dem gleichen Präparat wie Sie hier. Es unterscheidet sich nur unwesentlich von dem Ihren. Also, wenn Sie meinen, mich nicht nötig zu haben, ich kann meine Dienste auch den dortigen Herren anbieten!"

„Raus! - Die Tür ist dort!" Wütend springt Sebastian Kleinecker auf und zeigt auf den Ausgang.

„Das werden Sie noch bereuen, das werden Sie noch bereuen!" Zornig schnaubend verlässt Daniel MacGuiness das Büro, wobei er die Tür hörbar in das Schloss fallen lässt.

Es dauert eine ganze Weile, bis Sebastian Kleinecker sich wieder beruhigt hat. Er kann sich jetzt beim besten Willen nicht mehr auf das Protokoll konzentrieren. Deshalb steht er auf, zieht seinen Laborkittel an und ruft der Sekretärin nur kurz zu: „Falls der Chef nach mir fragt, ich bin im Labor!" Dann geht er die paar Schritte zum Zentrallabor hinüber.

An seinem Arbeitsplatz findet er die Apparaturen noch genau so vor, wie er sie für den Versuch aufgebaut hatte. Er überlegt, dass er eigentlich schon jetzt den zweiten Durchgang des Versuchs laufen lassen könnte. Das muss ja ohnehin geschehen, um die Reproduzierbarkeit der Reaktionen überprüfen zu können. Und sicherlich würde es auf den Chef einen guten Eindruck machen, wenn er nicht tote Apparate sondern die Anlage im Betrieb sehen könnte.

Also los! – Sorgfältig misst er die chemischen Substanzen ab, führt sie vorsichtig in die Apparatur ein und schaltet die Energiezufuhr an. Nach einer Weile setzt die Reaktion ein. - Na, prima! - Doch was ist das? - Temperatur und Druck im Reaktionsgefäß steigen viel zu schnell an, weshalb er die Energiezufuhr ein wenig drosselt. Aber es nützt nichts, die Werte steigen weiter. Nervös klopft er an die Messgeräte, doch die Zeiger wandern immer weiter in die Höhe. - Ach, du liebe Zeit! - Schnell schaltet er die Energiezufuhr ganz ab. - Zu spät! - Mit einem lauten Knall zerplatzt der Glaskolben, in welchem die chemische Reaktion abgelaufen war.

Blitzartig kommt ihm Daniel MacGuiness in den Sinn.
Was hatte der da vorhin noch gerufen? - „Das werden Sie
noch bereuen!" - Ja, genau das waren seine Worte gewesen, nachdem er ihm die Tür gewiesen hatte. - Rächte
der sich jetzt? - Um Himmels Willen, sollte tatsächlich
doch mehr hinter diesem scheinbar harmlosen Kerl stecken?

Doch ehe er den Gedanken weiter spinnen kann, ist
plötzlich ein merkwürdiges Geräusch zu hören. Es klingt
so ähnlich als wenn irgendein Glasgefäß verschlossen
wird.

Angestrengt horcht Sebastian Kleinecker. - Da, ist es
noch einmal! - Und jetzt hört er deutlich jemanden stöh-
nen: „Uaah!"

Ein spontaner Gedanke durchzuckt ihn, während ein
grimmiges Lachen auf seinem Gesicht erscheint: „Ha,
jetzt sitzt MacGuiness wieder in seiner Flasche!"

Doch im gleichen Augenblick schreckt er hoch. Verdattert blickt er auf das Analysengerät, in welchem er
vorhin das neue Präparat getestet hatte. Er schaut auf die
Apparate der Versuchsanordnung: Die Anlage ist abgeschaltet. Alles in Ordnung, kein Glaskolben kaputt! In
der Hand hält er die Blätter des Protokolls.

Es dauert eine Weile, bis er einen klaren Gedanken
fassen kann. Er muss wohl für ein paar Minuten einge-
nickt gewesen sein, und zwar gleich nachdem er das Ergebnis der Analyse festgestellt und protokolliert hatte. -
Richtig, dabei hatte er ja die Uhrzeit festgehalten und
zugleich die Versuchsanlage abgeschaltet.

Undeutlich tauchen jetzt vor ihm die Bilder aus der ir-
realen Welt auf, in der er sich eben noch befunden hatte:
Was war das da gewesen? - Ein Flaschengeist namens
„MacGuiness"? - Der Streit mit ihm? – Das Gespräch
beim Chef? - Der geplatzte Glaskolben? - Du liebe Zeit,
alles nur ein wirrer Traum! - Na ja, bei seiner Übermü-
dung kein Wunder! Immerhin hält der Stress schon eini-

ge Wochen an. Diese Nacht war hierbei so richtig das berühmte Tüpfelchen auf dem „I" gewesen.

„Na, so etwas Verrücktes!"

Er schaut zur Uhr: Fünf nach halb sechs! – Also, ab nach Haus und erst mal ausgeschlafen! Morgen ist auch noch ein Tag. Dann wird er anhand des Protokolls den Bericht in aller Ruhe abfassen und dem Chef übergeben. Danach kommt dann alles weitere, Schritt für Schritt und immer schön der Reihe nach!